La casa de los siete pecados

Esta obra obtuvo el

I PREMIO CajaGRANADA DE NOVELA HISTÓRICA

5ᵒᵒ

otorgado el 30 de enero de 2009, en Granada, por el siguiente jurado:
José Calvo Poyato, Juan Eslava Galán, Ana Liarás,
Isabel Margarit y José Morenodávila.

La casa de los siete pecados

Mari Pau Domínguez

Grijalbo

Primera edición en U. S. A.: septiembre, 2009

© 2009, Mari Pau Domínguez Cutillas
© 2009, Random House Mondadori, S. A.
 Travessera de Gràcia, 47-49. 08021 Barcelona

Derechos cedidos a través de Silvia Bastos, S. L. Agencia Literaria

Printed in Spain – Impreso en España

ISBN: 978-0-307-39295-4

Distributed by Random House, Inc.

BD 9 2 9 5 4

A mi hija Berenice,
joven dueña de mi corazón.

Y para m.d.a.

La muerte, en cualquier momento y lugar

Madrid, número 31 de la calle de las Infantas, finales de 1882

La vida se extraña ante la muerte. Pero la muerte carece de cualquier derecho y sólo puede soportar la insolente mirada de la vida.

Ser contemplada. Eso es lo único que permite la muerte, ya que ser vivida no puede.

Y eso es lo que hacen, contemplarla, quienes rodean el macabro hallazgo en esa fría mañana de un Madrid que todavía se despereza de un largo sueño. O de una pesadilla, quizá.

Falta poco para el breve descanso de la comida. La cuadrilla cava a destajo. Los siete obreros que la forman no disponen del tiempo suficiente para que la nueva sede del Banco de Castilla sea inaugurada a inicios del nuevo año, pero tienen que intentarlo. Con estas obras se amplía un ala de la Casa de las Siete Chimeneas, cuya propiedad se adquirió a finales de septiembre a don Segundo Colmenares, conde de Polentinos. La casa había sido edificada en 1570 sobre el solar de unas huertas a espaldas del convento del Carmen, convertido hoy en la Plazuela del Rey, nombre no casual, dado que su impulsor fue el mismísimo Felipe II. O al menos eso dicen. Tampoco es que esté muy claro, la verdad, como ocurre con tantos otros hechos que se han sucedido en torno a este palacete.

Es un extraño día de invierno en el que los sueños revolotean por el tejado, entre los huecos de las siete chimeneas, en busca de alguien que les tienda una mano para descender al mundo de la realidad, cansados ya de esconderse tras la estela de los siglos. Y son esos sueños de desconocido dueño, que no contaban con materializarse removidos por una simple pala de cavar, los que estallan en un grito que parece nacer de la tierra. Quien lo lanza es uno de los trabajadores de la obra. Los otros seis forman corro alrededor del compañero que ha arrojado la pala sobre un pequeño montículo de tierra y se ha quedado inmóvil, con el semblante demudado. El miedo lo mantiene paralizado y con el susto estampado en el rostro, tal es su conmoción ante lo que acaba de descubrir. Su mirada no puede apartarse de lo que parece un hueso amarillento semienterrado.

También se acercan viandantes curiosos, alertados por el grito, para participar de la sorpresa, que no es precisamente grata. Al batir el terreno, entre los escombros de un muro que se estaba derribando esa mañana, ha aparecido un esqueleto perfectamente formado. Se diría que no le falta nada y parece de mujer. El más viejo del grupo repara en que los huesos de la mano derecha están agarrotados y que entre ellos se vislumbran varias monedas de oro. Las cuenta: son cuatro. Entonces, el trabajador responsable del siniestro descubrimiento se hinca de rodillas en el suelo y con sus propias manos sigue extrayendo tierra. Aparecen tres monedas más, que suman un total de siete, y un anillo. Son siete las piezas de oro encontradas, como siete son las chimeneas que coronan la casa. Y ellos, los de la cuadrilla, también son siete. Un miedo irracional parece invadirles, como si se hubieran puesto de acuerdo, aunque nadie ha pronunciado palabra ante el temor de que no se trate de otra cosa que de una maldición encubierta. La calavera es lo que más impresiona. Entre sus dientes corre un aire antiguo que Dios sabe de dónde podría proceder. Y en las cuencas de los ojos anidan interrogantes de incierta respuesta.

Un viento helado irrumpe en el silencio de los misterios de la Casa de las Siete Chimeneas que han quedado al descubierto. Unos misterios que parecen hablar de miserias inconfesadas, de desdichas a medio vivir que se resisten a morir del todo, de angustias que sobrevivieron al placer que pudo acogerse entre sus muros.

Tardará en saberse que las monedas datan del siglo XVI y que puede que se trate de las arras matrimoniales entregadas por Felipe II a una extraña dama. Espectro o realidad... Aunque sin prueba documental que lo demuestre, hay quien está convencido de que fue el monarca quien ordenó añadir las siete chimeneas en el tejado como símbolo de los siete pecados capitales. Unos pecados que nadie ha dicho que él expiara.

La lluvia, que comienza a caer, ahuyenta a los curiosos y funde la tierra con los restos del inquietante hallazgo hasta teñirlos de un oscuro que se acerca, temible y dolorosamente, al negro.

Las lágrimas del rey

Depositose su cuerpo en el Monasterio de las
Descalzas de esta villa de Madrid, y el Rey
nuestro señor se retiró luego al de San Jerónimo, con el dolor y ternura que se deja considerar.

Del informe entregado al duque de Nájera,
embajador extraordinario de España en París,
en el que se detalla la muerte de la reina,
doña Isabel de Valois.

Madrid, monasterio de las Descalzas Reales, 24 de octubre de 1568

Nadie podía sospechar la impresión que causa ver al monarca
más poderoso del mundo llorar en público hasta que lo hizo.
El desconcierto se extendía con rapidez mientras la familia y
las autoridades iban ocupando sus lugares alrededor de él, intentando respetar su sentimiento. Era la primera vez que Felipe II lloraba ante testigos. Aun sabiéndose el centro de todas
las miradas, no hallaba la manera de reprimir el llanto y se prometía a sí mismo que, igual que había sido la primera, sería
también la última vez, aunque no creía siquiera que se le ofre-
ciera otra ocasión capaz de arrancarle parecidas lágrimas. Hay

momentos en la vida que son únicos y sólo quien los vive lo puede saber.

El silencio lo invadía todo en el monasterio teñido de negro, el color que enlutaba al rey. Era tan denso que parecían oírse las lágrimas de Felipe resbalando hacia el pozo de su pena por la muerte de Isabel. Una Valois había sido reina de España y del alma de su rey durante nueve años. Pero también reinó en el alma del pueblo, que en aquella triste mañana no dejó rincón sin llanto en plazas y calles, inundadas por interminables procesiones en las que el duelo se exacerbaba con la música funeraria. Era la demostración pública de su pesar.

Felipe lo observaba todo como si no fuera él quien lo estuviera viviendo. El cortejo, al que acompañaba una veintena de caballos enjaezados con atezadas cintas, seguidos de monjes a lomos de mulas que lucían ricos aderezos, hizo su entrada en el convento de Nuestra Señora de la Consolación, llamado también de las Descalzas Reales, en pleno corazón de la Villa. Un corazón roto en esas horas en que la vida renace de las cenizas del dolor causado por la certidumbre de no volver a ver jamás a la joven reina.

Desde dentro se oían a modo de eco lejano los llantos de las plañideras y la música fúnebre que sonaba en la calle, como pretendiendo conjurar las acometidas del demonio sobre el espíritu de la inocente Isabel.

Fue la camarera mayor de la reina, la duquesa de Alba, quien se había encargado, al amanecer, de amortajar el cuerpo de su señora con el hábito franciscano, siguiendo su expreso deseo, para mayor satisfacción personal del rey, cumpliendo así con la tradición de sus predecesores castellanos. La reina Isabel la Católica, su esposo, el rey Fernando, o la propia emperatriz Isabel, madre de Felipe, tuvieron igualmente por mortaja una túnica de basto lienzo. Pero Dios no quiso que ninguno de ellos morara en el ataúd junto a una hija. El doliente esposo se preguntaba cómo le iba a ser posible olvidar que a su amada Isabel la habían enterrado con su criatura malparida a los cinco meses y que no llegó a sobrevivir, por más que tuviera la fuerza suficiente para llevarse con ella la vida de la madre.

Juntas en el recuerdo que eternamente le martirizará, sintiéndose, en parte, responsable de ver muerta a su esposa con tan sólo veintidós años en el último e irreparable intento de darle un heredero. ¿Cómo decirle que ninguna Corona valía su muerte? Porque fue entonces, sin su presencia, cuando pudo ir reparando en que la había arrastrado hacia su obsesión, haciendo de ésta su vida. Y lo sintió tanto que el peso de la evidencia lo ahogaba y parecía partirle el pecho en dos mitades que se alejaban entre sí.

Transcurrió un tiempo hasta que el rey se recuperó, sin haber dado muestras visibles de la debilidad que le había embargado y que a punto estuvo de hacer que se desmayara al dejarlo sin aire en los pulmones, aunque seguía llorando. Observó detenidamente el túmulo sobre el que estaba colocado el ataúd: le recordó al que erigieron en Bruselas para su padre, el emperador. Se imaginó en el interior a ambas, esposa e hija, en un abrazo permanente e íntimo. Isabel yacía embadurnada con infinidad de polvos aromáticos que había aplicado la camarera mayor para proteger el cuerpo de la corrupción de la muerte. Doce monjes del convento de San Gil custodiaban el catafalco junto a doce pajes y doce blandones.

Fray Bernardo de Fresneda ofició las honras fúnebres. A su derecha, el cardenal don Diego de Espinosa. A la izquierda, el obispo de Cuenca. Habían acompañado ambos a la reina durante sus últimas horas, que fueron de sufrimiento, ofreciéndole consuelo en nombre del Altísimo. Era de ellos, después, el deber de consolar en vida a quienes su muerte lloraban. El rey, arrodillado, juntó sus manos y hundió en ellas la frente; tenía los ojos cerrados para dejarse llevar interiormente por la salmodia de una oración que le acercara con desespero al espíritu de la difunta amada.

Felipe rezaba para que el tiempo transcurriera con rapidez. Su cuerpo y su mente se habían colocado en un punto de la existencia en la que ni el frío se sentía.

El solemne acto estaba llegando a su término. Al levantarse todos al unísono, las llamas de las numerosas velas se agitaron, lo que produjo una densa humareda que impregnó el ambiente de un vetusto olor a cera, que rápidamente se evaporó. Después salieron de forma ordenada, dejando al rey en soledad ante el venerado féretro. Esperaban de Su Majestad un gesto para izarlo y retirarlo a donde habría de permanecer, allí, en las Descalzas, hasta que concluyeran las obras del Pabellón de Infantes de El Escorial, el lugar que albergaría la eternidad de Isabel.

Le costaba aceptar que se la llevaran. Iban a alejarla físicamente de él. Aunque la sabía muerta, la estaba viendo. Sabía que estaba ahí, protegida por la madera, durmiendo el sueño que acapara la eternidad, sí, pero durmiendo al fin y al cabo. Dormida para siempre. Al menos podía aún mantenerse a su lado por unos minutos más, que se estiraban hasta el infinito.

Se esperaba de él que permitiese que el cuerpo de su amada fuera guardado donde ya nadie pudiera estar cerca de ella. Ni siquiera él. Y eso le resultaba tan difícil…

Por fin asintió, haciendo una leve reverencia con la cabeza, sin levantarse, porque prefirió no ver con sus propios ojos cómo el féretro salía y desaparecía de su vida. Cuando lo dejaron a solas, tras asegurarse de que la caja mortuoria había desaparecido de su vista, se irguió y dio unos pasos hacia la extensa huerta tras la que se escondía la residencia monacal. Era un día de pesadumbre que amenazaba lluvia. Ese año se venía arrastrando un otoño un tanto raro, demasiado frío para los huesos de un hombre que había pasado los últimos meses queriendo detener la llegada de la muerte a su vida. Porque con Isabel habían muerto todos un poco, y sintió que, en lo que a él concernía, nadie podría volver a ocupar su corazón.

Inspiró hondamente el aire que sabía a tormenta. A la memoria le vino el empeño de su hermana Juana por fundar ese monasterio de franciscanas descalzas en el que tendría efímera sepultura su cuñada y cómo ella interpretó como una señal divina que se comenzara a levantar precisamente en el mismo año de 1559 en que se celebró la boda de su hermano. La casualidad, mezclada con el recuerdo, hizo que aflorara en el rostro del monarca una mueca; le resultaba difícil evocar la felicidad de aquel quince de agosto, día de Nuestra Señora de la Asunción, en que él mismo inauguró solemnemente el monasterio, cuando aún no había sido terminado. Las monjas, una comunidad del convento de Santa Clara traídas de la localidad de donde era el duque de Gandía, impulsor de las obras, estaban instaladas provisionalmente en la Capilla del Obispo. Pero eran tantas las ganas que tenían de ocuparlo que se decidió hacer una gran celebración en la que la princesa Juana fue dichosa como pocas veces antes lo había sido. Y el rey fue feliz viéndola así.

En esa hora de dolor, sin embargo, veía a su hermana afligida, llorando como él la muerte de quien llegó a considerar como una hija antes que como una cuñada. «Nada hay en el mundo más fácil que quererla», solía bromear por los pasillos del alcázar refiriéndose al encanto natural de Isabel, que encandilaba al instante mismo de conocerla. Así le ocurrió al rey. Al admirar por primera vez su mediterránea hermosura tuvo la certeza de que a nadie había amado ni amaría como a aquella joven llegada de Francia para acompañarle en el gobierno de su imperio y, sobre todo, en el gobierno de su vida íntima que ahora sentía sin rumbo.

No quedaba nadie en la capilla. Sólo el rey y la sombra de sus recuerdos. Agotado por la reiterada exposición del desconsuelo, Felipe salió camino del monasterio de los Jerónimos para encerrarse a solas con su pena. Las puertas de las Descalzas Reales se fueron cerrando tras su paso.

Ya apartado del mundo, de las obligaciones y de sus dos pequeñas hijas, por unos días eximido de su papel de gobernante, se preparó para mudar su piel por la de un hombre distinto.

Un hombre que no se desharía nunca de la huella que en él dejó la ausencia de Isabel. Un hombre que, de momento, había decidido retirarse a San Jerónimo, «con el dolor y ternura que se deja considerar».

(Carta de Felipe II, rey de España, a Maximiliano II, emperador del Sacro Imperio Romano Germánico)

Señor:

Agradezco el ofrecimiento que Vuestra Alteza me hace desde el respeto a mi alma dolorida ante la pérdida tan reciente de la Reina, mi amada y joven esposa Isabel, Dios la tenga ya en su Divina Gloria. Si hubiera de atenerme a mi satisfacción personal, sabe Nuestro Señor que seguiría como estoy, viudo, puesto que mi corazón no necesita ya recalar en más moradas. Sin embargo, teniendo tan pocos herederos y ningún varón, me alegro por el bien de mi Reino de que ofrezcáis como futura esposa a vuestra hija, la archiduquesa Anna, «mi pequeña», como gustaba de llamarla por ser una de mis sobrinas más estimadas.

Entiendo que muchos puedan pensar que es demasiado pronto para considerar una nueva boda. Pero las razones de Estado se imponen. Sé que estáis al tanto de que Catalina de Médicis, no bien enterada de la muerte de su hija, la Reina Isabel, me remitió una epístola el mismo mes de octubre para ofrecer a otra de sus hijas, Margarita. Y Vuestra Alteza misma me envió a su hermano, el archiduque Carlos, mes y medio después del fallecimiento, para realizar formalmente el ofrecimiento de Anna, con quien quedaría asegurada la conservación de nuestro linaje en su recta línea. Tampoco oculto que una alianza matrimonial con ella fortalecería la amistad con los alemanes y sería muy favorable para nuestras relaciones con Italia y Flandes. Por tanto, no debéis temer la influencia de Francia, puesto que, además, es de todos conocida la pereza de la estirpe francesa para procrear, tan distante de los catorce vástagos que Vuestra Alteza ha tenido junto a Su Majestad, la emperatriz doña María.

Ha querido la vida poner a Anna en un camino de más importancia para una Reina que el de la propia sangre: el de esposa, que en su caso ha de ser obligadamente un camino fructífero puesto que de ella se esperará que dé a luz al próximo heredero de nuestros dominios.

Ordenaré de inmediato que se solicite la necesaria dispensa papal al Muy Santo Padre Pío V, al que presupongo reacio ante esta unión, al ser Vuestra Alteza primo carnal mío y la emperatriz, mi hermana. Pero estoy seguro de que sabrá entender, como yo mismo hago, la necesidad que tiene la Corona de un heredero que lleve las delicadas riendas del futuro de todos.

YO, EL REY

En Madrid, a 26 de febrero de 1569 años.

PRIMERA PARTE

¿De qué le sirve al hombre ganar todo el mundo si pierde su alma?

SAN MATEO, 16, 26

La decepción de la reina

Alcázar de Segovia, domingo, 12 de noviembre de 1570

Anna revisó con la mano derecha cada uno de los seis botones de perlas que cerraban en el pecho su rico traje de seda blanca adamascada bordado con hilo de oro. Fue tocándolos nerviosa, como si para sentirse segura necesitara darse cuenta de que resultaba resplandeciente, con una perfecta indumentaria para la ocasión. En efecto lo estaba, gracias al ampuloso vestido que lucía, adornado con una gruesa cadena de oro, perlas y diamantes, que colgaba de la cintura en forma de uve. En la cabeza portaba una gorra de terciopelo negro bordada con el mismo material precioso que la hacía dorada, rematada por una graciosa pluma redonda y enjoyada. La elegante lechuguilla de encaje se ceñía estrechamente al cuello, como era costumbre en Anna. Había aprendido bien la enseñanza de su madre de que la elegancia es un bien preciado e imprescindible para desenvolverse en las cortes europeas.

Cuando acabó de tocar el último botón de la hilera hizo el gesto involuntario de volver a empezar por el primero; entonces se dio cuenta de que la camarera mayor la observaba muy seria. Como una niña que acaba de verse sorprendida en una travesura, desvió sus manos hacia el regazo, posándolas suavemente sobre la magnífica falda. Su educación era exquisita, y así se puso de manifiesto ya en sus primeros pasos en la corte, que empezaba a dar en esos momentos de gran trascendencia para ella. Nada debía salir mal. Desde su nacimiento, hacía veintiún años, estaba destinada a contraer matrimonio con un príncipe, y para ello la habían estado preparando. Prometida primero a don Carlos, sus esperanzas se vieron frustradas con la prematura y trágica muerte del que era único hijo de Felipe II. Los padres de Anna no tomaron en serio su voluntad de ingresar en un convento en España tras el golpe irreversible de la muerte de su futuro esposo. Les llegó a pedir que eligieran ellos la orden religiosa pero no tuvieron en cuenta su dolor ante tal desdicha. «Comprendo, sin embargo, que carezco de razones para desdeñar mi suerte, puesto que verdadera es la estima que desde siempre he profesado a mi tío, el rey, como verdadero es mi amor a España, tierra que me vio nacer mientras la gobernaba mi padre en ausencia de Su Majestad», le dijo a su madre nada más conocer la noticia del cambio de rumbo de su vida, acatando sumisamente su destino y dejando de lado su pena por el fallecimiento de don Carlos.

Dos años después de aquella muerte, estaba a punto de sellar su matrimonio con los protagonistas cambiados. El novio ya no era de su edad, sino que le aventajaba en casi veintidós años y, además, llevaba su misma sangre al ser hermano de su madre. «Demasiada sangre de un mismo tronco para los ojos de Dios», comentó alarmado el confesor personal de Felipe, fray Diego de Chaves, convencido de las objeciones que pondría el Papa, como en efecto así fue.

Cumpliendo con lo que entendió que esperaba de ella su camarera, echó a andar seguida de sus damas camino de la fiesta que se le ofrecía como bienvenida en uno de los salones principales del alcázar segoviano. Estaba muy cansada del viaje, que había durado casi cuatro meses desde que embarcó en Spira, a orillas del Rin, junto a sus tres hermanos Wenceslao, Matías y Alberto, que le acompañarían en su aventura española. En el largo séquito viajaron hasta el puerto de salida, además de los padres de la novia, el arzobispo de Munster y el gran maestre de la Orden Teutónica, por ser ellos los encargados de efectuar la entrega de la nueva reina —pues se había casado por poderes en Praga seis meses atrás— al duque de Alba, que la esperaba en los límites de los dominios españoles de Flandes.

Mientras descendía las impresionantes escaleras de piedra del alcázar, se lanzó a la vana alegría melancólica del recuerdo, buscando con urgencia refugio en la escena que había vivido en aquella jornada de junio en que se despidió de los suyos para ir a reinar a España. Eran las nueve de la mañana cuando, después de oída la última misa en familia, se fundió con su madre en un interminable abrazo con el que rodearon veintiún años de amor y adoración mutua, queriendo retenerlos para siempre. Porque un adiós es un bocado que se lleva consigo una parte de nuestra vida que nunca nos es devuelta. Ahogada en lágrimas, le costó un gran esfuerzo montar su caballo para dirigirse al embarcadero cabalgando junto a su padre y a los tres hermanos que iban a viajar con ella. Conforme se alejaban, la joven sentía clavada en la nuca la aflicción de su madre que, desde una ventana, contemplaba el paso del cortejo, tratando de imaginar qué vida aguardaría a su hija al lado de su hermano Felipe.

La organización del largo periplo había resultado harto dificultosa debido a los movimientos navales turcos en el Mediterráneo. Por si fuera poco, el mal estado de la mar obligó a la comitiva a cambiar el rumbo a medio camino y desviarse de Laredo a Santander, a cuyo puerto arribó el martes 3 de octubre del año de Nuestro Señor Jesucristo de 1570; allí fue recibida por el arzobispo de Sevilla, don Gaspar de Zúñiga y Avellaneda, y por el duque de Béjar, don Francisco de Zúñiga y Sotomayor. Anna habría preferido llegar un solo día antes, o uno después, pero no justo cuando se cumplían dos años exactos de la muerte de la tercera esposa del rey, Isabel de Valois, como bien se encargó de recordarle, inoportunamente, alguien del comité de bienvenida.

Volviendo del recuerdo, no se encontraba con muchos ánimos para la fiesta pero era imprescindible corresponder al agasajo que le estaban ofreciendo dos días antes de celebrarse la ceremonia nupcial que la iba a convertir, con todos los derechos, en esposa de Felipe. A partir de ahora, el rey; ya no su tío.

Tras largas jornadas atravesando una población tras otra bajo un intenso frío que en ocasiones llegó a hacerse insoportable, había conseguido alcanzar el palacio fortificado de Segovia, donde ahora podía percibir el rumor de la música acompañada del murmullo de los innumerables invitados. Se intuía una gran celebración en la que participarían alcaldes, autoridades eclesiásticas, embajadores, nobles, miembros de la realeza y médicos de la casa, entre otros muchos asistentes. Jamás se había visto semejante reunión de Grandes de España. Pero sólo una persona le interesaba a Anna, y ésta era Felipe. Los nervios la reconcomían en la espera del ansiado instante en el que se encontrara con él; ahora que faltaba poco, temía que llegara ese momento.

Conforme se aproximaba al salón, en la planta principal, el ritmo de su pulso iba en aumento. Sentía cierto desasosiego. Al llegar a la entrada le aturdió la peculiar acogida de los presentes: afectuosa pero rígida y austera al mismo tiempo. Excesivamente protocolaria. Dirigió una rápida mirada a los más cercanos, creyendo que el rey se encontraría en la primera línea de quienes se aprestaban a acogerla. No lo vio. Tal vez fuera normal —pensó— que Su Majestad se reservara un cometido relevante en la recepción. Por lo que le habían contado del rey, aunque sobresalía por su humanidad, no era muy dado a alharacas en sus modos y maneras. La efusividad no se contaba entre sus cualidades. Empezó, entonces, a cambiar su idea de que la esperaría con calurosas demostraciones de afecto, por otra más realista —creía ella— en la que Felipe besaba su mano deseando que se salvara a la mayor brevedad la distancia de una piel a otra. Y ese pensamiento mitigó la tensión.

La princesa Juana, hermana del rey y tía suya, fue la única que destacó entre la corrección general del ambiente con palabras cálidas. A Anna le pareció que la simpatía que le prodigaba era sincera y rebosante de ternura.

—Majestad, sed bienvenida a la corte española. —Juana se inclinó ante ella tras haber estrenado con solemnidad el nuevo título de Anna de Austria—. Pertenecéis a nuestra noble familia y también, a partir de hoy, a nuestra casa y corte. Es nuestro deseo y voluntad que os sintáis entre nosotros todo lo feliz que se puede ser en esta tierra.

La sala prorrumpió en un sonoro vítor de la misma brevedad que los comentarios que hacían unos y otros. Daba la impresión de que el comportamiento de los asistentes era deliberadamente comedido, pero ella no acertaba a imaginar qué podría esconderse detrás.

El rey seguía sin aparecer y era ya muy tarde. Su ausencia —que tal vez fuera lo que condicionaba el comportamiento de los presentes— alimentó en la reina la fantasía de que le debía de estar preparando una sorpresa para que no olvidara jamás su primer día en palacio. Pero esa ilusión se desvaneció cuando a las nueve y media de la noche la fiesta se dio por concluida, en un ambiente de encubierta perplejidad. Todos sabían que Anna echaba de menos la presencia del rey, aunque nadie preguntaba ni comentaba nada a ese respecto.

Había que entender la tensión acumulada durante el intenso y largo día que estaba acabando pero que había comenzado muy temprano para la joven. Una jornada extraordinaria, con interminables horas de ruido, movimiento, saludos y besamanos. Anna ahuyentó su decepción rememorando las primeras horas de su llegada a Segovia…

Desde mucho antes de salir el sol, en la ciudad estaban dispuestos y a la espera los grupos de danzas y músicas, y la infantería, así como las escuadras a caballo y a pie. Al avistar la ciudad, Anna de Austria había quedado extasiada con el panorama que se le ofrecía. Le pareció que tenía la forma de una galera suspendida en el cielo. En la proa, alzándose en el punto más alto del peñasco, emergía el soberbio Alcázar, a cuyo pie se juntaban los ríos Eresma y Clamores. En el palo mayor, la torre de la catedral, la más alta y vistosa de todos los reinos españoles. Y por la popa, discurría el trecho que iba desde la Puerta de San Martín a la de San Juan. No sólo le agradó lo que ante sus ojos se mostraba, sino que le embargó la emoción de pensar que iba a confirmar su matrimonio en medio de tanta belleza y esplendor. Y eso que entonces todavía no podía imaginar que le aguardaba una celebración que se prometía por encima de la más lujosa que hubiera tenido cualquier rey hasta ese momento.

Antes de descender de la litera, fue agasajada por las catorce banderas de todo un tercio, con su maestre de campo, su sargento mayor y los demás oficiales, así como por los pendones de los distintos oficios: plateros, curtidores, zapateros, sastres, zurradores, carniceros, tejedores, herreros, carpinteros, cereros… Y gentes venidas de Villacastín, El Espinar, Casarrubios, Robledo de Chavela, el valle del Lozoya… tantos eran y tantas las aldeas y los pueblos, que parecían más bien otro nutrido ejército.

Lucidos juegos de cañas dieron la bienvenida a la reina a las puertas de la ciudad, donde se presentaron, a caballo, los monederos, cuyos oficiales menores iban delante ataviados de morado, con ferreruelos tudescos forrados de tafetán blanco; los seguían los oficiales mayores, con calzas, sayos y gorras de terciopelo cárdeno y negro. Por último, los regidores en representación de la ciudad, con ropas de grana y fajas carmesí, escoltados por los maceros, portadores de imponentes mazas de plata. Cuando la reina descendió de la litera y se colocó bajo el toldo de un prolijo palio, el cabildo se acercó a besarle la mano, seguido del obispo de Covarrubias, quien le dio los parabienes y la «feliz bienvenida a estos reinos».

«Estos reinos.» La tierra en la que iban a anclarse los sueños de una joven convertida en reina. Los anhelos que, por imposición, se habían desplazado del joven príncipe don Carlos, a su padre, el rey Felipe. La condición de ser hija de reyes o de emperadores llevaba consigo la obligación de acatar la voluntad de tales anhelos, fundados en las necesidades políticas a las que las necesidades del alma sólo les restaba amoldarse. De esta manera lo entendía Anna de Austria, que se debatía, en aquella extraña jornada de alegría y esperanza, entre el deseo de ver cuanto antes a su esposo y el temor de no darle lo que él esperaba de ella: un príncipe que le sucediera. Aunque no era momento de preocupaciones, sino de entregarse al pueblo de esa guisa: subida ahora a una hacanea blanca a la que habían preparado con sillón de plata y gualdrapa de terciopelo negro bordada de oro para realizar la entrada a la ciudad.

En medio del barullo emergió una fugaz sombra a caballo, como si reclamara el derecho a espiar en secreto. Era la curiosidad envuelta en una capa negra. Quien fuera no había querido esperar más para ver a la reina y se apostó tras una esquina donde nadie pudiera distinguirlo. Aunque no estaba claro que se tratara de una visión real, ya que nadie pudo después confirmarlo. Algunas personas dijeron haber visto en ella al rey camuflado entre tres o cuatro hombres que se fueron al trote hasta desaparecer de la misma extraña manera que aparecieron.

Los diferentes arcos preparados para su recibimiento comenzaban en la calle del Mercado con una referencia a Maximiliano II, padre de Anna, entre siete emperadores y reyes a los que acompañaban las siete virtudes. En el remate del arco estaba la Fe, una figura vestida de azul bordado de estrellas. A su lado, recostadas, la Caridad, con ropaje carmesí y un pelícano dibujado en su escudo, y la Esperanza, en verde bordado en oro, con un mundo sobrevolado por un águila. Finalmente, en el cuerpo inferior del arco, estaban presentes la Prudencia y la Justicia, que tan necesarias eran siempre, llevando de la mano a la Templanza y la Fortaleza.

Y templanza fue necesaria cuando el cielo decidió descargarse de agua y ensombrecer con espesas nubes la fiesta. Fue un momento de intensa lluvia que deslució la celebración y también el ánimo de la reina, que se vino abajo de repente, empujado por una sensación de pánico al futuro, contra la que tuvo que luchar en varias ocasiones durante aquella interminable jornada.

La Castidad, la Piedad, la Mansedumbre y la Clemencia, coronaban el siguiente arco en el camino hacia la pequeña plaza de San Francisco, en cuya salida había otro arco triunfal, éste de orden dórico. Desde ese punto subieron por la izquierda hacia la puerta de San Martín, las calles Real y Cintería, la plaza Mayor y, finalmente, la plaza del Alcázar, en la que la comitiva se detuvo para presenciar uno de los episodios más llamativos, por estruendoso: la salva disparada por la artillería. Junto al puente levadizo se apeó la reina y allí salió a recibirla la princesa Juana. Era casi de noche y grandes antorchas prendían ya en los muros del exterior. Disponía de un tiempo escaso para cambiarse de atuendo para la fiesta. Una celebración que, ahora que estaba finalizando, consideraba que había sido, curiosamente, lo más pesado del intenso día vivido.

Aunque todavía no había terminado, a pesar de lo que pareciera...

Los invitados fueron retirándose. Las chimeneas aún crepitaban, acabando de caldear un ambiente ya vacío, mientras los criados se movían con gesto seguro de un lado a otro sin hablar entre ellos. Había que apagar candelabros, retirar las sobras de comida y la vajilla, y depositar entre la basura los restos de una alegría desigual.

La reina se recogió a su cámara con rapidez. No quería prolongar la incomodidad de haberse sentido abandonada en su primer día en la corte de España. La camarera mayor dio la orden a sus damas para que comenzaran a desvestirla. Anna miraba los adornos del traje sintiendo lástima de sí misma por el esfuerzo, que ahora se demostraba baldío, de haberse preparado tan a conciencia sólo para unos ojos que no estaban dispuestos a contemplarla. Tanta entrega, sobreponiéndose al enorme cansancio ocasionado por el largo viaje y al interminable recibimiento de la villa segoviana, había sido en vano.

De pronto, con la misma furia inesperada con que se desata una tormenta en medio de un soleado día de verano, la escena, tranquila y silenciosa a la luz tenue de las escasas velas que quedaban encendidas, se vio interrumpida por tres golpes secos en la puerta que incitaron a las damas al revuelo mientras se apartaban rápidamente de la reina. La camarera acudía a ponerse en primera fila justo en el instante en que la puerta de la estancia se abría. Se hizo un silencio sepulcral. El pasillo estaba ya casi a oscuras.

Una figura emergió en la penumbra, plantándose rotunda en el umbral de la habitación. El mismísimo rey. Si lo que pretendía era que Anna no olvidara su primer encuentro, lo había conseguido. Ni ella, ni seguramente ninguno de los que estaban en la estancia, podría borrar de la memoria la imagen de un espectro que, vestido de negro, irrumpió severo entre las sombras para arrebatar el sueño antes de que éste se presentara.

Inexplicablemente, el rey llegaba con la tranquilidad de quien no se sabe esperado. Estaba claro que se había dado poca prisa en abandonar Madrid camino de Segovia. En pocas horas contraería matrimonio y daba la impresión de no importarle demasiado. Resultaba un comportamiento inadecuado, impropio de alguien, como él, acostumbrado a estar siempre a la altura de las circunstancias. Pero no lo estuvo en esta ocasión. No todos los días se casa un rey, como tampoco se recibe a una nueva reina, que se encontraba a esas alturas embargada por el mayor de los desconciertos.

Parecía cansado y dominado por la desgana. El rubio de su escaso cabello contrastaba con el negro riguroso de la vestimenta, cuya gravedad acentuaban las luces y las sombras de la estancia. La expresión del rostro mostraba una frialdad que hería, más aún en un momento tan delicado como ese, en que cualquiera esperaría un gesto amable. Anna no fue capaz de mantener el pulso que la clara mirada de él establecía y optó por bajar la vista a un punto indeterminado del suelo. Observó la esquina rota de una baldosa. Aquel desperfecto le produjo un ensimismamiento absurdo que le permitió defenderse de su propio azoramiento. Y fue Felipe quien le devolvió bruscamente a la realidad:

—¿Cómo es que vestís de ese color tan claro?

Anna podía esperar cualquier pregunta menos esa, a la que no encontraba sentido ni consideraba oportuna. Puso sus ojos, sorprendida, en los del rey.

—¿Por qué no iba a hacerlo, señor...? —se atrevió a responder, aunque agachando de nuevo la cabeza con cierta vergüenza por creer, al comprobar la reacción de él, que había hecho mal vistiéndose con tanto esmero.

La fragilidad que Felipe vio en ella le recordó a la de Isabel de Valois, su anterior esposa, cuando llegó a la corte de Toledo, si bien en aquel caso le pareció más comprensible al tener ella apenas trece años. Anna, sin embargo, era ya una mujer, pero escogida igualmente para el gobierno de un imperio que, aunque lejos de su declive, sí acusaba fisuras importantes que con mucha razón preocupaban al rey: de Flandes llegaban noticias nada alentadoras; Granada hervía con los moriscos sublevados; y como gota que rebosaba el vaso de la paciencia regia, el imparable avance de las ideas calvinistas y luteranas que, extendiéndose por Europa, amenazaban con calar peligrosamente en España.

Y luego estaba su propio desaliento. Peor escollo que cualquier asunto político, por complicado que éste fuera. Todavía acusaba el zarpazo de la muerte de Isabel, la mujer a la que más había amado en toda su vida. De ello no podía culpar a su cuarta esposa, por lo que lamentó haber tenido con Anna tan poca consideración. Comprendió que estaba cargándole con el peso y la responsabilidad de una circunstancia que sólo a él atañía. Algo ajeno a ella. O que parecía serlo.

Se esforzó en sonreírle antes de seguir preguntando.

—¿Os han recibido bien? —dijo entonces en un tono conciliador.

—Sí, pero… —se arrepintió en el mismo segundo en que había pronunciado esta última palabra.

—¿Pero…?

Su esposa desconocía que el talante curioso y en exceso puntilloso de Felipe hacía difícil que se pudiera dejar suspendida una duda en su presencia.

—No…, nada, señor. Al menos nada que tenga importancia.

—A veces son las cosas que nos parecen más irrelevantes las que más definitivas resultan.

—Debe de ser de ese modo, si así lo consideráis.

El rey decidió no seguir preguntando. Le dio las buenas noches y se despidió.

En el umbral de la puerta, pareciendo que se hubiera obligado a sí mismo a hacerlo, se giró hacia ella y le dijo sin recrearse demasiado en sus palabras:

—Sed bienvenida, también a mi corazón, que a partir de hoy vuestro es… señora.

Y desapareció intentando disipar todo rastro de frialdad.

Anna respiró aliviada. Pero no más tranquila.

Olvidar lo que no se ha conocido

Dos días más tarde, y unido a la nieve, el frío, que no entiende de celebraciones, irrumpió en la boda de los reyes dispuesto a ser el protagonista absoluto. El intenso temporal que cayó durante la noche acabó dejando incomunicada la opulenta villa. Incomunicada pero no exánime. A pesar de la tristeza, mayestática y blanca, que confieren la nieve y la frialdad cuando se posan sobre una población para cubrirla por completo, Segovia había amanecido hermosa. Y aunque el clima no favoreciera el pleno disfrute de sus habitantes, el engalanamiento de calles y plazas le sentaba bien. Parecía una naturaleza muerta pero feliz de acoger unos fastos reales que difícilmente podrían volver a repetirse. Cuatro bodas eran suficientes para un rey, aunque se tratara de uno tan poderoso como Felipe. La grandiosidad de un imperio no se mide por las veces que se casa su soberano. El pueblo, y sobre todo el propio monarca, esperaban con ansia la llegada de un heredero. Pero a nadie se le ocurría pensar que, después de cuatro matrimonios y sobrepasando ya Felipe la cuarentena, la vida lo colocara de nuevo en un altar desposando a una quinta mujer en un futuro. Hasta para un rey son demasiadas esposas. Con todo, en Anna de Austria había depositadas muchas esperanzas. Ella sabía que no existía otra razón para que su tío hubiera pedido su mano que la de ser la última posibilidad de perpetuar su estirpe; de ahí que la alegría que expresaba, más por educación y ganas de agradar que por sinceridad, no fuera completa. Las circunstancias que la habían llevado desde Bohemia hasta Castilla eran poco propicias para contemplar el día de su boda como si fuera la culminación de un sueño.

La ciudad parecía dispuesta a estar de su parte y decidida a volcarse en acogerla calurosamente. Cuando se hizo público el matrimonio del rey, muchas ciudades castellanas, entre ellas ésta, le suplicaron que les favoreciese con la celebración del enlace. Muy prudente, como siempre, Felipe, agradeció a todas lo que consideró «una muestra de amor», pero todavía estaba pendiente de tomar la decisión. Algo, también, muy propio en él. Pocos días más tarde, envió una cédula real para comunicar que la reina visitaría Segovia y pedir que se le preparase el recibimiento que merecía. El pueblo se llenó de alegría, pero se aplacó al enterarse de que cédulas similares habían llegado igualmente a Burgos y Valladolid, ciudades ambas por las que la reina habría de pasar viniendo desde Santander. Pero a mediados de octubre la princesa Juana llegó al Palacio del Bosque, en Valsaín, para preparar los aposentos reales y entonces se declaró que, finalmente, la boda se celebraría en el Real Alcázar. A la alegría por la noticia se sumó la preocupación por la premura de tiempo, dado que la ceremonia estaba prevista para el catorce de noviembre, así que no mediaba más que un mes escaso. La población se puso en marcha, a pesar de las pésimas condiciones en que se encontraba para soportar un gasto como el que un enlace de reyes iba a ocasionar. Segovia se hallaba empeñada en pleitos para conseguir la jurisdicción de varios pueblos que consideraba que le pertenecían, así como por la gente que tuvo que enviar a la guerra contra los moriscos de Granada. Sin embargo, un privilegio de esa categoría, un hito histórico, merecía cualquier esfuerzo. Por ello buscó dinero por todos los medios y exhortó a los diferentes oficios para que arrimaran un hombro que estaba más bien alicaído. Pero todos acudieron: pintores, ingenieros, herreros, escultores, joyeros, sastres… no quedó gremio exento de participar en la construcción de los arcos triunfales que recibieron a Anna de Austria y en el engalanamiento del recorrido, sin escatimar un ducado.

Desde Portugal y Valencia se trajeron preciados salazones y compotas para agasajar a los reyes. En el camino que iba desde el alcázar hasta la catedral estaban las plazas llenas de carnes, frutas, caza y pescado, pan y vino. Como por arte de magia, la ciudad rebosaba de gente y de vida.

Una vez superado el primer impacto gélido al salir al exterior, la reina, desde el carruaje, disfrutó con las innumerables muestras de cariño que el pueblo le brindaba y el enorme jolgorio organizado en las calles. Fanfarrias, arcos triunfales, danzas campesinas y grupos de teatro moviéndose como enjambres por toda la ciudad, se convertían en una divertida ofrenda nupcial. A las puertas del templo fue gratamente sorprendida por un grupo de diez mozos vestidos con ropas de pastores y diversos adornos, dispuestos a representar dos villancicos a los que siguieron una interpretación del *Te Deum* con la que lograron emocionar a la reina, muy dada como era a los asuntos de la piedad.

Llegó la hora de pisar, por fin, la catedral para encontrarse con el novio. Anna llevaba días imaginando cómo sería ese instante, mágico por decisión de los otros. Fantástico, porque le habían explicado que así debía ser. Maravilloso, porque todos aquellos que pasaban por el anhelado trance de la boda relataban con el mismo arrobo la escena. A ella no tenía por qué sucederle de distinta forma.

Pero sí le sucedió. Necesitó cerrar los ojos y volver a abrirlos para aceptar que no era un mal sueño: su futuro esposo seguía vistiendo de luto riguroso. Una boda negra, que se le antojó una boda macabra. Una mala representación de la circunstancia que, para su desgracia, le tocaba vivir. Miró a sus hermanos, Wenceslao, Alberto y Matías, y vio que también iban de negro, al igual que la princesa Juana, seguramente por deferencia con el rey, y entendió por qué ella misma también se casaba del mismo color. Iba muy elegante, desde luego, de terciopelo negro y un tocado repleto de finas piedras preciosas. Cuando le aconsejaron el modelo y el color jamás imaginó que intentaban que no desentonara con el luto que el rey no pensaba quitarse ni siquiera el día de su boda. Confió en la buena fe de quienes pretendían hacerle creer que un vestido negro y aterciopelado constituía un signo de distinción. Pero la realidad demostró que se equivocaba.

A sus ojos asomaron como un azote dos lágrimas de igual brillo que la pedrería de incalculable valor que pendía de su cuello. Dos perlas saladas que tragó con orgullo. Hasta entonces había podido controlar sus emociones. El espíritu germánico con el que sus padres la educaron facilitaba el saber estar en cada momento y permitía que fuera dueña de sus actos. Difícilmente se dejaba llevar por las emociones, lo cual no excluía una notable calidez en el trato con sus semejantes. Esta deliciosa contradicción de su carácter, que el rey, tan pronto, ya estaba teniendo ocasión de comprobar, destacaba como una de sus principales virtudes. Pero el peso ahora inequívoco del luto rompió su equilibrio, y sus sentimientos se desataron en distintas direcciones. Quería sentirse dichosa. Necesitaba que así fuera.

En el momento de la ceremonia se puso ligeramente nerviosa. Al intercambiar las arras con el rey, la solemnidad catedralicia y la presencia de cientos de invitados de alto rango le causaron una profunda impresión que la colocó frente al recuerdo de lo que su madre le había contado acerca de cuando Felipe la vio por primera vez. Tenía dos años y a él le llamó la atención lo mucho que sonreía y, en especial, el rubio dorado de sus largos cabellos. Siempre le refirieron la ternura de su tío al cogerla en brazos. Era sangre de su sangre.

Ahora la sonrisa de Anna había cambiado y se prodigaba menos que entonces. No sólo porque a los veintiún años no se tienen tantas razones para reír como en la infancia, sino porque al entrar a formar parte de la corte española los motivos de alegría quedaron reducidos casi a la nada.

Con las últimas monedas que cayeron en sus manos notó el roce de las de Felipe y alzó su mirada para encontrarse con la de él. Averiguar qué decían aquellos ojos resultaba imposible. Sin embargo, quedándose en ellos durante prolongados segundos alcanzó a sentir tranquilidad. Y cierto bienestar. Cerró sus manos apretando con fuerza las trece arras y él se las rodeó, suavemente, con las suyas. Mirando a su esposo se miraba a sí misma, intentando adivinar si sería capaz de entender a ese hombre al que desde pequeña le habían enseñado a querer y del que tanto le habían hablado, sobre todo su madre.

Abstraída en sus pensamientos, no había escuchado las últimas palabras del arzobispo de Sevilla, oficiante de la boda, pero suponía que hablaría de la fidelidad eterna, de la entrega y de todo lo demás.

Todo lo demás. ¿Y qué era todo? Porque el todo incluía la otra parte, la concerniente al esposo, y desde luego en ese momento aún dudaba de cómo pensaba afrontar Felipe este cuarto matrimonio. De la misma manera que dudaba de que algún día llegara a amarla. Tampoco sabía si era eso lo que tenía que esperar, o si ni tan siquiera anhelar el amor de su marido estaba a su alcance.

Finalizado el solemne acto, Anna recibió la felicitación cariñosa de la madrina, su cuñada Juana, y del padrino, su hermano menor Wenceslao. Su porte al caminar hacia la salida del templo, y su estilo, causaron la admiración general. La claridad de su fina piel, casi transparente, quedaba resaltada por una ligera capa de polvos blancos sobre los que le habían aplicado una tonalidad rosada en la zona de las mejillas. Estaba guapa, aunque no todo el mundo lo creyera así, o más bien no quisiera creerlo. Durante el posterior banquete, Ana de Mendoza de la Cerda, princesa de Éboli, hubiera tenido que estar dispuesta a dispensar sus atenciones a la nueva reina, pero lo cierto es que no lo estaba. Incluso se atrevió a comentar con su marido, Ruy Gómez de Silva, refiriéndose a la novia:

—¿No encontráis que no alcanza el elevado grado de belleza de su predecesora…?

A Gómez de Silva no le dio tiempo a responder. El matrimonio llevaba un rato de conversación y no se dio cuenta de que el rey se acercaba por detrás.

—Señor… es un honor poder transmitiros nuestra sincera felicitación por vuestra boda —dijo el príncipe muy cortésmente, confiando en que no lo hubiera oído—. Deseamos a vuestra majestad y a su majestad la Reina la mayor felicidad.

—¿Y qué secreto contabais tan al oído, doña Ana? —preguntó el rey a la princesa.

—Hablábamos de la belleza sin par de la nueva reina —mintió.

La princesa llamaba la atención, magníficamente ataviada. El parche que tapaba su ojo derecho —consecuencia, según unos de una herida de florete o, según los más malintencionados, para ocultar que era bizca— añadía un toque de misterio a su singular hermosura.

—Espero que vuestro corazón no vuelva a traicionaros. Sabed que no es la *nueva* reina —le recriminó el rey amistosamente—, sino *la reina*. En ningún momento lo olvidéis.

Se disculpó contrariada. Los príncipes de Éboli tenían un papel destacado en la corte de Felipe y ambos sabían que él daba por hecho que sabrían representarlo como convenía. Y a partir de ese día, lo más conveniente, en el caso de ella, era estar a bien con la cuarta esposa del monarca. La reina. Sencillamente.

A la princesa le dio tanta rabia que le hubiera llamado la atención que siguió dispuesta a tentar su suerte:

—Francamente se la ve bella, pero… ¿no encontráis algo triste su expresión, para ser la de una novia…?

—Señora —Felipe sonrió condescendiente. Conocía bien el punto retorcido del que, por fortuna sólo a veces, hacía gala Ana de Mendoza—, en el fondo, a todos nos entristece perder una parte de nosotros mismos cuando nos casamos.

—Depende de la parte que sea… —Su agudeza la llevaba a atrevimientos fuera de lugar.

—Sin duda seréis felices —medió el príncipe de Éboli para zanjar la conversación.

Ajena a todo tipo de maledicencia contra su persona, la reina decidió hacer gala de su mejor sonrisa justo cuando tuvo que iniciar el baile de la mano de su esposo. Se esforzó en dejar que se expandiera por su interior una sensación de serenidad y felicidad que fue de gran alivio y le liberó de cualquier tipo de temor, al menos durante el rato que durara la celebración.

Los reyes danzaban mirándose fijamente. No se devoraban con la mirada, como cabría esperarse de unos recién casados. En este caso, todos sabían que no era necesario.

Anna también, y quería empezar a olvidarlo.

En la calle, la noche se tornó en abrumadora claridad por obra de las hachas de cera blanca de una impresionante máscara, como llamaban a los festejos que tenían como protagonistas a los nobles a caballo, ataviados con vestidos y libreas vistosas, que se llevaban a cabo de noche. En éste participaban, por parejas, más de ochenta caballeros que blandían las velas como estandartes iluminando el cielo; acariciando las lágrimas que en aquellos momentos fluían en la alcoba real.

Cuántas promesas de felicidad esperaba Anna. Cuántos, los sueños que estaban por cumplir. Aquella noche, el comienzo de su nueva vida la asaltó llenándola de incontenibles temores.

Partiendo de la plaza del Alcázar, los caballeros iluminados por las llamas que portaban se lanzaron a recorrer la ciudad hasta perderse por callejuelas que acabaron engullendo las luces, como si fueran las ilusiones de la recién llegada reina que yacía en su lecho convertido en un mar de incontenible llanto.

Al jueves siguiente, mientras todavía duraban las celebraciones, se produjo un incidente con los fuegos de artificio que, por fortuna y de milagro, no tuvo consecuencias graves. Salían de misa los reyes cuando un enorme castillo cargado con gran cantidad de artillería y cohetes que estaban manipulando varios ingenieros comenzó a arder. Los hombres se lanzaron al vacío, hiriéndose algunos de ellos, y la guardia real corrió precipitadamente a poner a salvo a la pareja. Se ocuparon primero del monarca, a quien le salió como un gesto natural el buscar la mano de la reina. Fue como si lo hubiera hecho en contra de sí mismo, sin haberse pedido permiso. Un acto no premeditado que le reveló que su esposa le importaba más de lo que hubiera querido reconocer.

Arriesgando su vida, un mozo echó unas capas sobre los barriles de pólvora situados en la parte baja del castillo, de donde arrancaban las mechas, y consiguió detener los estallidos.

El estruendo atronó en toda la comarca. La reina, presa de un susto atroz, creyó que el mundo se acababa. Felipe, entonces, se puso a su lado e intentó tranquilizarla sólo con la expresión amable de su rostro, y la fiesta prosiguió. Dio comienzo el juego de cañas: precedidos de un gran número de atabales y trompetas aparecieron cuarenta y ocho caballeros, de dos en dos, y doce cuadrillas de a cuatro, luciendo costosísimas libreas, marlotas de damasco y capellares de terciopelo de diversos colores, bordado todo en oro.

Con gran agotamiento acabaron, por fin, los días de festejos. Ya era, de pleno derecho, la esposa del rey. Una nueva vida se abría ante sus tristes ojos, en compañía de un marido que, al menos aparentemente, no parecía todo lo dichoso que habría de ser un recién casado.

Seis días más tarde, Anna y Felipe iniciaron la luna de miel en el Palacio del Bosque, en Valsaín, ubicado en plena naturaleza.

Un maravilloso paraje para deleitar la vista, pero también un arma con la punta afilada para Anna, que tenía que estrenar su intimidad conyugal donde su esposo había sido inmensamente feliz —como era de todos sabido— con la mujer que ocupó anteriormente el mismo lugar que ahora le correspondía a ella.

Ella, tan temerosa de la cercanía de un hombre… Y Felipe no se lo estaba poniendo demasiado fácil. Anna hubiera preferido incluso no tener luna de miel, antes que pasarla en Valsaín, donde finalmente no llegaron a estar ni una semana. Parecía que él tuviera muchas ganas de contemplar la entrada triunfal de la reina en la villa de Madrid. Después de comprobar el recibimiento que Segovia le había dispensado, no esperaba menos de los madrileños.

Felipe se mostraba tranquilo y feliz por la reacción del pueblo ante su nuevo estado. Una reacción que reflejaba la condición de súbditos, para los que las alegrías y tristezas de su rey significaban su propia satisfacción, del mismo modo que el cumplimiento por el monarca de sus obligaciones dinásticas eran una muestra de su preocupación por la grandeza y el bienestar de sus reinos.

El ardor en juego

Madrid, 26 de noviembre de 1570

Aquel domingo, el cielo de Madrid amaneció de mejor humor que el que se gastó Segovia para recibir a Anna de Austria. No se divisaba ni una sola nube en el cielo, y la ausencia de viento dejaba el ambiente en calma, mitigando la sensación de frío.

El Prado de San Jerónimo era una llanura que se extendía hasta la entrada a la Villa como una salida a Oriente junto a uno de los reales monasterios, de la Orden de San Jerónimo. En él se había construido una calle de más de dos mil pies de largo, en la que se plantaron árboles de varias especies, que iba a dar a otra calle, en el margen izquierdo, con arboledas a un lado y frutales en las lindes con las huertas que la cercaban, perfectamente alineados para componer un grato paisaje en esa entrada a Madrid.

Más de una legua antes del pórtico de la Villa, la muchedumbre concentrada para darle la bienvenida a su reina era tan inmensa que semejaba un muro humano. En los aledaños se apostaban a la espera de la comitiva más de cuatro mil piqueros y mil quinientos arcabuceros con sus armas dispuestas para las salvas.

Antes de que la reina hiciera su entrada, el duque de Feria, capitán de la guardia de Su Majestad, ordenó que toda la gente saliera a recibirla, a pie o a caballo, danzando y tocando música en las calles. Brillante fue la participación de los archeros, que se sumaron al festejo luciendo vistosas libreas y ataviados con celadas y morriones en las cabezas. Detrás desfilaba el duque, bastón en mano, seguido de la guardia alemana y de la borgoñona con sus mejores galas. Y en la retaguardia, la nutrida caballería española, elegante y majestuosa.

El arco triunfal que daba la bienvenida a Anna, en la Carrera de San Jerónimo, era el mayor y más impresionante que jamás se había construido para ningún príncipe, rey o emperador, con sus ciento doce pies de altura y ciento uno de anchura. Había sido construido en su honor, lo cual la llenó de emoción. El genial artista milanés Pompeyo Leoni llevaba desde mediados de agosto fabricando tres colosales arcos de triunfo para el recorrido de los reyes, cuyos textos ornamentales, en latín y castellano, fueron preparados por el maestro Juan López de Hoyos. El dedicado exclusivamente a Anna de Austria era éste, el de San Jerónimo. Inspirado en el arco de Constantino del foro romano, representaba las victorias de los Reyes Católicos y de la Casa de Austria.

Al son de la música, el Ayuntamiento y el Senado de Madrid recibieron a la reina con un muy suntuoso palio de tela de oro frisada. Caminaban detrás de ella al pasar bajo el arco el príncipe Alberto y el cardenal Espinosa, a quienes siguió el guión, bandera pequeña de un asta con las armas reales, que acompañaba a un miembro de la familia real advirtiendo de su presencia. El paso de las damas, ricamente vestidas, era un impresionante derroche visual; un deleite para los sentidos: innumerables perlas de la mejor calidad, collares, cintas, valiosísimos apretadores labrados en oro… Y todas ellas, sentadas en sus palafrenes con sillones de plata.

En el mismo prado, en tan sólo diez días, se había construido un profundo estanque, en cuya su margen izquierda se erigía una torre a la que llamaron del Homenaje. Junto a él se había levantado un cadahalso, a modo de augusto trono, rodeado de catorce gradas cubiertas de brocado, por las que las numerosas personalidades que allí se dieron cita para recibir a la cuarta esposa de Felipe II subirían a besarle la mano una vez hubiera acabado de presenciar el magno espectáculo de danzas y folías.

La reina descendió de la litera entre vítores acompañada del príncipe Alberto y subió a sentarse en el trono para presenciar las salvas, que casi quedaban ahogadas por los alaridos de moros, turcos y argelinos representados por el pueblo que participaba en una espectacular puesta en escena. Entonces dio comienzo un combate naval en el estanque, en medio de un ensordecedor estruendo provocado por la artillería durante la defensa del castillo. Se habían armado ocho galeras, cada una de ellas con sus propios remeros que llevaban encadenados los pies y vestían bonetes azules y zaragüelles. El cómitre de cada una de las embarcaciones, que contaban con veinte soldados de pelea y gran cantidad de cohetes para el ataque, dirigía la boga de los forzados. Era todo tan real que llegó a parecer una batalla verdadera.

Finalizada la naumaquia, todos los regidores por orden de antigüedad pasaron a besar la mano a la reina. Posteriormente, el ilustrísimo cardenal don Diego de Espinosa se acercó a hacer lo propio como presidente de todos los señores del Consejo Real y sus ministros, los alcaldes de corte y los innumerables caballeros congregados, que le siguieron después. La reina tuvo un gesto que se consideró de generosidad al levantarse para solicitar una silla para el cardenal, al que preguntó por su estado de salud, conocida como era la indisposición que había sufrido en Segovia durante los fastos nupciales.

Al cabo de varias horas —ella perdió la cuenta— y aunque cansada, todavía quedaba dibujada en el rostro de Anna una amplia sonrisa en el momento de subir a un hermoso palafrén blanco mosqueado al que habían colocado una espléndida silla de oro cuajada de pedrería y una gualdrapa de terciopelo negro bordada con franjas de oro. Aproximándose al monasterio de Nuestra Señora de la Victoria, de frailes de la Orden de los mínimos, junto al Hospital Real de esta corte, se le ofreció un segundo arco exquisitamente fabricado en un lugar, por cierto, harto espacioso, al que llamaban la Puerta del Sol. Se le hizo saber que el nombre de este paraje se debía a dos razones. La primera, porque estaba situado hacia Oriente, de manera que al salir el sol esparcía sus rayos por él. Y la otra, que en la época de «los alborotos populares conocidos como las Comunidades», como algún cronista llegó a denominarla, para protegerla de comuneros y bandidos se hizo un largo foso y una fortaleza. Encima de la puerta de entrada a la fortaleza se pintó un sol. Una vez conseguida la pacificación del reino de Castilla, la fortaleza se derribó con ánimo de ensanchar la entrada de una villa que abría los brazos al viajero en tiempos ya de paz. Y para celebrarlo, en recuerdo del desaparecido sol de la puerta, la plaza quedó para siempre como Puerta del Sol. Aquel arco representaba el poder de España en las Indias.

Siguiendo el recorrido previsto, pronto se alcanzó el tercero, en honor a Felipe II, fabricado en medio de la Plaza Mayor, encrucijada en la que convergía una constelación de calles. Muchos lo consideraron una réplica del arco romano de Tito. Y de allí, hacia la Puerta de Guadalajara, parte de la antigua muralla, junto a la que se había instalado una pequeña y hermosa capilla en cuyo centro se alzaba un altar presidido por una imagen de la Virgen con el Niño en los brazos. Una barandilla de hierro sostenía a un Ángel de la Guarda, al que antiguamente llamaban «tutelar» porque su misión era amparar y proteger a la población. En la mano derecha sostenía una espada desnuda y sobre la izquierda, un modelo de Madrid en relieve. La reina se detuvo extasiada ante la figura, a la que rogó, para sus adentros, que igual que hacía con Madrid la protegiera también a ella de los males y demonios que pudieran acecharla en la nueva etapa de su vida. Pidió al Altísimo que aquel ángel tuviera potestad para ahuyentar a fantasmas, como los de amores pasados, que tanto daño hacen. Algo en el corazón de Anna le hacía temerlos. No estaba previsto que la comitiva se detuviera en ese lugar, en el que se había dispuesto para ese día una docena de candeleros altos de oro con velas blancas, pero respetaron la voluntad de la reina. Su recogimiento se vio quebrado de repente por unos gritos, alborotados y quejosos, que llegaban de un lado de la plaza. Preguntó la soberana al corregidor don Antonio de Lugo la razón de las voces y él le informó de la cercanía de la cárcel, desde donde los presos, sabiendo que la reina doña Anna de Austria hacía su entrada en Madrid, imploraban desesperadamente su clemencia. Hubo un gran revuelo de autoridades, que se dirigieron a la prisión, pero ella los mandó detenerse y se interesó por las condenas que sufrían algunos de aquellos desdichados. Dio su palabra de que solicitaría al rey indulgencia para buena parte de esos hombres. Tal declaración conmocionó a todos, que en adelante hablarían siempre de la benevolencia de su soberana ante la que se rendían, más aún después de presenciar su inesperado gesto.

Quedaba ya muy poco del recorrido, que empezaba a resultarle interminable, pero a la vez inevitablemente excitante. Llegando a la segunda muralla, conocida popularmente como el Arco de la Almudena, pudo contemplar otro coloso: el gigante Atlas. Cerca de allí conoció el templo de Santa María, la iglesia mayor más antigua de Madrid, donde el clero al completo y el Cabildo, vestidos todos de fiesta y portando como señeras las catorce cruces de las parroquias madrileñas, se hallaban congregados para ofrecerle sus respetos. Anna de Austria se adentró en silencio en la basílica, ante cuyo altar mayor se arrodilló sobre cojines de seda y comenzó a orar con tan profunda devoción que emocionó a los presentes mientras sonaban las notas del *Te Deum*.

Por fin llegaron a palacio, un edificio austero y poco armonioso pero que a la reina le pareció la más maravillosa residencia real de cuantas hubieran existido. Toda la infantería que había participado en el asalto naval al castillo se había desplazado a la extensa explanada de la entrada para esperar allí a su reina y rendirle honores. Pero, sobre todo, para participar, junto a la guardia a caballo, en la salva más solemne. Un estruendo insoportable que estuvo a la altura de la grandiosidad de la situación.

En el zaguán del alcázar madrileño le esperaban su cuñada la princesa Juana, y sus hermanos, los archiduques Rodolfo y Ernesto, que llevaban residiendo en la Corte española varios años. Tomándole la mano derecha, Juana la condujo escaleras arriba hasta sus aposentos. Había llegado el momento de que el séquito se retirase, siguiendo las ilustres personalidades la pauta del cardenal Espinosa que fue el primero en despedirse y salir de palacio. La reina estaba a punto de alcanzar la necesaria hora del descanso. Quedaba tan sólo la cena, pero ya era un acto más familiar. A la hora de acostarse, ni tiempo tuvo para saborear la satisfacción de cuanto se le había ofrecido en aquella jornada inolvidable y maravillosa.

Agotada, exhausta, pero deslumbrada. Ése era su estado. Se durmió no bien apoyó la cabeza en la almohada abrazada a la imagen del artífice de todo lo vivido durante tantas horas seguidas de regocijo: Felipe. Su amado esposo.

Ya había iniciado el camino para conseguir que lo fuera.

El día siguiente fue declarado festivo. El pueblo, afanado en seguir agasajando a su reina, se concentró en los alrededores del alcázar junto a todas las compañías de infantería, con gran número de pífanos y tambores que recuperaban el estruendo de la jornada anterior. El gran motivo de alborozo, sin embargo, se producía puertas adentro del palacio. Hasta corrillos de damas y sirvientes se formaron para comentar la gran noticia. Desde luego, la más sorprendida fue la reina. Y también la que más se alegró. Tuvo que mirar a su esposo, no obstante, con detenimiento para comprobar que no resultara una ensoñación, un espejismo, fruto del sueño que se ambiciona a sabiendas de que jamás llegará a realizarse. Sin embargo, en una ocasión única, como ésta lo era, la ilusión estuvo dispuesta a fundirse con la realidad. Por primera vez desde la muerte de Isabel de Valois, el rey apareció desprovisto del luto. Quizá la costumbre de verlo vestido de permanente negro hizo que a toda la familia le pareciera que estaba especialmente guapo y muy elegante, con las calzas del mismo color crema que el jubón bordado en oro. Sobre los hombros descansaba una capellina de marta. La reina sintió un pellizco en el estómago y su rostro se iluminó. El rey, enternecido al ver su reacción, fue hacia ella, le tomó de la mano y se acercaron a uno de los ventanales para contemplar juntos las demostraciones de alegría popular que se prolongaron hasta la noche. Entonces la fiesta se transformó en una exhibición de fuego y cohetes en torno a un espectacular castillo elaborado por los plateros.

Después de la cena de la familia real, el corregidor, en compañía de todos los caballeros del ayuntamiento y de algunos ilustres de Madrid, organizados en ocho cuadrillas de veinte hombres cada una, hicieron un divertido juego de alcanciazos. Iban elegantemente vestidos con libreas de seda damasquinada en varios colores, fajas de terciopelo amarillo y turbantes asimismo aterciopelados a los que nada envidiaban las guarniciones de sus respectivos caballos. Al llegar a la entrada, tras varias escaramuzas perfectamente representadas con gran realismo, comenzaron a darse entre ellos alcanciazos en sus adargas para diversión de los reyes.

De esta manera acababa el mayor, más lujoso y más espectacular recibimiento que jamás se le hubo dispensado antes a ningún príncipe en suelo español. Superaba la pompa exhibida en Segovia. Pero también cualquier otra, por grande, suntuosa y de valor que hubiera sido. El español demostraba ser un pueblo muy agradecido y Anna de Austria ya había decidido que le iba a corresponder. Pensaba ser una buena reina y amar a su esposo. Y sería feliz dejándose amar por él.

Se sentía satisfecha creyendo que había ganado la primera e importante batalla al fantasma de su predecesora en el trono y en el lecho del rey. Porque Isabel de Valois, por muy francesa e hija de reyes que fuera, no gozó de un privilegio de semejante altura.

Un honor que parecía reservado para los Austrias, a cuyo linaje tenía que representar a partir de ahora Anna, seguramente la futura madre de rey.

Las manos del rey se deslizaban certeras por el contorno de aquel cuerpo joven y deseado. Sus dedos buscaban rincones que la virtud no permite abrir a la lujuria de los hombres, sintiendo un enorme placer al comprobar la facilidad con la que su piel se adhería a la de la muchacha. Y cuanto más profundamente se afanaba en adentrarse en ese cuerpo siguiendo caminos que sólo el pecado traza, más imposible le resultaba detenerse.

La joven le ofrecía la boca, que a él se le asemejaba una fruta en su punto justo, y cuando la hubo probado se lanzó a la búsqueda de otra más apetecible y remota. Un fruto nada prohibido para el monarca.

Alcanzado el primer envite del placer, Felipe le habló en los siguientes términos, intentado que sus palabras resultaran firmes pero no demasiado severas:

—Elena, habéis ido demasiado lejos. Apenas hace unas horas que he llegado a Madrid de mi luna de miel. Debéis controlar vuestros ímpetus.

—¿Acaso lo hace vuestra majestad?

Elena se había presentado en las estancias reales con la excusa de que un asunto urgente que sólo concernía al rey tenía que ser tratado con él. Y aunque los secretarios intentaron que esperara a verlo al día siguiente, decidieron claudicar al responderles ella que nada que fuera importante para su Señor podía esperar, y que cuando se enterase de que no habían permitido que conociera la valiosa información que traía, podrían lamentarlo. Acabaron accediendo porque, al fin y al cabo, no eran ajenos a los rumores de las citas clandestinas que el rey llevaba tiempo manteniendo con la joven. Tenía veinticuatro años y gran empuje de carácter. Era hija de un montero del rey, Francisco Méndez, y se había criado en palacio para ser dama de la reina. Se trataba de una de las personas que mejor conocía los entresijos palaciegos, y, de hecho, formaba parte de pleno de los mismos.

—Tengo planes para vos —prosiguió el rey.

—Seguro que son interesantes. Agradezco el simple hecho de que os toméis la molestia de pensar en mí.

—Bien sabéis que esas molestias… me encanta tomármelas si se refieren a vos… —En ese momento, ella volvía a conquistar territorios que ya se habían rendido, haciéndole difícil el habla.

Rodaron de nuevo entre las sábanas. Y vuelta a empezar. La muchacha le iba contando, con las palabras entrecortándose por las arremetidas del goce carnal, lo mucho que lo había echado de menos y lo poco que podía esperar para estar con él íntimamente: «Eso justifica que haya irrumpido en vuestra cama hoy mismo —musitó—, ésa es la razón, el verdadero poder del amor». Al pronunciar esta última palabra, el rey la acalló con el ardor de que era capaz su propia boca.

—¿Y cuáles son esos planes? —preguntó ella apartándolo de repente y aparentando picardía después de haber hecho una travesura. Sabía cómo provocar a Felipe.

—No queráis conocerlos tan pronto. Es más emocionante la sorpresa.

—Viniendo de vos, seguro que es así.

—La prudencia es buena aliada en todo.

—En todo no… majestad. —Los movimientos de la joven sobre el cuerpo del rey le resultaban a éste de una descarada sensualidad—. Quiero ser vuestra.

—¿Eso es lo que os gustaría, pertenecer al rey?

—¿Se os ocurre a alguien mejor…?

Quien sí era ya suya llevaba por nombre el de Anna. Su esposa, muralla levantada entre el placer y el hombre. Lo contrario de Elena.

El primer uso del débito conyugal —ocurrido durante la luna de miel en Valsaín— había sido de tal torpeza que Felipe vio con pesimismo el futuro de su vida íntima dentro del matrimonio. Tal vez a ello se debiera el que, lejos de molestarle el arrojado comportamiento de Elena el primer día de estancia en Madrid, se entregara a ella deleitándose en juegos mucho más atrevidos —si cabe— de lo que era habitual en sus encuentros clandestinos. No podía culpar a Anna de su inexperiencia, pero por desgracia tampoco era justo que la responsabilizara de la estrechez de una moralidad que dificultaba el goce carnal. Así la habían educado. Y así sería en el lecho compartido con un rey que llevaba, además, su misma sangre.

La sangre que debía mezclarse para darle un heredero a la Corona española. En ningún lugar estaba escrito que para conseguirlo fuera indispensable el disfrute de los cuerpos.

Los sueños rotos de Elena

¿Por qué nos preparamos tan mal para los momentos importantes de nuestra vida? ¿Será porque sólo percibimos su trascendencia una vez que se han consumado? Anna iba a conocer a las dos hijas de su esposo sin que nadie le hubiera puesto en antecedentes acerca de cuál era la disposición de ánimo de esas niñas que habían quedado huérfanas de madre dos años atrás y a edades tan tempranas. Quería causarles buena impresión. Ya se sabe que los niños se pueden formar una idea equivocada de la realidad haciendo sus propias interpretaciones de lo que ven, así que se impuso ser lo más cuidadosa y amable posible para dejarles poco espacio a la imaginación.

La princesa Juana estaba con ella, y durante la espera le estuvo relatando lo que les habían explicado a sus sobrinas acerca de la reina: «Que su madre regresaba del cielo para estar con ellas». A Anna no le pareció el comentario más acertado, si bien lo encontró emotivo y confió en la experiencia de su cuñada, así como en la de las damas que estaban al cargo de las niñas. Seguro que la decisión de hacerlo de ese modo respondía a que consideraron que resultaría lo mejor para las pequeñas. Es posible que ese argumento las motivara para esperar a su «mamá» con ilusión.

Entraron expectantes y con las caritas serias. La menor, Catalina Micaela, de tres años, iba más distraída al no tener aún la consciencia de lo que se cernía sobre ellas. La mayor, en cambio, con cuatro años se daba perfecta cuenta de lo que iba a suceder. Isabel Clara Eugenia guardaba gran parecido físico con su difunta madre. Las dos hermanas se agarraban con fuerza a la mano de la dama a cuyo cuidado estaban.

—Elena Méndez. Ella es la encargada de atender a las infantas.

Juana se la presentó a la reina, quien la encontró, además de muy hermosa, educada y sonriente, como debe ser —pensó— cuando se está al cargo de unas infantas. Pasó a fijarse en las pequeñas. Dudaba cómo debería abordarlas y buscó con la mirada a Juana para que, con su intervención, le allanara el camino.

—Queridas niñas, por fin ha llegado. Aquí tenéis a vuestra madre —dijo una sonriente Juana—. Ha regresado junto a vosotras.

Sin embargo, al acercarse Anna para besarlas, se produjo una escena que dejó helados a todos. Isabel, la mayor, se soltó de la mano de Elena con muy mal genio, como si estuviera poseída por mil demonios y proclamó a gritos que aquella mujer no era su madre. «¡Ella era morena, era morena!», lanzaba como un insulto contra el rubio de los cabellos de la reina, quien retrocedió asustada ante la increíble furia de la niña. Inmediatamente la tía la cogió del brazo para reprenderla.

—Oh, dejadla, no es nada, no es nada —murmuró apesadumbrada la reina.

Anna sabía que había mucho más que la simple diferencia de color en los cabellos. Se trataba, evidentemente, de que ella no era su madre. Intentó aproximarse a la niña con cautela y le habló pausadamente:

—Pequeña, es verdad, no soy tu madre sino una amiga suya. Ella me envía para daros un fuerte abrazo de su parte. ¿Sabéis dónde está ahora? —intentaba ganarse a las dos—. Ha ido al cielo, un lugar hermoso del que no se quiere regresar cuando se ha conocido. Allí se acaban encontrando las personas que se quieren, y vuelven a estar juntas. Así que no os preocupéis más por ella.

Duró muy poco la impresión de que la situación estaba bajo control, porque enseguida la mayor de las infantas, haciendo acopio de toda la fuerza que su menudo cuerpo le permitía, volvió al llanto y el pataleo.

Elena se llevó a las niñas, disculpándose por su comportamiento, mientras Isabel no dejaba de llorar entre gritos. Muy afectada, la reina deploró para sí lo difícil que se le iba a hacer el camino en la familia real.

—No os doláis por una reacción infantil —Juana intentó reconfortarla—. Son demasiado pequeñas para entender que de repente haya una mujer al lado de su padre y que no sea su madre, como cualquier criatura de esas edades desearía. Hay que darles tiempo, solamente es eso, ya lo veréis. Debéis confiar en que llegará el día en el que os querrán de manera natural. Pero aún es pronto.

A Anna le costaba deshacer el nudo que sentía en la garganta. Su cuñada tenía razón en todo. Y, sin embargo, frente a la razón, se imponía su corazón dolido. De forma espontánea, decidió sincerarse con ella.

—Supongo que es verdad lo que decís, y que mi nueva condición requiere mucha paciencia. Pero… creo que ante mí se levantan demasiados puentes que tengo que cruzar sin saber qué me espera al otro lado. Sé que mi esposo amaba sobremanera a la madre de estas dos criaturas. No se desprendió del luto ni para casarse. ¿Creéis que eso no me ha causado dolor?

—¡Pero si le hemos visto vestir casi de blanco!

—Sí, un día. En sólo una ocasión. Nada más. Y no era en la boda. Estoy teniendo la terrible sensación de que un fantasma gobierna mi matrimonio.

—¡Qué cosas decís…! —Aunque no llegaba al extremo de su hermano, Juana era también supersticiosa y evitaba hablar de asuntos de otros mundos que se escaparan al de Dios o al de los hombres.

—No pretendo alarmaros. Sé bien lo que me digo. Me he casado con un hombre que permanece prendido de un recuerdo, y compruebo con pena que lo mismo les ocurre a sus hijas. Veo difícil que puedan olvidar a Isabel.

—Tal vez no sea necesario que la olviden, sino que sepan vivir con su ausencia —aclaró Juana—. Todos la echamos de menos, lo admito. Pero ahora estáis vos. Y eso es lo que importa. Así que no veáis apariciones donde no las hay.

—Sólo os puedo decir que cuidaré y querré a esas niñas como si hijas mías fueran. Ojalá no os equivoquéis y realmente no habite ningún fantasma en palacio. No sabría cómo luchar contra él.

En realidad, sin saberlo pero a la vez temiéndolo al presentirlo, su lucha ya había comenzado.

—Sois la tentación por la que las almas se pierden. —Nada del cuerpo de la joven le estaba prohibido al rey—. Un pecado mortal, eso sois también —añadió antes de llegar ambos al mismo centro del deseo.

Elena. Tez morena y pelo azabache. Carnes palpitantes que irradian fuego. Formas redondas y vehementes. Un cuerpo que parece ofrecerse permanentemente a ser buscado.

Y Felipe lo busca. ¿Por qué pensar en la perdición?

Mientras Elena se desmadejaba sobre el lecho, el rey, acariciándole el cabello, le informó de la necesidad de espaciar sus encuentros. Sabía que no iba a gustarle demasiado, pero le habló convencido de su obligación.

—Ahora tengo que emplearme en la noble tarea de conseguir un heredero. Eso implicará dedicarle más atenciones a la reina.

Elena jamás había esperado un juramento de amor eterno por parte del rey, estaba fuera de lugar pensarlo, pero no dejaba de herirle el hecho de que le dijera de manera tan explícita que dejaba de yacer con ella para hacerlo con otra mujer. En esa circunstancia era difícil que la joven aceptara que no se trataba de otra mujer sino de la mismísima reina. Ella, como dama de la corte, no pasaría nunca de ser un segundo plato y, aun así, debía dar gracias por ello. El plato principal de la Corona estaba a disposición del rey para su libre antojo. Podía entrar en los aposentos de su esposa para despacharse íntimamente siempre que le viniera en gana.

—Si ésa es vuestra voluntad… —respondió ella colocándose en el lugar que le correspondía.

—Ése es mi deber, que es cosa distinta.

El deber, no obstante, le permitió dejarle a Elena el mejor sabor de boca al hacerle alcanzar por segunda vez las estrellas sin salir del firmamento confinado entre los muros del alcázar. Un momento de gloria que parecía inalcanzable, en el que Felipe se empleó con ahínco pero reteniendo entre sus labios otro nombre de mujer, que no llegó a pronunciar: Anna.

La mujer a quien debía esforzarse en amar porque de ello dependía la pervivencia de sus dominios.

Era probable que la agitada situación que se vivía en Granada con los moriscos, después de más de dos años de sublevación, requiriera la presencia del monarca. Al frente de las tropas reales se mantenía su hermano, Juan de Austria, que, aunque gobernaba bien las alteraciones, estaba teniendo más dificultades de las que en un principio se esperaban. Eso le estaba diciendo Felipe a su invitado, Fernando Zapata, un capitán con un brillante expediente en los tercios de Flandes.

—Entendéis que quiera dejar algunos asuntos cerrados en previsión de lo que el futuro más inmediato nos depare.

—Por supuesto, majestad.

—Y entre dichos asuntos está el vuestro, capitán.

—Os agradezco que me tengáis en tan alta estima como para preocuparos de esta manera.

—Lo merecéis. Es para mí un honor ocuparme de un paladín como vos, un guerrero de gran valía, como bien habéis demostrado en muchas ocasiones. Os debemos mucho. La Corona os lo agradece, y ¿qué mejor forma de hacerlo que ésta?

—Los halagos de vuestra majestad me abruman. Aceptaré encantado lo que hayáis determinado para mí. Aunque se trata de mi vida, sé que la pongo en las mejores manos.

—Desde luego que no os va a defraudar lo que he resuelto para vos. La elección estará a la altura de vuestra condición y elevada talla moral.

El rey ocupaba su habitual sillón de trabajo. Enfrente, el capitán reposaba en otro más sencillo y de menor tamaño. En ese despacho, en el que pasaba la mayor parte del tiempo, se encerraba el mundo personal de Felipe. Quienes trabajaban con él decían que era exagerado el número de horas que dedicaba a despachar asuntos, escribir cartas o dictar órdenes reales, pertrechado en su particular universo de legajos y útiles de escritorio, a los que tan aficionado era.

Llegados a ese punto de la conversación, el rey propuso a su invitado pasar a un salón contiguo, «más confortable y apropiado para un momento tan señalado como éste». Allí tomaron asiento y les trajeron dos primorosos vasos de vidrio y una frasca de vino aloque.

—La ocasión bien lo vale —dijo el rey alzando su copa para brindar—. Vamos ya a lo que nos ocupa, dejadme que os ponga en antecedentes.

El capitán escuchó absorto los planes de futuro que había dispuesto el rey para él y volvieron a brindar. Por fin, Felipe se levantó con solemnidad e hizo un gesto para que abrieran las puertas de la estancia. El militar siguió su ejemplo y se puso en pie, a pocos pasos del monarca, algo nervioso y con la máxima atención dirigida al umbral de la estancia.

—Tranquilo, capitán, tranquilo —templó el rey, que parecía estar disfrutando con el desarrollo de la escena.

Entonces fue anunciada. «¡Doña Elena Méndez!» El capitán quedó prendado de ella al instante e hizo una reverencia en la distancia para darle la bienvenida. La sonrisa que la muchacha traía puesta pensando que iba a ser recibida en privado por el rey, se le congeló justo antes de que éste afirmara:

—Capitán Zapata, es para mí un grandísimo placer presentaros a vuestra futura esposa.

Lo anunció dejando grandes espacios entre cada una de las palabras, como queriendo que fueran colocadas exactamente en el lugar que debían ocupar, aunque no iban a encajar por igual en la comprensión de los interesados.

—Ya os he contado sobre ella todo lo que debíais saber —añadió en un tono más confidencial.

La entereza de Elena le impidió desmayarse, a pesar de que un intenso mareo se apoderó de ella. La mirada que clavó en el rey hubiera podido atravesarlo y partirle el músculo de su corazón por la mitad de haber sido una lanza. Nunca antes la hirieron de esa manera ni le asestaron golpe tan bajo como aquél. La declaración del rey la colocó en una situación embarazosa, dado que no podía ni preguntar el porqué ni recriminarle tampoco su decisión sin riesgo de desvelar que entre ellos había algo más que una relación social. Pensó en las caricias de la noche anterior, en la que no pudo imaginar que el rey no sólo le pedía verla con menos frecuencia, sino que su verdadera intención era quitarla de en medio. ¿Se habría cansado de ella? ¿O sería, acaso, lo contrario? Por primera vez se dio cuenta de su verdadero poder. La influencia que ejercía sobre Felipe debía de ser muy poderosa si él la temía hasta el punto de querer alejarla de su entorno.

Como la muchacha no se movía del sitio, fue el capitán quien avanzó hacia ella para besarle devotamente la mano y hacerle toda una declaración de amor que remató con un agradecimiento al rey por su buena elección.

—Y vos ¿no decís nada, Elena? —preguntó Felipe insinuante.

No podía. Le paralizaba el hecho de no saber cuál debía ser la reacción adecuada. Aún no lo tenía claro. Lo que sí hizo fue responder con su desprecio a las atenciones de su futuro esposo, por más que el atractivo del capitán fuera innegable. Su edad rondaría los veinticinco años o poco más. Le pareció apuesto, de educadas y comedidas maneras, y agradable expresión en el rostro. El negro cabello le caía liso y con gracia por debajo de las orejas, mientras que en su boca exhibía una permanente sonrisa de bello trazado.

—Espero que no consideréis atrevimiento el que os diga que parecéis una princesa árabe. Siempre he oído hablar de la belleza de las mujeres moras, pero no creo que se pueda igualar a la vuestra.

Osado en el habla, como estaba demostrando ser, no consiguió, sin embargo, azorarla con sus lisonjas.

—A fin de que vuestra boda sea sonada —intervino el monarca— y se celebre como la de la persona de gran calidad humana que sois, me place hacer la carta de arras con siete ítems notariales, como siete serán las monedas que os habréis de intercambiar. Siete —enfatizó—, para que recordéis los siete pecados capitales y evitéis caer en ellos —lo dijo dirigiéndose esta vez a Elena, para después volver a hablarle al capitán—. Agregaré a la dote los baldíos del Barquillo donde vuestro futuro suegro comenzó a levantar, siguiendo mi deseo, la casa solariega que habitaréis y que habrán de heredar vuestros hijos. Porque él os la ofrece como regalo de boda.

Elena no daba crédito a lo que estaba oyendo. El rey tenía pensada, incluso, la casa. Le parecía todo muy extraño. Era imposible que su padre pudiera haber estado construyendo morada alguna, y menos aún sin comentarle nada a ella.

Ahora tocaba el turno de conocer lo que a la joven le correspondería por esa boda, que consideraba absurda y preparada a traición por el monarca, albergando quién sabe qué oscuras intenciones.

—Veinte mil florines serán para vos, a los que sumaré muchos campos de pan y vino, y tierras de labor con las que podréis llenar trojes y bodegas cuando Dios las fecunde con benéfica lluvia. Asimismo, espero que sea de vuestro gusto el ajuar de casa que se os otorgará, al que difícilmente se igualarían los de una princesa, o incluso los de una reina.

Le pareció a Elena que esto último lo decía el rey con cierta sorna. Le entraron ganas de escupirle a la cara por haberla reducido, sencillamente, a una hembra herida. En aquellos momentos no era nada más y maldecía, en silencio, la suerte de Felipe.

—Capitán, tenéis que ver el lugar en el que viviréis una vez celebrada la boda. ¡Es espléndido! Vuestro padre —apuntó hacia Elena— ha hablado maravillas de esa casa.

—Me muero de ganas de verla. Y vos seguro que también —respondió Zapata, mirando a su futura esposa—. ¿Dónde se halla, si vuestra majestad me honra diciéndomelo?

—En un lugar tranquilo, alejado del corazón de la villa.

—¿Habla vuestra majestad de corazones? —por fin Elena se decidió a hablar, envenenando el ambiente.

—Es sólo una manera de hablar —el capitán salió en defensa del rey—. Su Majestad sólo pretende lo que sea más de nuestro beneficio, y es de agradecer. Os prometo la mayor felicidad que podáis ser capaz de imaginar. En ello me afanaré…

Y volvió a besarle la mano ante su indiferencia, ocupada como estaba en devorar las ansias que el rey intentaba ocultar con esa decisión. Quedaba aún por ver si casándola se desvanecían.

La casa de campo de los Altos del Barquillo, emplazada en el solar de una huerta con jardines en la trasera del convento del Carmen, presentaba el aspecto de una señorial villa de recreo sin lujos externos ni ornamentos superfluos. Estaba construida con un espíritu muy cercano al de la austeridad propia del carácter de Felipe, que con tanta maestría había sabido interpretar el arquitecto Juan Bautista de Toledo. Al haber fallecido dos años antes, dejando terminado el proyecto original de la casa, su discípulo predilecto, Juan de Herrera, llevaba la dirección de las obras ayudado por Antonio Sillero. Al joven lo dejó en posesión del título de arquitecto mayor del rey, lo que suponía el privilegio de ser el encargado del monumental monasterio de El Escorial, una construcción digna de hacerlo pasar a la historia.

En Madrid llevaba tiempo hablándose de la casa vecina al convento, detrás del molino de aceite de la Villa, y de la posible procedencia del dinero que costaba. Resultaba difícil de creer que los recursos económicos de Francisco Méndez, el padre de Elena, conseguidos gracias a su trabajo como montero real, alcanzaran como para encargar una residencia de esa categoría. Los terrenos fueron aportados por el rey en agradecimiento a su lealtad, pero aun así el gasto era enorme. Últimamente circulaba la versión de que el hombre había recibido una herencia de un familiar lejano. Con eso se acallaban las malas lenguas y se daba por zanjado un tema sobre el que no cabía mucha más especulación.

El día elegido para visitar el que sería hogar del futuro matrimonio Zapata no era el más indicado. El ambiente, gris y húmedo, anunciaba lluvia. Una simple incomodidad para el rey, impaciente por enseñarle al capitán la casa que el suegro iba a regalarle. El edificio ejercía sobre él una gran atracción, a lo que se sumaba la intranquilidad ante la llegada de un momento que deseaba tanto como hubiera querido evitar: la boda de Elena. No pensaba renunciar a la joven. Lo que necesitaba era simplemente alejarla del espacio físico de la corte a fin de ahorrarse un escándalo, sobre todo ahora que él se había vuelto a casar y su matrimonio la tenía soliviantada.

La construcción, de dos plantas rectangulares y un magnífico jardín trasero, dejó impresionado a Zapata. Lo que más gustó a su nuevo propietario fueron los amplios espacios de las estancias. Pocas pero inusualmente grandes y cómodas. «¿Quién puede no ser feliz en una casa así?», comentó el capitán imaginando cómo iba a ser su vida entre aquellas paredes, junto a una muchacha hermosa y educada como Elena. Seguro que a ella le gustaría la decoración. Muebles, alfombras, sofás, tapices… se repartían sin ostentación pero con buen gusto. Hasta en eso se había reparado. Francisco, que había recibido a sus huéspedes a la puerta de la casa, aclaró al capitán que ahí se notaba la mano del rey, que gentilmente se había ofrecido a ayudarle, «dejándose guiar por su buen gusto».

—¿Habéis oído hablar de El Bosco, capitán? —preguntó Felipe, sacándole de su ensoñación.

—Claro que sí, majestad. Su origen flamenco me ha hecho interesarme por él. No sólo de batallas vivimos en Flandes. Sabed que siempre me rijo por el convencimiento de que al enemigo hay que conocerlo bien, en sus miserias pero también en sus logros. Y en este caso es innegable el talento de la pintura de Jerónimo Bosch, aunque no comulgue con ella.

—Pues lo siento por vos, capitán. Eso os ocurre porque quizá no le hayáis prestado toda la tención que merece. Nadie como él retrata a la humanidad.

En asuntos que concernían al espíritu y la religiosidad, al rey le costaba aceptar opiniones contrarias a la suya.

—Él creía que la única vía para la redención de quienes caen en el pecado y sean merecedores del infierno es imitar las vidas de los santos y meditar sobre las penalidades que sufrió Nuestro Señor —prosiguió—, aunque el Mal los tenga cercados. Así lo refleja en sus cuadros.

—Veo que vuestra majestad sí se ha empleado a fondo. Lo que contáis es de gran interés.

—En este salón encajaría muy bien uno de sus cuadros. Ahí, por ejemplo —y señaló un enorme paño de pared sobre un hogar de piedra—. Dejad que lo piense. Ahora estoy adquiriendo varias obras suyas para El Escorial. Veré qué puedo hacer.

—Será un honor. Os doy mi palabra de que pondré todos mis sentidos en apreciar el verdadero significado de la obra de El Bosco.

—Y a vos, Francisco, ¿también os interesan las cuestiones del alma? —preguntó a su montero.

El padre de Elena, viudo desde que su hija tenía sólo dos años, se aplicó en la educación de su única descendiente y estaba muy agradecido por el predicamento de que ella gozaba en la corte. Tenía cuarenta y seis años, aunque aparentaba más debido a la profusión de arrugas en el rostro y a una tendencia de su cuerpo a encorvarse al caminar. Accesible y amable, poseía una sonrisa franca. Tanto como lo era su mirada.

—Majestad… —respondió con sincera humildad—, mis obligaciones no me permiten ocuparme de tales menesteres, ni mi persona está llamada a saber interpretarlos. Eso queda para hombres como vuestra majestad y el capitán, por fortuna dotados de una gran inteligencia.

Al rey le conmovía la llaneza con la que se expresaba su súbdito, al que reconocía el mérito de, sin ser un hombre de gran formación, haberse esmerado en proporcionársela a su hija. Merecía todo su respeto.

Quiso entonces llamar la atención de sus acompañantes sobre un aspecto que, más que arquitectónico, constituía un capricho suyo, y así se adelantó a confesarlo antes de que Zapata se extrañara de que el rey hubiera intervenido en la construcción de la casa.

—¿Qué os parecen las siete chimeneas que hay en el tejado, capitán?

—Hacen que la casa sea distinta a las demás.

—Así es. Ninguna otra en Madrid las tiene, ni creo que en ningún lugar del mundo. En realidad se me ocurrió tarde, cuando el proyecto del maestro Bautista estaba prácticamente acabado. Pensé que sería bueno para un joven matrimonio que, del mismo modo que puede protegerse del frío teniendo fuego en más habitaciones, también pueda hacerlo del zarpazo de alguno de los siete pecados capitales. Esas chimeneas son símbolo de ellos e impedirán que, en caso de flaquear vuestra voluntad, caigáis en ninguno de tales pecados.

Casualidad o no, ya antes de la construcción de la casa, el número siete parecía instalado en el lugar. Los dueños de los siete bodegones de puntapié que se instalaban en la huerta los días festivos solían colocar en ellos otros tantos farolillos. Aquellos tenderetes donde se vendía comida alegraban al pueblo y otorgaban un aire vivaz a la zona.

Siete. Un número cabalístico lleno de significados que infundían gran respeto al rey y que, a veces, podían llegar a representar para él un vicio pernicioso.

A la caída de la tarde, Francisco acudió a ver al monarca para agradecerle, una vez más, lo que estaba haciendo por él y por su hija.

—Sois un fiel servidor y jamás habéis faltado a vuestra obligación. Además, Elena se ha convertido en una gran dama de la corte al servicio, primero de la reina Isabel, Dios la tenga en su gloria, y ahora de mis hijas. La habéis educado bien. Y es de buen cristiano saber agradecer.

—Os puedo asegurar por la memoria de la madre de Elena, que el día de su boda va a ser el más feliz de toda mi vida.

—Sí, será un gran día… para todos.

Aquella noche, el rey soñó con las siete chimeneas sobre el tejado de la casa. Escupían bocanadas de humo que fueron extendiéndose por toda la villa de Madrid hasta acabar cubriendo espesamente el alcázar, por cuyas ventanas se filtraron. Se hizo tan asfixiante el ambiente que se despertó entre ahogos y creyó tener el humo en sus pulmones. Y el miedo calado en los huesos.

No era la primera vez que casaba a una de sus amantes. Algo extraño, entonces, estaba ocurriendo, y él no se sentía en aquel momento capacitado para controlarlo.

Mientras esperaba ser visitada por el rey, Anna, vestida con una amplia camisa de dormir blanca, permanecía en pie probándose algunas joyas. Prefirió solicitar que se las trajeran y admirarlas en solitario para familiarizarse con ellas, libre de testigos indiscretos, y así poder comprobar en libertad cuáles le sentaban mejor. Nunca había visto de cerca los tesoros familiares, como tampoco el Joyel de los Austrias. Su valor era tan incalculable como inusitada su belleza. Acarició suaves perlas de color hueso y comprobó destellos cristalinos en preciosas piedras. Estaba anudándose al cuello el verdadero tesoro del joyel cuando llegó el rey. Ella, ilusionada, creyó que su esposo se regocijaría al verla lucir aquella pieza única. Sin embargo, cuando contempló el diamante *El Estanque* reposando sobre el pecho de Anna, dio un golpe contenido en la puerta y se marchó a toda prisa como si hubiera visto un fantasma. Huyó del recuerdo de su anterior esposa, Isabel de Valois, y de su mirada luminosa realzada por el fulgor de aquella gema que había sido tallada para ella y sólo para ella.

69

A Anna la dejó prisionera de una desolación que abría paso a los espíritus sin tiempo, quién sabe si sólo del pasado o también del futuro, mientras él se entregaba a una lacerante y fustigadora tentación: la de echar la vista atrás. Algo que únicamente podía hacer a solas, y que lo transportó al oscuro día del duelo en las Descalzas Reales. Un doloroso sueño pasajero.

La Casa de las Siete Chimeneas

La reina sabía que los funerales de la anterior esposa de Felipe se habían celebrado en las Descalzas Reales, justo enfrente del lugar en que se encontraba. A punto de poner un pie en la parroquia de San Martín, inspiró el aire frío de diciembre pidiéndole al Señor que aquellos recuerdos en los que su esposo se embarcaba involuntariamente una y otra vez, lo abandonaran para siempre y les dejaran vivir en paz. El amor ya llegaría. Estaba dispuesta a esperarlo el tiempo que fuera necesario. Pero la paz no. Debía imponerse la paz de forma perentoria aunque todavía no hubiera desplazado al olvido.

Con ese deseo entró en el templo donde iban a casarse los Zapata, un antiguo convento benedictino del siglo XII, situado en la céntrica plaza de San Martín. Los novios aguardaban la llegada de los reyes frente al altar. Elena lucía más espléndida de lo que nunca pudieran haber llegado a imaginar quienes la conocían. Unos polvos blanquecinos muy sutiles cubrían uniformemente su rostro y un rojo que recordaba la sangre más pura coloreaba sus perfectos labios carnosos. El traje, en seda y damasco, que resaltaba la agradable figura de la joven entrada en carnes, estaba ceñido por una gruesa cinta con adornos en oro y llamativas piedras. Al cuello, una *guirlanda* de perlas con siete preciosas *firmalles*, pequeñas joyas en forma de broches. El extraordinario conjunto hizo que el capitán Zapata se reafirmara en su idea de que Elena parecía más una princesa oriental, etérea e inalcanzable, que una sencilla dama castellana.

Si bien la idea de casarse seguía resultándole penosa, la novia se había esforzado por ataviarse y maquillarse, con la vana pretensión de que su belleza incitara al rey al arrepentimiento, al contemplar lo que se iba a perder en adelante. Vana, porque lo que provocó fue justo lo contrario: atrajo más a su esposo, mientras que Felipe se mostró imperturbable ante ella y se prodigó en atenciones con la reina. El padre de la novia había dicho con anterioridad que ése sería el día más feliz en las vidas de los protagonistas del enlace. Lo era, pero las direcciones que tomaba la felicidad eran tan distintas, y hasta opuestas, que una atmósfera de extrañeza flotaba en el aire formando invisibles nubes sobre algunos de los asistentes a la celebración. En el momento de intercambiarse las siete arras matrimoniales regaladas por el rey, Elena se sintió sombría, y Fernando Zapata, en cambio, exultante y pletórico.

Acabó la ceremonia y la reina felicitó sinceramente a los novios antes de salir junto a los invitados, entre los que se encontraban sus tres hermanos, camino del banquete previsto en la nueva casa de los contrayentes. Los amplios salones acogían interminables mesas repletas de viandas y adornadas con ramos de flores blancas. El festejo fue un éxito. Lo cerró el rey Felipe diciendo las últimas palabras: «¡Larga vida a este nuevo matrimonio, que Dios proteja y bendiga!». Alzó su copa para un brindis colectivo, tras el cual añadió: «Saludemos también la inauguración de esta casa, a la que hoy bautizamos: se llamará La Casa de las Siete Chimeneas. Pronto se hablará de ella en todo Madrid».

Sí. Se hablaría de ella… muy pronto.

De igual manera que había sucedido con la ceremonia y el banquete, la noche de bodas fue abordada por los cónyuges con intenciones y disposición bien diferentes. Llamativamente, pocas eran las ganas que tenía Elena de estrenarse en el sexo marital, mientras que el capitán Zapata ardía en el deseo de poseerla por fin. De comprobar hasta qué punto era suyo el cuerpo que todos llevaban admirando desde el comienzo del día. Él la estuvo contemplando como quien se recrea en un trofeo de caza conseguido con esfuerzo; uno de los tantos y valiosos que solía obtener el rey, por ejemplo.

El rey. El hombre al que hasta ese día había pertenecido. Al que Elena se venía entregando con el apasionamiento que le faltaba en su noche de bodas.

Para deslizarse en el lecho se soltó la larga melena oscura y se enfundó en una camisa de seda tan blanca y brillante que parecía iluminar la estancia. Se introdujo con rapidez debajo de las mantas y se tapó hasta el cuello, consciente de que no tenía escapatoria. Ardoroso, borracho de lujuria y de ganas contenidas desde que la vio por vez primera, Fernando la destapó con un gesto enérgico que no admitía esperas y se colocó a horcajadas sobre aquel cuerpo ausente. Entonces ella, ante lo irremediable de la situación, intentó hacerle ver el cansancio que acarreaba una boda, sugiriéndole el mucho tiempo que tenían por delante para ejercer el débito conyugal.

—Te equivocas —le aclaró él cuando sus manos avanzaban entre la suavidad del tejido del camisón buscando su piel—. No puedo frenar mi instinto esta noche por ser la única que tenemos. Mañana parto hacia los Países Bajos, a unirme a las tropas del duque de Alba.

Elena dio un salto en la cama, empujando con toda su fuerza el cuerpo del capitán, y le pidió explicaciones de por qué era

la última en enterarse de algo tan importante. Iba a ser abandonada nada más casarse y su esposo ni tan siquiera se lo había
comentado.

—Me envía el rey y no puedo desobedecer. Has de entenderlo, Elena.

No. No lo entendía. Le parecía más bien un juego sucio
por parte del monarca. ¿Qué podría pretender, casándola primero, para dejarla sola después?

El rey. La persona todopoderosa que quería tener en sus manos
estas dos vidas ajenas. Manejarlas a su antojo. Desde la escasa
posibilidad de rebeldía que las circunstancias permitían, Elena
decidió romper el juego a su manera. Pensó en Felipe al regresar a la cama e ir quitándose ella misma las presillas de los botones para dejar al descubierto su belleza más íntima, dispuesta
a ser probada por su esposo. Le dejó a hacer a su libre albedrío
y él no puso barreras al apetecible deseo con el que llevaba
tiempo soñando.

Tal vez al rey no le gustara demasiado saber que Elena dejaba
de ser únicamente suya.

«Quien a Dios tiene, nada le falta»

Hay brumas que no empañan el cielo sino el alma. Para Anna todavía seguía siendo un trago amargo cada momento de intimidad con Felipe. Intentaba pasarlo como una condena que conduce a la felicidad, que cifraba en la consecución de un heredero para el trono. Sólo por esta razón se avenía a las reiteradas urgencias del esposo, porque el amor o incluso el deseo podía esperarlos con paciencia, sin temor de que en este momento no se dejaran ver. Estaba convencida de que sólo era cuestión de tiempo que llegaran.

Aquella noche, la reina parecía algo más tranquila que en ocasiones anteriores. Él, sin embargo, se mostraba distraído. Tal ver fuera esa circunstancia la que, lejos de preocuparla, le hacía sentirse mejor, porque a buen seguro iba a significar que no estaría obligada a soportar envites precipitados que hasta ahora no habían significado para ella más que una enorme frustración.

—Mi amado señor… —le dijo permaneciendo debajo de su marido, con la camisa de dormir subida hasta el abdomen y preparada para el momento más doloroso de la condena conyugal—, nada hay en el mundo que me haga más feliz que ser vuestra esposa y perpetuar este matrimonio, como es deseo de Dios…

Felipe callaba ante la demostración de Anna de entregarse, al menos en espíritu, a la que se consideraba que era su responsabilidad, e incluso obligación, como esposa. Resultaba verdaderamente encomiable el esfuerzo que hacía por responder a su deber aunque ello supusiera dejar de ser la única dueña de su cuerpo. El pensamiento de Felipe se pobló de ideas que luchaban entre sí, debatiéndose entre la conveniencia y el deseo. Entre intentar amar a la reina, mujer tan fría como bondadosa, o seguir los dictados de las pasiones que no desaparecen en un día. Ya había dado un paso importante anunciándole a Elena que tenían que espaciar sus citas. Pero de ahí a renunciar definitivamente a ella, como sería deseable en la actual situación conyugal que acababa de estrenar y jugándose, como se jugaba, el futuro de la Corona, mediaba un abismo difícilmente salvable. Y mientras su conciencia le decía que era necesario intentarlo, su deseo le llevaba a resistirse.

A la primera —la conciencia— tendría que escucharla atentamente, porque en este momento de su vida nada había más importante que conseguir cuanto antes que naciera su sucesor.

—¿Os sentís bien…? —preguntó la reina, alarmada al ver la ineficacia de los movimientos amatorios del rey esa noche.

—Oh… no os preocupéis, no es nada.

A pesar de lo dicho, Felipe se detuvo en seco acatando la rendición de su sexo, que se vio atrapado entre los dilemas morales que asaltaban su mente mientras intentaba amar a su esposa en aras de la necesidad en la que precisamente había estado pensando. Se tumbó a su lado y, sin pronunciar palabra, le tomó la mano con suavidad, y, reteniéndola ligeramente como si temiera que la reina se soltara, se quedó dormido.

Las niñas iban admitiendo poco a poco la presencia en sus vidas de la nueva esposa de su padre. Anna hacía grandes esfuerzos para que la aceptaran sin reservas y, dada su naturaleza pía, se encomendaba a Dios para que le diera fuerzas y para que no decayera en ningún momento su abnegación. Las cuidaba verdaderamente como si fueran sus propias hijas, a la par que admiraba el cariño que su esposo demostraba hacia ellas. La devoción manifiesta del rey humanizaba su persona y daba a entender que quedaban lejos las noches en las que el delirio anulaba su conciencia al dejarse arrastrar por la obsesión de no conseguir un hijo varón. Amaba a Isabel Clara Eugenia y a Catalina Micaela, y además no cesaba de demostrarlo.

La reina aguardaba a que las trajeran para pasar un rato con ellas en compañía de sus hermanos Alberto y Wenceslao, dos de los tres que habían viajado en su séquito hasta España, y a quienes el rey prohijó ofreciéndoles la posibilidad de una buena educación en la corte de su familia materna. Alberto, alto y bien parecido, era diez años menor que Anna, y Wenceslao, doce. Por este último, al que se sentía muy unida, mostraba la reina especial predilección. Alegres y extrovertidos, tanto él como Alberto tenían enormes diferencias de carácter con su hermana, siempre tan recatada y comedida. Esa manera de ser les vino muy bien a la hora de relacionarse con sus pequeñas sobrinas, a quienes prodigaban constantes zalamerías. Y a ellas les encantaba tanto agasajo.

Cuando las infantas entraron, todos se llevaron una gran sorpresa, en especial la reina. Las traía Elena Zapata. Su aspecto era tan magnífico que Anna de Austria, tras expresarle verbalmente su asombro ante el regreso de la joven dama a palacio, se vio en la obligación de hacerle un cumplido:

—Veo que os sienta francamente bien el matrimonio.

—Sois muy amable. Entiendo que os sorprenda mi presencia, majestad, pero os ruego que me permitáis volver a cuidar a estas niñas a las que tanto me he dedicado. Quisiera curar con ellas mi soledad. El tiempo y la ausencia de mi esposo, al que tanto echo de menos, se me harán más llevaderos —su mentira resultaba convincente.

—Ese gesto os honra. Si es vuestra voluntad incorporaros a la corte, sed, pues, bienvenida de nuevo. ¿Y qué noticias se tienen del capitán Zapata?

—Muy buenas, majestad. Está cosechando triunfos en difíciles batallas.

—Me satisface saberlo. Es un héroe que merece todo nuestro respeto. ¿Cómo están estas pequeñas…? —dijo cambiando radicalmente el tono para ir a buscarlas.

Las niñas jugaban ya en brazos de sus tíos, riendo felices, por lo que la reina prefirió quedarse de momento al margen y tomó asiento junto a su cuñada Juana para contemplar plácidamente la escena. Fue una gran sorpresa para todos que apareciera el rey. Aunque riguroso en sus horarios e incluso rígido en el mantenimiento estricto de sus hábitos, Felipe disfrutaba a veces saltándose sus propias normas. En esa ocasión, sabiendo que la reina estaba con las niñas, y que les acompañaban su hermana y sus sobrinos, le apeteció acercarse para asistir a la reunión familiar en la que no contaba con encontrarse cara a cara con la persona a la que había alejado deliberadamente de la vida palaciega. Al ver a Elena, le cambió el semblante y, no haciendo nada por ocultarlo, se fue directo hacia ella:

—Doña Elena de Zapata —marcó el *de* para dejar claro que anteponía su condición civil a la de su persona—, me sorprende veros aquí. Os hacíamos entregada a vuestros quehaceres familiares.

—Y lo estaba, majestad, pero mi familia ha quedado reducida a mi persona, al haber sido mi esposo enviado al frente con tanta premura.

—Nunca es pronto cuando el deber llama. La situación en Flandes necesita de hombres como vuestro capitán.

—Así es. Sin embargo, el deber no ahuyenta la soledad. ¿Vais a reprenderme por huir de ella y regresar a mi trabajo, majestad?

La muchacha era lista. Había conseguido, sorprendentemente, colocar al rey en un brete bajo la atenta mirada de su familia. Y en mitad de la incómoda situación, Felipe la miraba encandilado por su belleza, reprimiendo a duras penas el escalofrío del deseo contenido. Elena lo advirtió y disfrutó con la debilidad en la que se colocaba el rey al rendirse cautivo a su infausto amor.

—No osaría entrometerme en vuestros asuntos privados —respondió Felipe con su característica expresión imperturbable—. Pero deberíais reflexionar sobre esa decisión. Será buena señal no veros por aquí; eso significará que habéis optado por la lógica dedicación a vuestra casa, y lo entenderemos.

—Vuestra voluntad, majestad, es una orden para una humilde servidora como yo, y así la considero. Permitidme, sin embargo, el beneficio de poder seguir gozando de la compañía de estas niñas a las que tanto adoro. Y si a la reina le parece bien que siga atendiendo a las infantas… —lo dijo mirándola a ella y con expresión forzadamente candorosa.

La reina sopesó la responsabilidad de decidir el futuro de la joven dama, y no viendo una clara objeción que justificara lo contrario, asintió afirmativamente. El rey no añadió nada.

Elena recogió a las niñas y se marchó satisfecha. Esta partida era suya.

Noche cerrada. Los golpes acompasados de los cascos de los caballos resonaban sobre la piedra del callejón del Codo. El rey, embozado en una capa, se mantuvo en su montura mientras su lacayo descabalgaba para dar tres golpes en la puerta, que tuvo que repetir.

—¿Quién va? —se oyó decir desde dentro.

—¡Abrid al rey! —pidió el criado.

El ruido de los cerrojos al descorrerse retumbó en mitad del silencio de un Madrid que hacía horas que dormía. La puerta se entreabrió y, por fin, Felipe se coló como si fuera una sombra sin cuerpo. Debido a lo inesperado de la visita y a la identidad del visitante, la sirvienta, atemorizada, no se atrevía a mirarle a los ojos.

—¡Espero que no vuelva a repetirse! —le reprendió el rey en voz baja pero enérgica por su tardanza en abrir la puerta.

Desapareció la muchacha sin rechistar, dejando al monarca al albur de su impaciente deseo. La escalera que llevaba a la habitación privada de Elena Zapata fue, más que recorrida, fulminada, y su entrada por la puerta principal de la Casa de las Siete Chimeneas no había sido tan cauta como le hubiera gustado.

Elena apenas pudo reprimir su sorpresa. Felipe la encontró tan atractiva y voluptuosa vestida con ropa de cama e intentando protegerse pudorosamente con una especie de sobrecamisa, tenía tantas ganas atrasadas, tanta necesidad de volver al origen de su perdición, que no pudo evitar asaltarla sin darle ocasión de que le recriminara su actitud. Los cuerpos se encontraron con la fuerza de lo inesperado y la precipitación de lo que se anhela. Se desnudaron ellos y desnudaron también las ocultas reglas de un juego que sabían prohibido. Elena ansiaba tanto como él que llegara ese momento. Estaba furiosa por la decisión de la boda, pero su furia procedía de un sentimiento de amor fraguado entre la frustración y la desolación de saber que jamás podría ser correspondido.

Era la primera vez que se encontraba a solas desde que le fue anunciada repentinamente su boda con un hasta entonces desconocido para ella capitán de los tercios.

—¿Os parece correcto presentaros de esta manera en casa de la esposa de un ausente a horas tan intempestivas? ¿Qué van a pensar?

—Comprenderéis que eso me importe poco.

Felipe respondió sin apartar su boca del pecho de Elena, ni poder contener la excitación que le producía sentir suyo ese cuerpo que le devolvía la esencia de sí mismo.

El sexo, que removía los fundamentos de su personalidad y revalidaba su hombría.

El poder. El verdadero. El que otorga la capacidad para disponer de la voluntad de una persona, de poseer lo más íntimo e inexpugnable de su cuerpo. E incluso de poseer su alma. Ése es, en verdad, el mayor acercamiento al éxtasis.

Así lo era para Felipe.

—Pero ahora soy una mujer casada —replicó falsamente preocupada Elena—. ¿Cómo podéis olvidar tan pronto vuestra propia obra…?

—Tenía que hacerlo, bien lo sabéis.

—No. No lo sé. No entiendo por qué me habéis obligado a casarme, y por eso espero que me lo expliquéis.

Los profundos ojos oscuros de la joven se mostraban como una fortaleza imposible de conquistar mientras de sus labios salía un reproche que, ahora sí, era verdadero y que obligó al monarca a darle, por fin, una explicación.

—Veréis, Elena, tenéis ya una edad en la que una mujer decente necesita del amparo de un esposo.

—¿Vos, señor, habláis de decencia refiriéndoos a mi persona? Mi decencia es vuestra, tan vuestra como lo soy yo.

Al acabar de decirlo, la muchacha fue a besar al rey pero éste lo impidió con suavidad. Se daba cuenta de los sentimientos contradictorios que movían a la joven a enfadarse con él por apartarla de su lado pero, a la vez, a seguir entregándose sin condiciones. Debía actuar con delicadeza. Al fin y al cabo, la idea de casarla respondía a la necesidad que tenía Felipe de gozar de cierto sosiego a su alrededor, precisamente para no intranquilizar a la reina. Y su joven amante, lejos de ser más discreta, tras la boda real había empezado a agobiar al monarca con sus permanentes requerimientos.

—Es mejor que no regreséis a palacio. Vuestro cometido está aquí, en esta casa. No volváis a contravenir una orden mía. Recordadlo.

—Yo sólo quería estar cerca de vos.

—Ahora más que nunca tenéis que guardar las apariencias.

—Pero ¿es que acaso no me amáis?

Felipe apretó la boca por toda respuesta. Y Elena recordó con tristeza que hay cosas que nunca deben ser preguntadas a un rey.

—Preguntad lo que queráis, majestad, sois la reina.

La princesa de Éboli cosía junto a Anna una tarde en que el ambiente se había tornado propicio para las confidencias. Poco dada a la pereza, y debido a su carácter reservado, la reina, amante de las labores, solía pasar horas cosiendo en silencio y bordando hasta alcanzar, incluso, la fatiga. La princesa cumplía debidamente con su cometido de acompañarla, sin dejar entrever el poco entusiasmo por lo que hacía. A la reina, por su parte, la de Éboli no le inspiraba demasiada confianza. Se toleraban y, en el fondo, se necesitaban la una a la otra, pero sin atisbo de sinceridad ni de auténtico interés. Aun así, cualquiera que presenciara un encuentro entre ellas creería que se trataba de viejas amigas.

Hablaban esa tarde de los inconvenientes que para una villa como la de Madrid suponía la implantación de la corte. La prosperidad que atraían los monarcas y su séquito era la mejor parte. Los rumores y la maledicencia de sus gentes, lo peor. En los temidos y temibles corrillos se acuñaban falsedades sobre supuestos amoríos, que solían hacer gracia a todos menos a los interesados. Cuando se trataba de los reyes, los estragos podían llegar a ser inconmensurables y las consecuencias, nefastas. Para Anna, por supuesto, estas habladurías resultaban nuevas, desconocidas y muy terribles. En Bohemia, su familia la mantuvo siempre al margen de este tipo de servidumbres de la realeza. Jamás en casa oyó ninguna queja por parte de su madre respecto de algo que dijeran de ella o de su esposo, el emperador.

Porque las reinas, al parecer, son quienes más padecen los efectos de los rumores que, en caso de darles pábulo, podrían hacer tambalearse a más de una monarquía.

Empezaba a entender que el matiz era importante: se trataba de no hacerles caso, no de que no fueran verdad.

—No entiendo, princesa, qué es lo que queréis decir exactamente...

Había seguido la gentil sugerencia de doña Ana de Mendoza. Pero al preguntarle por las últimas novedades de la Villa y Corte se llevó la desagradable sorpresa de que tal vez ella misma pudiera estar siendo pasto de las alimañas.

—Pues lo que quiero decir es que últimamente se está hablando mucho de las idas y venidas del rey. Pero no hay que darle demasiada importancia; es normal que siempre hablen de Su Majestad.

—Me cuesta creer que la normalidad pase por despellejar a unos soberanos, como si de piezas de caza se tratara.

—Despellejar suena demasiado osado, si me permitís...

—Las que suenan demasiado osadas son las voces que hieren nuestra honra, ¿no os parece? —replicó la reina con tanta rapidez que apenas le dejó terminar la frase—. No coloca en buen lugar a la reina que se hable mal del rey —se refería a su matrimonio como si se tratara de terceras personas.

—Seguramente tengáis razón. —La princesa empezaba a disfrutar con la incomodidad de Anna—. Puede que estemos exagerando y que no sea para tanto.

Consiguió derivar la conversación, de forma perversa, hacia el ángulo morboso que pudiera esconderse tras la curiosidad de la reina, dando de lleno en la misma, porque inmediatamente ésta inquirió de forma muy directa:

—¿Y qué es lo que se murmura de mi esposo? ¿A qué lugares acude que desatan las habladurías?

La respuesta de Ana de Mendoza se amagó tras un breve y deliberado silencio destinado a reforzar la sospecha:

—Os estoy pidiendo que me contéis lo que se dice del rey —insistió la reina.

Intentando disimular su honda satisfacción, Ana de Mendoza precisó:

—En todo Madrid se comentan sus reiteradas visitas a la Casa de las Siete Chimeneas.

—La Casa de las Siete Chimeneas.

La reina lo repitió, evitando mostrar sorpresa o evidenciar cualquier indicio de contrariedad. Tomó aliento y, sin pausa, desgranó argumentos cargados de racionalidad con los que podía intentar convencer a los demás, pero no a sí misma. Ella era consciente del verdadero sentido de las simples palabras pronunciadas por la princesa.

—Es conocida la predilección que siente por esa casa, cuya construcción ha seguido igual que si se tratara de un entretenimiento —justificó la reina—. Le resulta muy familiar, como obra que es de su arquitecto mayor, Juan de Herrera, con el que trabaja en el monasterio de San Lorenzo. No es de extrañar, pues, que le siga interesando.

—Si es ése el verdadero interés…

—Él se siente en el deber de velar por los intereses de la familia Zapata; no en vano el capitán es un héroe. El comportamiento del rey debería servir de ejemplo. No hay nada más que añadir sobre sus visitas.

—¿Aunque se produzcan a horas que no son propias de la gente de bien… majestad? —No era necesario llegar a ese grado de crueldad, y la princesa lo sabía.

La reina soltó la labor que tenía entre manos, como si le hubiera picado un escorpión, se puso de pie y en un tono severamente seco exhortó a la princesa de Éboli a que se marchara en los siguientes términos:

—Princesa, no sería de mi agrado que dejarais de atender otras ocupaciones por acompañarme. No tomaré a mal que interrumpáis en este momento vuestra cortesía.

La invitada se tomó su tiempo para abandonar la estancia, provocando así la impaciencia de la reina, que ya empezaba a sentir el veneno de la duda inoculado en la sangre. Hasta entonces había creído que su principal enemigo era la sombra de la anterior reina, cuando, en realidad, el espectro que la acechaba lo tenía al otro lado de la puerta. Empezaba a desconfiar del rey. Y la desconfianza nunca trae nada bueno. Se retiró a sus aposentos mucho antes de la hora habitual y pidió a su camarera mayor, doña Aldonza de Bazán, marquesa de Frómista, que se quedara a solas con ella.

—Pero necesitaremos ayuda para desvestiros.

—Olvidaos ahora de eso. No es para quitarme el vestido, para lo que necesito ayuda, sino para quitarme de encima la incertidumbre.

—¿Acerca de qué, majestad? —La camarera se preocupó al verla tan inquieta.

—Dudas, sospechas, recelos, han tomado mi voluntad y me atenazan el corazón.

—Si en algo os puedo ayudar… —Era un ofrecimiento sincero.

—Es… bueno… se trata de un asunto que podría llegar a ser turbio y desagradable, pero… en realidad… no sé, tal vez me esté precipitando…

Anna estaba retrocediendo al darse cuenta de que confiar en la camarera mayor, así como en cualquier otra persona de la corte afín a ella o al rey, entrañaba gran peligro. Se sentía desorientada. Era un golpe duro creer, aunque hubiera sido un pensamiento efímero, que su esposo pudiera mantener trato ilícito con la joven Elena Zapata. Intentó recomponerse y, con gran esfuerzo, quiso hacer ver que no le ocurría nada serio, sino que tan sólo quería gozar de un rato de tranquilidad junto a doña Aldonza para informarse acerca del personal y de las costumbres de la corte. A la camarera le resultó, lógicamente, muy extraño, aunque se limitó a seguir la pauta marcada por su señora.

Después de un rato de estar divagando con preguntas insustanciales, la reina se centró en lo único que verdaderamente le interesaba.

—Decidme, ¿qué se cuenta de la esposa del capitán Zapata, más allá de lo que sabemos?

—De ella no se habla, precisamente, nada que no se sepa.

—¿Están las niñas en buenas manos?

—Elena nació en la corte y no se ha movido de ella hasta su boda. Es de absoluta confianza.

—Claro, desde luego. —Se empeñó en que no notara su suspicacia—. Sin embargo, convendréis conmigo en que su comportamiento está siendo un tanto extraño. Desaparece al contraer matrimonio, lo cual es lógico en una dama recién casada, pero a los pocos días regresa a palacio implorando poder seguir al cuidado de las infantas, favor que le concedí con agrado, y ahora de nuevo no se sabe nada de ella. ¿Qué significa todo esto? ¿Acaso se trata de un juego de escondite?

Volvía, sin poder evitarlo, al punto de partida. Con su proceder, Anna ponía de manifiesto que carecía del temple suficiente para mantenerse en su sitio al tratar un asunto tan delicado e hiriente como el de una posible infidelidad de su esposo. Estaba acostumbrada a reprimir sus verdaderos instintos y a mostrar la imagen que se espera de una princesa llamada a convertirse en reina, tal y como había ocurrido. Pero a pesar de ello, y aun considerando que no había rincón de Europa en que no se conociera la debilidad de Felipe por el sexo femenino, y que es obligación de una reina aceptar cualquier circunstancia del rey, la mujer que se escondía bajo la capa de reina sufría. Y no hallaba a nadie cerca que le sirviera de consuelo o de simple desahogo.

—¿No encontráis raro que precisamente ahora todo el mundo hable de que mi esposo pueda estar visitando a la señora de Zapata a horas deshonrosas? —Se giró para mirar a través de la ventana y reflexionar en voz alta—. Dicen que va a esas horas en las que las buenas costumbres y la moralidad se relajan peligrosamente en lechos que no son los bendecidos por los santos sacramentos. Doña Aldonza, contándoos esto que me preocupa, deposito en vos mi confianza. Espero que sepáis cuidarla como se debe.

En estas idas y venidas de su ánimo inseguro, aunque sabía que era arriesgado confiar en una mujer a su servicio, necesitaba sin embargo hablar con alguien, oírse ella misma decir en voz alta aquello que tanto le inquietaba. Le pudo más la necesidad de desahogo que la conveniencia de la discreción.

—Mala cosa es vivir pendiente del demonio —respondió sin más la marquesa mientras esperaba que la reina se acercara a ella para ayudarle a desvestirse y ponerse la ropa de dormir antes de deslizarse entre las sábanas; ella se dejó conducir como hacen los niños.

Finalmente se encogió hecha un ovillo y cerró los ojos confiando en la indulgencia divina.

En los besos de delirio, las bocas despedazaban los temores y las indecisiones. A la misma hora en la que la reina intentaba conciliar el sueño pensando en que pudiera ser cierto que el rey se veía a escondidas con Elena, los amantes buscaban el uno en el otro el refugio del que andaban necesitados sus respectivos, y muy diferentes entre sí, anhelos.

—El impulso de vuestra juventud ahora os obceca, Elena, pero con el tiempo acabaréis comprendiendo la importancia de que un monarca anteponga el deber a sus preferencias.

—Majestad… yo no puedo vivir apartada de vos.

—Pues habréis de aprender a hacerlo. ¿Sabéis qué hay peor a que vos no obedezcáis a mi palabra? Que ni yo mismo lo haga. Circunstancia, ésta, que entenderéis inadmisible. Mi orden es la de no volver a veros hasta que no haya preñado a la reina. Y es una orden para vos, pero también para mí.

Pocas veces un rey se da órdenes a sí mismo.

El arrepentimiento de la reina no tardó en llegar. A primera hora del día siguiente, ignorante de cuáles eran las mejores noches para su esposo, como la que acababa de pasar, se encerró en la capilla para rogar el perdón de Dios por haber dudado con tanta ligereza de él.

¿Cómo iba Dios a permitir la banal infidelidad de un rey, cuando lo que estaba en juego era el futuro de la Corona? Hizo que llamaran a su confesor. «Pequé de pensamiento, padre, de pensamiento», le declaró, pero también lo había hecho de palabra. No sólo tuvo pensamientos indebidos respecto de su marido, sino que había cometido el desliz de empezar a contárselo a su camarera como un secreto. «No volverá a repetirse», ella misma se autoinculpó.

Sólo cuando hubo descargado sus culpas se sintió reconfortada.

Después de conocer sus confidencias, el sacerdote consideró oportuno hablarle de la personalidad de una mujer «que con el tiempo llegará a ser una santa, aunque ahora muchos no la comprendan». Con cautela, ya que la persona en cuestión estaba en entredicho, le explicó que, procedente de una noble familia y huérfana de madre, a los dieciocho años ingresó en un convento en contra de la voluntad paterna, y que su misticismo era ejemplar. Afirmaba haber vivido varios éxtasis y presenciado la resurrección de Jesucristo. Oraba con tal ansia que ni el sueño interrumpía sus rezos, y la Inquisición, ante la que había sido denunciada en un par de ocasiones, estudiaba de cerca la posibilidad de que sus creencias y fundaciones, más que un tormento a favor de Dios, fueran una herejía.

Quedó la reina profundamente impresionada y quiso saber más acerca de esa mujer que a los siete años tuvo el valor de marchar a tierras de infieles, ocupadas por musulmanes, para pedir limosna con la esperanza de que su cabeza fuera cortada por los impíos y conocer, de esa manera, el sentido del martirio.

Martirizarse. Sufrir por los pecados propios y por los ajenos que provocan íntimo padecimiento en uno mismo.

Pecados del alma, y también de la carne, aquellos que cabalgan a lomos de la lujuria y vuelan, después, hacia el remordimiento con las alas de la penitencia. Los que se revuelcan en brazos impuros sobre una cama marcada con la mancha de la concupiscencia. Y no hay para estos pecados misericordia ni perdón.

De nada le sirvió la confesión. Volvió sobre sus pensamientos hasta llegar al punto inicial en el que consideraba un hecho cierto la relación del rey con Elena. Acababa de pedir perdón por haber malpensado sobre la integridad de su esposo y ya la estaba pisoteando de nuevo. La princesa de Éboli le había abierto los ojos. Entendió que una mujer de su conocimiento y condición difícilmente andaría mareando a la reina con vulgares chismes más propios de voces callejeras. Si ella había lanzado una insinuación de tal gravedad y con tanta firmeza como lo había hecho, era porque tenía la verdad de su parte.

Martirizarse. Sufrir en la mayor de las soledades, sin poder contar con un hombro amigo sobre el que reposar la desdicha de sentirse traicionada.

A la tenue luz de las velas, por la noche la reina abrió un libro de Teresa de Ávila y comenzó a leer:

> Nada te turbe, nada te espante. Todo se pasa, Dios no se muda. La paciencia todo lo alcanza. Quien a Dios tiene, nada le falta.
> Sólo Dios basta.

Pecados inconfesables

El día había sido importante para la Corona española. El ajetreo diurno precedió a la íntima reflexión a que invitaba la llegada de la noche. El rey se hallaba solo en su despacho. Miraba los tejados de Madrid a través de la ventana pensando en la buena noticia con la que se habían despertado y de la que esperaba que aportara un nuevo rumbo a su vida y también a sus reinos.

Hubo algo en el horizonte nocturno que primero llamó su atención y, después, al identificar el origen, le encogió el alma. De la zona de las huertas del Barquillo emanaba una fina columna de humo a la que se le iban añadiendo otras similares, muy juntas unas a otras, hasta contar siete. Claramente procedían de la Casa de las Siete Chimeneas. El hogar de los Zapata.

Las serpientes de humo se convirtieron en una densa nube que podía divisarse desde muchos puntos de la Villa. En el alcázar se gozaba de una vista privilegiada y hasta allí llegaba el tufo a quemado. El rey entendió que ésa era la manera que tenía Elena de mostrar su furia callada. En el fuego que provocaba la humareda debía de quemarse su descontento ante la buena noticia que había dado al pueblo la familia real ese día.

En aquel momento, alguien llamó a la puerta. Venían a avisarle de que su caballo estaba preparado. Pero él no. No estaba vestido ni su espíritu dispuesto. Anuló sus planes. Tenía prevista una de las habituales salidas nocturnas que le iba a conducir al placer prohibido, pero renunció al intuir alguna suerte de amenaza. El humo de las siete chimeneas no le había gustado. Funcionó como una señal disuasoria que detuvo sus intenciones.

Empezó a albergar oscuras ideas acerca de la penitencia que acarrean los pecados inconfesables, dejándose llevar —como era habitual en él— por la extremada religiosidad que guiaba todos los órdenes de su vida, con la excepción de la parcela más íntima, que era gobernada sencillamente por sus instintos. Se santiguó con agua bendita, que solía tener siempre junto a su cama y que en los últimos días había pedido que le subieran también a las dependencias de trabajo.

Cuando no pudo soportar más la visión de las chimeneas escupiendo al cielo cada vez con más violencia la ira de su amante, convertida en un espectro de humo, se abrazó a las pesadas cortinas e intentó cerrarlas, como si, no viéndolas, evitara caer en el abismo. Una sima negra y fría donde se almacenaban los peores presagios, sin que pudiera protegerse allí de los temores indeseados. Cerró los ojos, apretándolos con fuerza, y se tapó los oídos para acallar las voces que resonaban en su cabeza y tiraban de él hacia el precipicio. Siete eran las chimeneas. Siete, los sellos de los que hablaba Juan en el Apocalipsis, al que tan aficionado era el rey, pues no había noche en que no leyera la Biblia antes de dormir:

> Cuando el quinto Ángel tocó la trompeta, vi una estrella que había caído del cielo a la tierra. La estrella recibió la llave del pozo del Abismo, y cuando abrió el pozo, comenzó a subir un humo, como el de un gran horno, que oscureció el sol y el aire. Del humo salieron langostas que se expandieron por toda la tierra, y éstas recibieron un poder como el que

tienen los escorpiones. Se les ordenó que no dañaran las praderas ni las plantas ni los árboles, sino solamente a los hombres que no llevaran la marca de Dios sobre la frente —Felipe se quitaba con las manos el sudor del rostro, tocándose una y otra vez, como si quisiera encontrar algo extraño, pero lo hizo con tanto ahínco que se erosionó la piel—. Se les permitió, no que los mataran, sino que los atormentaran durante cinco meses, con un dolor parecido al que produce la picadura del escorpión.

El dolor del tormento impidió que disfrutara del que tenía que haber sido uno de los días más felices de su vida. A primera hora se había hecho el anuncio oficial: la reina estaba embarazada.

La vida en el vientre de Su Majestad fue igual que una herida de muerte para Elena.

Anna de Austria no prestaba atención a la grisácea nube que despedían las siete chimeneas de la casa en la que vivía Elena Zapata. Encogida dentro de su amplia cama, arrullaba en su regazo un muñeco de trapo y descansaba feliz. Sus oraciones habían sido oídas. Sólo quedaba esperar que fuera un varón.

Tenía que serlo. A ese fin estuvo rezando hasta caer vencida por el sueño.

Mateo Vázquez de Leca se atusaba el pelo intentando disimular las entradas que vaticinaban una incipiente calvicie a pesar de que aún no había cumplido los treinta años. De robusta complexión y piel morena, en el joven clérigo se apreciaban signos de buena y exquisita formación, en sus maneras y en el modo de hablar; no en vano había cursado estudios en la Compañía de Jesús antes de entrar al servicio del entonces presidente de la Casa de Contratación de Sevilla, don Diego de Espinosa, hoy cardenal por la gracia de Su Santidad y la bondadosa solicitud del rey, que Dios guarde.

Cuando Espinosa se trasladó a Madrid para presidir el Consejo de Castilla, cargo que ostentó durante un par de años, se lo llevó consigo como ayudante y lo ordenó sacerdote. En la confianza que le tenía, hacía mucho tiempo que le hablaba de él al rey. Por aquel entonces todos estimaban a Espinosa como el hombre más influyente del Estado, por lo que sus consideraciones eran siempre bien atendidas por Felipe.

De su pupilo, el cardenal había ensalzado tanto su visión de los asuntos de Gobierno como su buen hacer en las tareas eclesiásticas. Teniendo en cuenta lo difícil que resultaba aunar ambas condiciones en una misma persona, el rey aguardaba la ocasión para dar entrada en escena al ambicioso Vázquez. Porque estaba convencido, por lo que le había contado el cardenal, que en ambición igualaba a su maestro.

Había llegado, al fin, el momento en que el rey pudiera requerir de la intervención de Mateo Vázquez, quien, para su primera audiencia con Su Majestad, se había preparado a conciencia y cuidado su aspecto con objeto de darle una buena impresión.

—Don Mateo Vázquez de Leca, ¿cómo os trata Madrid? —comenzó diciendo el rey para alentar que el recién llegado se sintiera cómodo.

—La villa donde reside la corte es un privilegio para alguien como yo, majestad —respondió Vázquez haciendo gala de una humildad de la que pronto se desprendería.

—Sed bienvenido. Don Diego de Espinosa me ha hablado mucho y muy bien de vos. Él está convencido de que podríais cumplir un buen papel en la corte. ¿Vos también lo estáis?

—Mi único convencimiento es el de la lealtad a mi protector, don Diego, pero por encima de todo, a vuestra real persona. Vuestra majestad me tiene a su disposición.

Felipe se sintió en confianza ante la presencia del invitado, lo que no era habitual en él, receloso por naturaleza. Lo escudriñó de arriba abajo con su incisiva mirada hasta quedarse tranquilo y convencido de que la impresión que le había causado era la correcta. Al cabo de un rato se permitió reflexionar en su presencia acerca de sus preocupaciones más personales, pensando que al hacerlo averiguaría cuál era la actitud de Vázquez.

—¡Qué ardua es la tarea de gobernar todo un pueblo y qué difícil contentar a los súbditos en igual medida sin que ninguno de ellos se sienta en menosprecio!

—Vuestra majestad lo resuelve como nadie había sabido hacerlo en nuestra historia, a buen seguro siguiendo las enseñanzas de vuestro padre el emperador, que Dios tenga en su gloria.

—¿Os han advertido de que no soy amigo de mucha lisonja?

—Yo tampoco, majestad. —Era admirable la sagacidad con que Vázquez se adaptaba al proceder del rey—. Sólo digo lo que pienso.

—Un buen gobernante ha de saber combinar los conocimientos de Estado con la salvaguarda de los imprescindibles preceptos morales que propugna la Iglesia y que rigen sabiamente nuestras vidas.

—Dios, en efecto, es nuestro faro, la luz que guía nuestro sendero en la existencia terrenal.

—Sabéis que ese sendero a veces se llena de obstáculos y… —el rey meditó unos segundos antes de acabar la frase— también de dudas.

Mateo Vázquez sabía que su papel en aquel momento era tan delicado como importante para su futuro, así que apeló al tono más ecuánime que albergaba su carácter y, de esa manera, pudo hablarle con la mayor franqueza.

—Majestad —su voz se revistió de solemnidad—, si me permitís sin que os suene a desmedido atrevimiento, os diré que en mí tenéis a un siervo de Dios y de vuestra majestad dispuesto a hacer lo que esté en mi mano para aumentar cualquier inquietud que me transmitáis.

—¿Cualquiera? —inquirió Felipe.

—Los asuntos que os conciernen no deben tener límite a la hora de ser atendidos.

—Vuestra ejemplar predisposición es muy de agradecer; estad seguro de que será tenida en cuenta.

Estaba claro que al rey cada vez le iba gustando más lo que Vázquez mostraba de su personalidad.

—Supongo que durante el tiempo que lleváis entre nosotros —prosiguió— habréis tenido ya ocasión de comprobar que la corte es un hervidero de rumores que no siempre tienen fundamento. ¿Vos los tenéis en cuenta?

—La condición humana es muy dada a invenciones que le distraigan de la carga de sus obligaciones diarias. No son, pues, dignas de consideración.

—Decís bien, don Mateo. ¿Y qué habéis oído últimamente? —quiso poner a prueba su sagacidad.

—Sólo lo que vuestra majestad considere que deba oír…, majestad. —Así dejaba clara su intención inequívoca de estar desde ese mismo instante al servicio de los intereses del rey.

Felipe lo estaba despidiendo, satisfecho, cuando Vázquez añadió:

—Mis ojos y mis oídos seguirán lo que vos, señor, determinéis.

No cabía duda de que se habían entendido.

Ruy Gómez de Silva, príncipe de Éboli, no estaba al corriente de la reunión clandestina que mantenía su esposa en una de las estancias de la casa. Era muy tarde. Se había retirado a su dormitorio dos horas antes, así que no pudo presenciar la entrada, por la puerta trasera, de un desconocido que subió como una exhalación las escaleras a oscuras tras los pasos de la dueña de la casa. A salvo de ser visto, una vez dentro de una pequeña sala se colocó en un rincón hasta asegurarse de que la princesa cerraba bien la puerta. Entonces se relajó y fue invitado a tomar asiento.

—Gracias, señora, pero no es mi costumbre ponerme cómodo cuando he de tratar asuntos de trabajo.

Ana de Mendoza soltó, entonces, la copa de vino que estaba a punto de ofrecerle y se acercó a él para abordar directamente el tema que les había reunido.

—Intuyo que no os gusta perder el tiempo en preámbulos. Vayamos, pues, a lo que os ha traído a mi hogar. Se trata de una visita que, una vez acabe, habréis olvidado, ¿no es así?

El hombre asintió con la cabeza, sin dejar de mirarla con suma atención.

—Bien. ¿Habéis oído hablar del capitán Zapata?

—¿A quién no le llegan los ecos de las hazañas de don Fernando Zapata en Flandes?

—Estaréis al tanto, entonces, de que a las pocas horas de casarse se vio en la obligación de dejar a su esposa en Madrid para acudir al servicio de Su Majestad. Y ya se sabe de los peligros que acechan a una mujer abandonada en brazos de la soledad después de haber probado las mieles conyugales. ¿Os imagináis qué sufrimiento debe sentir un marido ante una situación así…? —El hombre se mantenía expectante sin añadir comentario alguno a las palabras de la princesa, esperando conocer qué se esperaba exactamente de él—. La dama en cuestión habita una casa que parece idónea para los amores furtivos. Una casa grande y alejada del centro. Supongo que conoceréis la Casa de las Siete Chimeneas.

—Disculpad, señora, no pretendo ser ofensivo, pero cualquiera que se mueva por Madrid conoce esa casa.

—Pero no cualquiera la visita. El hombre al que todos servimos gusta de adentrarse en ella amparado por el manto protector de la oscuridad de la noche. La joven esposa de Zapata recibe al rey en los momentos en que las voluntades se pierden —hizo una pausa premeditada—. Últimamente, sus visitas a doña Elena son frecuentes; me atrevería a decir que incluso en exceso. Vuestra misión es clara: llevaréis al capitán Zapata el mensaje tajante de que es necesario su regreso inmediato a Madrid, a riesgo, en caso de no hacerlo, de que la honra de su esposa quede en entredicho y, con ella, la suya propia. Un hombre de verdad tiene que cuidar su hacienda y su fama.

—Excusad mi torpeza al no alcanzar a comprender en qué os afecta que el rey vea a escondidas a esa mujer.

—Es una impertinencia que no os tendré en cuenta. Ah, supongo que no es necesario que os diga que el nombre del rey no debe ser mencionado.

Sin grandes efusiones, el emisario recibió el pago por su misión y se despidió. Se marchó solo, conocía el camino. No hizo falta que la princesa lo acompañara hasta la salida. Ella prefirió permanecer allí un rato más y esperar a que no quedara ni rastro de él para hacerse servir la copa que antes dejó en suspenso. Sentada cómodamente en su sillón favorito, la alzó en un brindis solitario por Felipe. *Su* rey.

La actitud de la princesa de Éboli hacia la reina iba suavizándose. La reunión de la noche anterior la había tranquilizado. Se sentía a gusto, de buen humor, sentada con ella y compartiendo sus inquietudes acerca del embarazo. Dejó que Anna desahogara su angustia, que se resumía en la creencia de que su esposo sólo la quería para que le diera un heredero. La de Éboli sonrió al pensar en el caprichoso encadenamiento de los sentimientos. En torno al rey giraban las ilusiones de dos mujeres contrapuestas, la esposa y la amante. La reina y Elena Zapata. Y, apelando a la completa verdad, también las suyas propias. Las acciones o sentimientos que se ocultan a uno mismo son más terribles, generalmente, que las que se ocultan a terceros. En su caso, lo que no podía confesar era la satisfacción de saber que el rey iba a tener dificultad para mantener sus encuentros con Elena al estar el marido de la joven vigilante cuando regresara a su lado.

—Claro que es importante para el rey tener un sucesor —le comentó, comprensiva, la princesa—, pero eso no significa que sólo os quiera para ese fin. Él no es muy dado a exhibir su amor, pero seguro que a su manera os ama. Además, majestad, ¿se os ocurre mayor orgullo para una mujer que el de concebir de su esposo soberano los hijos que Dios quiera, entre los que se encuentra el futuro heredero de sus dominios como los de Su Majestad?

Ana de Mendoza poseía la indudable habilidad de consolar a la reina al tiempo que le transmitía mayores incertidumbres.

—Aunque peor cosa es —prosiguió— que a un hombre no le importe ni siquiera la condición de madre de sus hijos que posee toda esposa y que se entregue alocadamente a unos brazos que, a la larga, acaban siendo traicioneros.

—A veces la voluntad de los hombres es tan débil, princesa…

—Lo peor es que las bajas pasiones no entienden de posición ni de clases sociales.

La reina temía las consecuencias de los atrevimientos que acostumbraba a permitirse la princesa de Éboli. En asuntos tan delicados como en el que se estaban adentrando, dichas consecuencias eran difíciles de evaluar. Por eso quiso desviar el tema de conversación, sin conseguirlo, porque la princesa dejó bien claro que disponía de cierta información que, aun no exponiéndola abiertamente ante la reina, afectaba a su estado emocional.

—Quedaos tranquila. Cuando menos se espera, y sin forzarlo, las cosas dan un giro y se ponen de nuestra parte. Sólo hay que tener fe. —En realidad esperaba que se pusieran más de su parte que de parte de la reina.

—La fe es un acto voluntario —respondió Anna de Austria—. En mi caso, como supongo que también en el vuestro, fe precisamente no falta.

—Claro… así es, majestad, así es. ¿Qué haríamos sin la fe?

—Tenía gracia que se expresara de esta manera, ella, cuya piedad dejaba mucho que desear.

Repentinamente, al anunciarse la llegada del archiduque Ernesto, hermano de la reina, ésta sintió una punzada en el estómago. De repente, y sin que el joven hubiera abierto aún la boca para saludar, tuvo el extraño presentimiento de que tal vez las cosas iban a cambiar. Saludó a su hermano efusivamente, como era normal entre ellos; pero esta vez lo hizo, además, como si confiara en que su presencia fuera a aliviarle de muchos pesares.

Ernesto tenía dieciocho años. Era proverbial su buen carácter, así como su timbre de voz que, como ya había tenido ocasión de comprobar antes de abandonar su país, ejercía en las mujeres una poderosa atracción, a lo que contribuía su forma de hablar, profunda y susurrante. Tras saludar a la reina, hizo lo propio con la princesa de Éboli.

—Siempre es un placer veros por aquí, archiduque —respondió ella con amabilidad.

—El placer también es mío, princesa.

—Desde luego, vuestra presencia es siempre bien recibida… —aseveró la reina con una extraña satisfacción.

Por primera vez, ambas mujeres se unían en un interés común: el rey tenía que dejar de verse con Elena. Aunque cada una de ellas lo quería para algo distinto y estaba pensando en una manera de conseguirlo que, entre sí, distaban tanto como el día de la noche.

«Quien no os ama está cautivo y ajeno de libertad. Quien a vos quiere llegar no tendrá en nada desvío. ¡Oh, dichoso poderío donde el mal no halla cabida! Vos seáis la bienvenida.»

La reina se acostó sintiéndose flotar en el aire. La madre Teresa de Jesús afirmaba que a la levitación se llega en un estado extremo de placer inexplicable. Y ella se encontraba en una circunstancia similar a la descrita. La dicha de creer que pronto podría conseguir la total dedicación y entrega apasionada de su esposo le llevaba a distanciarse de la realidad entre placenteros vapores.

Si el mal no tenía cabida, ¿qué estaba haciendo, entonces, pensando en la posibilidad de que Ernesto pudiera fijarse en la mujer que pretendía arrebatar de la lujuriosa cercanía de su esposo?

—Creo que deberíais divertiros un poco y disfrutar de lo que la villa ofrece —le había comentado durante una reunión de hermanos.

—Vos, hermano, ya conocéis a las damas madrileñas… —exclamó el joven Wenceslao guiñando un ojo a Ernesto, como si sus diez años le autorizaran a hacer tal afirmación.

La reina se sonrojó satisfecha, aunque con el remordimiento que producen los malos pensamientos.

—¡Ja, ja! ¿Me incitáis al deleite carnal? —bromeó Ernesto.

—Oh, vamos, no seáis críos —intervino Anna—. Ernesto, seguro que nuestro pequeño Wenceslao no se atrevería a tanto. Siempre es mucho mejor hablar de amor que de esas cosas. Quién sabe si no se halla en Madrid la mujer de vuestros sueños. Convendréis conmigo en que algo así podría ser de vuestro interés.

—¿Interés mío o vuestro, querida hermana? A lo mejor así queréis evitar mi molesta presencia, majestad —replicó divertido.

Ernesto no podía imaginar que la pregunta ocultaba una segunda intención que sólo la propia reina estaba en condiciones de interpretar.

Deseos ocultos

El tiempo discurría en la corte con aparente placidez. Los infortunios personales quedaban recluidos tras la puerta de cada habitación, al margen de la cotidianidad familiar. Nadie tenía por qué enterarse de las inquietudes ajenas si éstas podían alterar la cadencia armoniosa del funcionamiento en palacio. Anna era muy escrupulosa guardando las apariencias. Su intachable comportamiento respondía a un perfil claro de esposa perfecta, más ahora que llevaba en su vientre la semilla del posible sucesor de Felipe. Siempre voluntariosa, se mostraba en permanente disposición de agradar a su marido y de ayudarle en lo que fuera necesario. Claro que él no sólo jamás le pedía su ayuda, sino que tampoco parecía necesitarla; a pesar de ello Anna se mantenía en permanente alerta por si él hacía algún gesto para requerir su atención.

Cuanto más tranquilas eran las estampas familiares, más agitadas estaban las almas. Los reyes acudían juntos a oír misa en la capilla del alcázar y muchas tardes las pasaban en el despacho del monarca, dedicada Anna a sus tareas de costura o a vigilar a las infantas en sus juegos cerca del padre, mientras Felipe firmaba documentos o revisaba legajos atrasados. Tan apacibles eran las costumbres palaciegas que el embajador francés, Fourquevaux, llegó a escribirle a la reina Catalina de Francia que la corte española «más parecía un convento de monjas que una corte real». Al rey le produjo risa al enterarse, admitiendo para sus adentros la parte de razón que le asistía al embajador, ya que el reinado actual distaba mucho del anterior. La gracia natural y la alegría y vivacidad de Isabel de Valois, o el amor de ésta por el lujo y las artes, no podían compararse con la serenidad, la corrección y las aficiones de Anna de Austria, que no salía de palacio salvo para acercarse al monasterio de las Descalzas Reales a cumplimentar su devoción. La alemana era sencilla, austera. La francesa, desbordante. Lo que venía a decir Fourquevaux, en definitiva, era que no imaginaba corte más aburrida que la española.

Aquellos momentos de serena convivencia —y también aburridos, en efecto— se convertían para la reina en un merecido triunfo: se hacía ilusiones al interpretar que su marido no necesitaba más compañía que la suya. Por no perturbar su paz ni siquiera le hablaba. Le parecía que todo estaba tan bien que no quería hacer o decir nada que pudiera molestarle y que, por tanto, pusiese en peligro esos ratos que quisiera que no acabaran nunca.

En una de esas escenas en que el tiempo parecía quedar en suspenso, Felipe estaba bromeando, relajado, con su sobrino Ernesto en el transcurso de un almuerzo. El rey acostumbraba a comer solo, siguiendo las normas de la estricta etiqueta borgoñona impuesta por su padre en la corte española, pero de vez en cuando también en las comidas rompía su propia rutina. La cita familiar lo atrajo. En torno a la mesa se habían reunido su hermana Juana, su esposa y sus cuñados. Como si hubiera intuido que les iba a acompañar, Anna había solicitado por la mañana que en el menú se incluyera pollo frito y tajadas de venado, que tanto gustaban al rey.

Durante aquella plácida reunión familiar hablaban de la fiesta que se estaba preparando para celebrar la buena nueva del embarazo. «Como no nos demos prisa, estaré tan voluminosa que no podré dar un paso», comentó con gracia la reina antes de comenzar a repasar de memoria la lista de invitados.

—No os preocupéis, señor —dijo a su esposo—, no serán muchos. Prefiero una celebración más bien íntima.

—Me atendré a vuestro parecer —respondió él, cariñoso.

Repasando la lista, Anna se detuvo deliberadamente en el nombre de Elena.

—¿Elena? —dijo Felipe haciéndose el sorprendido—. ¿Qué Elena?

—¿Qué Elena va a ser? La única que está cerca de nosotros: doña Elena de Zapata.

—No veo por qué la esposa del capitán tiene que participar en ninguna celebración.

—Otras damas han sido invitadas y no cumplen una función tan importante como ella. ¿No os parece suficiente razón que esté al cuidado de vuestras hijas?

—No, si se trata precisamente de una fiesta íntima.

Anna no se dio por enterada.

—Además, últimamente no ha estado en palacio —añadió el rey.

—Pues, precisamente, así nos enteraremos del motivo. Pobre muchacha, debe de sentirse muy sola, con su marido en Flandes. Es una joven encantadora —miró sonriente a su hermano Ernesto—. Espero que tengáis ocasión de conocerla.

Estos últimos comentarios sorprendían en boca de la virtuosa Anna de Austria. Por eso, mientras a sus hermanos les hacía gracia oírla hablar de esa manera, Felipe receló de las verdaderas intenciones de su esposa. Se sintió algo incómodo; pocas ganas tenía él de que nadie se enterara del porqué del alejamiento de Elena de la corte. Pidió que trajeran el postre para cambiar de conversación.

No se volvió a hablar de la cuestión hasta que llegó el día señalado. A la reina se le notaba bastante el abultamiento del vientre, que lucía con rotundidad, haciendo una pública exhibición de su alegría, y «también de la alegría de Su Majestad». Eso mismo le dijo a Elena Zapata cuando ésta hizo su entrada en el salón de baile, refinada y elegante como siempre. «Os doy mi sincera enhorabuena, majestad», respondió con fingida sinceridad la joven, encaminándose hacia una zona discreta.

Ése era el juego tácitamente aceptado de la verdad y la mentira, que nadie se atrevía a quebrantar y sacar a la luz por miedo a perder más de lo que se ganaría denunciando que no todo era como parecía ser. Un juego que se convertía en la perdición de otra mujer, culta y con habilidad para dotar de un doble sentido a las palabras. El equívoco era la mejor arma de Ana de Mendoza de la Cerda, que lo había cultivado desde su juventud y le sacaba el máximo rendimiento desde que estaba en la corte.

—No imagina vuestra majestad cómo esperábamos la noticia. Nos gusta ver felices a nuestros soberanos. Ha sido una suerte que hayáis tardado tan poco tiempo en quedaros encinta.

—Dios ha sido piadoso con nosotros, princesa.

La de Éboli replicó que, por supuesto, era la mano de Dios la artífice de su embarazo, como si lo creyera de verdad.

La reina seguía con atención todos los movimientos de Elena. Mostraba ésta mucha gracia al relacionarse con la gente, y gentileza en el trato con la familia real. Anna se decidió a ir en busca de su hermano Ernesto para presentársela, a lo que él accedió encantado porque hacía rato que se había fijado en ella, y la prudencia, junto al convencimiento de que su hermana se encargaría pronto de hacer que se conocieran, lo estuvieron reteniendo sin dar un paso.

—Me habían hablado mucho de vos. —El archiduque se lanzó a tomar su mano para besarla como si fuera a escapársele—. Pero no me dijeron que fuerais tan bella.

La reina se alejó del escenario del galanteo para no entorpecer lo que tan fácilmente había comenzado su hermano. Lo conocía bien, y por ello no dudó en que caería rendido ante la joven. Pero no había sabido prever el tamaño que tendría el enfado de su marido cuando viera a Elena en la fiesta, con lo que se demostraba que a él, sin embargo, no lo conocía tan bien. Al ser anunciado el rey, la celebración se paralizó para rendirle homenaje.

Tras el saludo inicial, no tuvo ojos más que para la mujer equivocada. La vio al fondo de la sala hablando con su sobrino. Estaba radiante. Su incuestionable belleza desató la rabia del rey, que hubiera preferido verla fea, triste o desarreglada para justificar su renuncia a ella, algo que había considerado en muchas ocasiones; pero cuando pensaba en sus encuentros apasionados con la joven, las intenciones de abandonarla se diluían convirtiéndose en un fugaz pensamiento que era aplastado por la lujuria.

La lujuria. El más grave de los siete pecados capitales, que la Santa Madre Iglesia consideraba el fundamento de todos los demás. Lo dejaba bien claro. Contra el vicio de la lujuria existe la virtud de la castidad. Pero ¿quién puede decidir ser casto cuando la tentación no se aleja…?

Elena se iba acercando mientras el rey pensaba en ella. Al tenerla delante, y tras notar un ligero temblor en su cuerpo, Felipe mostró, sin demasiada convicción, su contrariedad por verla en la fiesta. Hizo un gesto a su escolta para que le permitieran hablar con libertad, y cuando los dejaron con la suficiente intimidad como para que nadie escuchara lo que tuviera que decirle a Elena Zapata, le habló enérgico:

—Creí que había quedado claro lo conveniente que sería que os mantuvierais alejada de la corte.

—Así es, majestad, pero fui invitada a esta importante celebración y consideré descortés no aceptar.

—Elena, no tentéis vuestra suerte. Os lo digo por última vez: alejaos de palacio. Manteneos apartada de la reina.

—¿También del rey…?

La provocación de la joven despertaba aún más su deseo. Se acercó a ella haciendo verdaderos esfuerzos por contenerse y no levantar la voz.

—A ver si podéis entender esto definitivamente: yo marco las reglas del gobierno de mis reinos, así como las del gobierno de mi voluntad e incluso la de mis súbditos. Y a vos os corresponde obedecer. Sólo eso: cumplir mis órdenes. ¿Os queda claro, doña Elena?

—Tan claro como lo es el agua que sale del manantial…, majestad.

El rey prosiguió su camino. No volvió la vista atrás, aunque sentía en la espalda la incisiva y retadora mirada de la esposa del capitán.

Antes de dar alcance a la reina, fue interceptado por la princesa de Éboli aprovechando un momento de distracción de su marido, Ruy, ocupado en una discusión política con Antonio Pérez, secretario del rey. La relación de Ana con Felipe se remontaba a mucho antes de conocer a su esposo, Gómez de Silva, y en el lejano pasado ambos sintieron una mutua atracción que no pasó de eso. De hecho, para ella fue un revés que no la propusieran para matrimoniar con el heredero de la casa de los Habsburgo, convencida como estaba de que era su sino natural. Pero acató la boda que había concertado precisamente el hombre al que ella aspiraba. Después de casarse jamás dio que hablar, a pesar de que no podía decirse que fuera una mujer discreta. Mantuvo siempre una relación con el rey que, si bien no era ambigua, sí guardaba secretos que reposaban en oscuros rincones de su persona. Se trataba de sentimientos que se resistían a ser identificados, pero que no por ello dejaban de existir, ni en la princesa ni tampoco en Felipe. Un arriesgado poso con el que ambos estaban habituados a vivir. Ninguno se había atrevido jamás a dar un paso que pudiera cambiar el curso del destino o bien cargarlos de remordimientos para siempre.

—Anhelaba que llegara el momento de poder felicitar a vuestra majestad por el futuro heredero —le expresó solícita.

—Gracias, señora, aunque os precipitáis. Quedan unos meses para saber si será niño o niña lo que ha sido engendrado.

—La reina confía en que Dios os dé el gusto de que sea un varón el hijo que esperáis. Tal vez Dios esté también al servicio del rey más poderoso de la tierra.

—¿Vais a comparar el poder divino con el terrenal? A pesar de que os conozco bien, no os hacía tan osada.

—La osadía, majestad, en mi caso es una virtud, os lo puedo asegurar.

—Tened cuidado, princesa, la altivez puede acabar con vos si no la controláis.

—Es curioso que vos me habléis de control, cuando cosas peores hay. Ni la osadía ni la altivez son tan execrables como el dejarse llevar por pasiones carnales que pueden conducir a la perdición. De ésas me cuido, no tengáis duda. Y así deberíamos hacer todos, ¿verdad?

Más que rozar el peligro, el tono de la conversación estaba cayendo de lleno en él.

—Hacéis bien en evitar la tentación —arguyó Felipe—. Cada cual ha de cuidarse de sus demonios.

—Bueno es seguir el camino recto e intentar conseguir lo que creemos que puede resultarnos más beneficioso. Hace muchos años que nos conocemos, de mi familia os considero y os tengo en gran estima. Por ello precisamente deseo siempre lo mejor para vos.

—Las gracias os doy, princesa. Pero quedaos tranquila, tengo exactamente lo que quiero.

—¿Estáis seguro? Cuando se puede tener un tesoro que ni el más afamado de los piratas podría imaginar, ¿para qué conformarse con un simple collar? —Hizo una pausa—. Pensadlo.

Airosa, dio media vuelta y fue en busca de su marido.

El resto del tiempo Felipe lo dedicó a su esposa, con la que bailó poco debido a su estado, se limitó a permanecer a su lado charlando con los diferentes invitados hasta que llegó la hora de retirarse.

Estaba enfadado. La conversación con la princesa de Éboli le había dejado un regusto amargo, mientras que la presencia de Elena Zapata no tenía, en su opinión, disculpa alguna y así era necesario que se lo hiciera saber a la reina, artífice de la invitación.

Fue breve pero inequívoco. En uno de los salones próximos a las estancias de su esposa le mostró su disconformidad por haber contravenido su mandato de no invitar a la dama en cuestión. Ella, sin pretender contradecirle como era su costumbre, se justificó argumentando que lo había interpretado como un simple comentario en lugar de como una orden.

—¿Es necesario que también a vos os dé órdenes? A mi entender basta con que os indique mis pretensiones, sin más —sentenció Felipe dando por zanjado el tema.

Anna aguardó un largo rato sin moverse, reprimiendo las lágrimas. Creía no merecer lo que le acababa de ocurrir. Haberlo evitado no estaba en su mano. Deseaba borrar ya lo sucedido y que Felipe volviera junto a ella. Pero su marido no volvió.

La celebración del nuevo hijo había resultado nefasta para él. Qué mala cosa era tener que recordar reiteradamente que por su condición de rey cualquier manifestación de su voluntad era una orden que debía cumplirse inexorablemente. Lo hizo primero con Elena, después con la princesa y, por último, lo había hecho con su esposa. Sintiéndose agotado, se retiró a su despacho. Iban a dar las once, la hora en la que habitualmente se disponía a acostarse. Pero esa noche el sueño estaba rebelde, como venía sucediéndose en los últimos tiempos. El insomnio se cebaba con él, asaltándole sin miramientos para secuestrar su juicio. Le atormentaba la idea de volver a ser castigado con una niña en lugar de un varón. Razones había para el castigo.

Elena tiraba con fuerza de sus deseos e intenciones. Empezaba a atormentarle la posibilidad de tener que pagar con su descendencia, no teniendo un hijo varón, las consecuencias de su obsesión por ella.

Fijó su atención en la ventana, que estaba a una más que considerable distancia. Dudó en si aproximarse. Al cabo de un buen rato de resistirse sucumbió, aguzando la mirada para contemplar con nitidez las siete chimeneas.

Siete. Hay quien dice que es un símbolo masculino que conduce directamente al cielo. Pero a veces los caminos se tuercen para llevarnos en la dirección contraria.

Siete fueron las plagas de Egipto, el mayor castigo de la humanidad. Siete, los sabios de Grecia. Siete reyes tuvo Roma y siete colinas que ardieron en el fuego condenatorio.

Al amanecer sólo quería una cosa: disculparse ante la reina.

Antonio Pérez llegó al despacho del rey a las ocho en punto de la mañana, y él ya lo estaba esperando desde hacía veinte minutos. Era muy puntual, virtud que llevaba al extremo cuando consideraba que el asunto pendiente entrañaba gran interés personal. Desde la tarde anterior estaba advertido por su secretario de la importancia del asunto que el secretario quería tratar, pero el alboroto de la fiesta hizo inviable que dedicaran el tiempo que requería la cuestión.

La pluma enhiesta del sombrero de Pérez parecía una señal de la alegría que iba a provocar la noticia. Al quitárselo para saludar al rey pudo advertirse que sus pelos estaban de punta, lo que le daba un aspecto un tanto cómico, que se veía reforzado por un mostacho que se le disparaba a diestra y siniestra. Sus ojos, menudos y vivaces, le decían a Felipe a veces más de lo que expresaban sus palabras. Y ahora le hablaban de algo muy bueno.

—Majestad, he recibido informaciones de Granada que son ciertas y que han de llenar de alegría el corazón de vuestra majestad. Me aseguran que el llamado rey de los moriscos ha sido muerto y los que le seguían han quedado reducidos al poder de vuestra majestad y de nuestra santa religión, después de cuatro años de guerra.

Felipe se recostó plácidamente en el respaldo de su sillón. Desde el principio de su reinado, los musulmanes bautizados tras la pragmática de los Reyes Católicos le venían dando problemas. Los consideró un estorbo con el que tenía que cargar hasta encontrar una solución que los mantuviera bajo su férula. Recordaba los tiempos en que llegó al trono cedido por su padre, el emperador Carlos, en mitad de una situación convulsa. La guerra contra los turcos en el Mediterráneo se intensificaba al mismo ritmo que crecía la aproximación de los moriscos españoles a los piratas berberiscos del norte de África, lo que ponía en riesgo las posiciones españolas en todo el litoral.

Se equivocó soberanamente al considerar, cinco años atrás, que la manera de tenerlos controlados e integrarlos en la cristiandad consistía en prohibirles el uso de la lengua y la indumentaria árabes, y la práctica de sus costumbres y de los ritos religiosos de sus ancestros. Esa medida, auspiciada por el cada vez más poderoso cardenal Diego de Espinosa, sucesor de Fernando Valdés en el cargo de inquisidor general, no hizo más que instigarles a la rebelión. Tal fue el desaguisado, que decidió enviar a quien mejor creyó que podría combatirlos: su hermano Juan de Austria.

—Hoy, mi señor, es un día de felicidad para vuestros reinos y yo me congratulo de ello. —Pérez, en realidad, estaba moderadamente exultante, algo habitual en quien acostumbra a guardar un as en la manga, sin que fuera fácil en este caso predeterminar el signo del mismo.

—Todos nos tenemos que felicitar. Hemos hecho una gran labor que difícil era de principio y que se nos ha ido complicando debido al apoyo que daba a los alborotadores la regencia de Argel. Querido Antonio, aún queda mucho por hacer. Habrá que dar la orden de inmediato de que dispersen a los moriscos por tierras de Castilla. De esa manera nos aseguraremos de que estén bajo nuestro control.

—Pero las Alpujarras quedarán despobladas, majestad, han muerto más de cincuenta mil. Será una catástrofe.

—Lo tengo previsto. Llevaremos pobladores del reino de Galicia y del de León, de las Asturias de Oviedo… Tenemos que hacer todo con premura. Gracias por traerme estas buenas nuevas.

El secretario esperaba haber acertado al decidir comenzar la reunión abordando lo que sabía que iba a contentar al rey. Se suponía que la costosa y anhelada victoria en Granada mantendría sus ánimos levantados para encajar lo peor que quedaba por venir, cumpliendo la máxima de que una buena nueva acaba encubriendo algo lamentable. Y a buen seguro que el rey iba a lamentar lo que le faltaba a Pérez por contarle.

—No es costumbre vuestra dejar las malas noticias para el final —comentó con cierta incomodidad al ser advertido de que faltaba una segunda novedad, no tan grata; había creído el rey que la prisa por regodearse con el triunfo desplazaba cualquier revés.

—Digamos que este caso es… especial.

Felipe suspiró y se levantó del asiento para dirigirse a la ventana. Lo hacía siempre que necesitaba tomarse un respiro o meditar sobre algo que le hubieran dicho. Ahora se trataba de lo que estaban a punto de decirle.

—Vayamos a ello —ya le daba la espalda a Pérez.

—Majestad, he sido informado acerca del repentino regreso del capitán Fernando Zapata.

—¡Regreso! —Se giró súbitamente para mirar de frente al secretario—. ¿Habéis dicho regreso?

—Así es. Desconozco las razones que lo han impelido a abandonar los tercios. Deben de ser poderosas.

El rey volvió a mirar por la ventana.

—¿Queréis decir que un héroe como Zapata ha desertado? ¡Qué no le queda aún por ver a nuestros estados! —exclamó intentando desviar el verdadero sentido de lo que estaba ocurriendo; pero su secretario ya tenía formada una idea clara y realista de la situación.

—No se trata de una deserción —afirmó secamente.

Viendo que el rey no hacía ningún comentario, Pérez prosiguió, aunque la información de que disponía era escasa.

—Cuentan que son asuntos personales los que lo traen de nuevo a Madrid. El duque de Alba está preocupado. Hasta ahora, ninguno de sus hombres había tenido un comportamiento similar al de Zapata.

—¿Sabemos por dónde estará en estos momentos?

—Por algún punto de Francia no muy distante de España.

Un silencio grave se impuso en el ambiente.

—¿Creéis que llegará con bien a su destino…?

—Quién sabe, majestad —respondió Pérez—, los peligros son insondables cuando el escenario de fondo es la guerra. Habrá que hablar con el duque…

Había aspectos de la vida del rey que atañían de forma delicada a su intimidad, y que, aun no habiendo sido confesados, se daban por sabidos. Jamás se mencionaban. Latían en la relación entre el monarca y su secretario de Estado, y eso era suficiente para que, en caso de que las circunstancias del monarca pudieran ponerlo en apuros, Pérez interviniese sin que hiciera falta que se concretaran las directrices. En esta ocasión daba por sentado que la presencia del capitán Fernando Zapata en la capital daría al traste con la supuesta relación entre la joven esposa de Zapata y el rey, de la que todo Madrid murmuraba.

Aquella mañana bastaron unas pocas palabras para que el estrecho colaborador del monarca supiera cuál tenía que ser su proceder. «¿Llegará con bien a su destino?», había preguntado Felipe. A él, fiel guardián de sus secretos, le tocaba descifrar su sentido y actuar con su proverbial eficacia.

La fría madrugada protegía el sueño de los habitantes de Poitiers. Densas nubes teñidas de un apagado color añil se movían a capricho por el cielo impidiendo que los reflejos de la reluciente luna llena iluminaran la ruta que acababan de emprender los viajeros. Habían abandonado la posada sin detenerse a desayunar. El capitán viajaba con un soldado como única compañía. Poca para un viaje tan largo. No bien habían salido del pueblo cuando los detuvo una pequeña trampa en el camino, que hizo tropezar al primero de los caballos, el del soldado, y caer al suelo. Aquello les resultó extraño.

De repente Zapata oyó un ruido.

—¿Quién vive? ¿Hay alguien? —gritó.

Preguntaba a la nada que se escondía tras los árboles, cuyas ramas se agitaban sin que las moviera ningún viento. Su voz poseía la vibración del mal presentimiento. No podía verlos, pero eran cuatro hombres, preparados para una eventual lucha que no llegó a producirse porque no dieron tiempo a ello. Las nubes se abrieron dando paso a un claro de luna que permitió localizar con ventaja las posiciones de quienes iban a ser atacados. Entonces, sin que pudieran desenfundar, dos de los atacantes dispararon sus arcabuces contra las víctimas, desorientadas ante la inesperada emboscada.

Fueron dos tiros certeros, tras los cuales el mundo se nubló para el capitán y su acompañante.

Los *testigos* harían saber que ambos cayeron en el campo de batalla. Porque sólo así mueren los héroes.

«¡Oh, muerte benigna, socorre mis penas! Tus golpes son dulces, que el alma libertan… La vida terrena es continuo duelo: vida verdadera la hay sólo en el cielo.»

La reina cerró el libro de Teresa de Jesús vencida por el cansancio por no haber podido dormir en toda la noche.

A la misma hora en que la tragedia empañaba el despertar de la ciudad francesa de Poitiers, en Madrid la vigilia se resistía a abandonar algunos rincones. En el hogar de los príncipes de Éboli, Ruy Gómez de Silva agotaba plácidamente el corto rato de descanso que le quedaba antes de levantarse y comenzar con las tareas matinales, mientras que doña Ana se limitaba a velar el sueño del marido. Había pasado la noche agitada, durmiendo a intervalos cortos que no hicieron más que agotarla en un duermevela. Prefirió quedarse despierta antes que seguir empeñándose en conciliar un sueño esquivo.

En el alcázar, la reina no era la única que permanecía despierta. Desde la Torre Nueva, en la esquina sudoeste, donde se ubicaba su despacho, el rey contemplaba el amanecer y los primeros rayos del sol que incidían sobre los vértices de las siete chimeneas de la casa de los Zapata. Sentía en la pierna derecha los primeros síntomas de un posible ataque de gota que, de nuevo, podría obligarle a un tiempo de inmovilidad, una amenaza que le incomodaba. Tomó asiento ante su mesa y comenzó a escribir una carta de texto muy breve. La plegó y después lacró con dilatada parsimonia. Estuvo meditando largo rato acerca de lo que había escrito y volvió a levantarse para mirar a través de los cristales.

—Cómo pasa el tiempo… ¿Habéis visto que las hojas de los árboles amarillean? —comentó de espaldas a Antonio Pérez, que acababa de entrar en silencio y sin anunciarse—. Ya tenemos el otoño encima.

En cuestión de horas, las ventanas de la Casa de las Siete Chimeneas se cerraron. A Elena Zapata le costaba asimilar la condolencia de tres líneas que le había enviado el rey a través de un correo urgente. Su esposo Fernando había sido abatido por el enemigo en un lugar indeterminado de Flandes. Así de escueta es la muerte. Así de tajante.

Elena sintió una honda extrañeza. No había tenido tiempo de empezar a amar a su marido pero saberlo muerto la dejaba sin esperanzas de tener ese posible sentimiento. Se suponía que, sin haberle deseado la muerte, ésta le vendría bien para seguir manteniendo su relación con Felipe sin la mala conciencia de estar traicionando a un hombre cuya posición podría quedar, a la larga, en entredicho. Un hombre que jamás imaginaría lo que ella se traía entre manos con el monarca, su verdadero e imposible amor. Puesto que la vida la obligaba a no ser más que la favorita del rey, deseaba disfrutar de esa lamentable condición como si fuera un real privilegio. Esos fueron los pensamientos que asaltaron a Elena en aquellos desconcertantes momentos.

Francisco, el padre de la joven que en tan breve lapso había pasado de ser esposa a viuda, se mostraba más empeñado en discutir con ella que en consolarla. En tan sólo unos días, su orgullo de padre fue puesto en un brete. Las habladurías callejeras le hicieron desconfiar de los métodos que había empleado su hija para prosperar. Elena, su pequeña, convertida en una dama de reputación cuestionada. No era eso lo que deseaba para ella, ni se había desvivido en su educación para que afrontara semejante destino.

Acababa de recibir la fatal noticia del fallecimiento de su marido y él, su padre, desconfiaba de que el suceso resultara tan trágico para ella.

—¡Necesito una respuesta! —estaba muy alterado—. Dime que no es cierto lo que se dice de las visitas que el rey hace a esta casa.

—¿Es que no podéis respetar mi duelo, padre? Mi marido acaba de morir.

—¿De veras lo sientes tanto? No lo creerán así quienes tienen tu nombre en la boca para hacer comentarios que socavan gravemente tu honra. ¡Respóndeme, por Dios! ¿Te ves a solas con el rey don Felipe? ¿Son ciertos tus encuentros obscenos con él?

—No sois quién para juzgarme.

—¡Soy tu padre! Y aunque seas mi única hija, tengo claro que te prefiero muerta a mancillada.

El montero del rey se marchó a descargar su furia en algún lugar y maneras que Elena prefirió no imaginar.

A media tarde, la viuda de Zapata recibió la inesperada visita de la princesa de Éboli que venía a darle su pésame. Eso le dijo, pero la verdadera intención de doña Ana de Mendoza era averiguar algo más de lo poco que se sabía acerca de las circunstancias que rodearon la muerte del capitán. Ella, que era una mujer tan calculadora, tenía serias dificultades para conocer cuáles habrían podido ser la verdaderas circunstancias de la muerte de Zapata. Sus planes de alejar de Felipe a su amante naufragaban con este revés.

—Murió como un héroe, princesa, dando su vida por el rey, que Dios guarde.

—¿Es todo?

—¿Os parece poco?

La princesa se dio cuenta de que debía tener cuidado para no delatarse. Al menos ya sabía que nadie sospechaba de que el capitán Zapata hubiera podido pensar en su regreso a Madrid.

—Entonces, ¿cayó en el campo de batalla? —Ana de Mendoza necesitaba tener la total y absoluta seguridad de que no había sido de otra manera.

—Así es.

—¿Habéis tenido ocasión de hablar con Su Majestad el rey?

Elena agachó la mirada.

—No. Pero me ha enviado sus condolencias nada más enterarse de la trágica noticia.

—¿Y cuándo ha sido eso, si se puede saber?

—Esta mañana, muy temprano.

—Nuestro soberano es tan cumplidor siempre… —comentó con visible ironía—. He de marcharme. Espero que la soledad no pueda con vos y consigáis sobreponeros a esta dolorosa muerte que tanto sentimos todos.

La princesa dejó a Elena abandonada a su incierta suerte.

Transcurrieron varias semanas sin sobresaltos. El embarazo de la reina no le causaba demasiadas molestias y le permitía dar algún paseo corto, para el que se hacía acompañar por su camarera mayor, su cuñada Juana y, ocasionalmente, por la princesa de Éboli. Lo único que enturbiaba su tranquilidad era la esquiva presencia del rey, su actitud distante. Interpretaba sus ausencias del lecho conyugal como el respeto que le imponía su estado. Aunque a sus oídos regresaron de nuevo los maliciosos comentarios que habían quedado en suspenso tras la muerte del capitán Zapata. Entre la gruesa piedra de los muros de palacio se filtraban sibilinos los rumores que relacionaban las citas clandestinas del rey con dicha muerte. Pero no le encontraba sentido. Anna lo atribuyó a la permanente necesidad que tiene el pueblo de inventar historias rastreras, aunque en el fondo de su corazón empezaba a notar los rescoldos que deja la desconfianza cuando va y viene sin saber a qué atenerse. Si había llegado a creer los amoríos del rey con Elena, podría considerar como cierta cualquier otra circunstancia que no le llegaría nunca a parecer peor.

La responsabilidad que tenía encomendada como esposa de Felipe era darle un heredero, pero además se había propuesto amarlo. Difícil camino estaba siendo. Difícil lucha la que se había empezado, frente a otra mujer, sin que ella lo quisiera.

«Cuando el dulce cazador me tiró y dejó herida en los brazos del amor, mi alma quedó rendida, y cobrando nueva vida; de tal manera he trocado que mi amado para mí, y yo soy para mi amado.»

Duraba demasiado poco la calma. Empezó a angustiarse mientras se preguntaba cómo contribuir a un cambio en la dirección de los vientos sentimentales de la corte. Algo tenía que hacer, porque no intentarlo podría significar condenarse a vivir en medio de la tempestad hasta el fin de sus días.

«Aun de sí mismo vive descuidado, porque en su Dios está todo su intento, y así alegre pasa y muy gozoso las ondas de este mar tempestuoso.»

Era necesario hacer algo.

Antonio Pérez tuvo que informar al rey de lo difícil que estaba resultando mantener a la viuda de Zapata bajo control. Había intentado colarse varias veces por alguna de las entradas de servicio del alcázar. En una ocasión estuvo a punto de provocar un molesto escándalo. Felipe estaba acostumbrado al carácter impetuoso de Elena, que incluía no aceptar que otros marcaran el ritmo de su propia vida. Pero a la joven, siendo su amante nada menos que el rey, no le quedaba otro remedio que dominarse.

—Puede traernos complicaciones. Vos diréis cómo atajar el «problema».

El rey sonrió antes de responder.

—Vamos, Antonio, habláis de él como si se tratara de reducir a los moriscos. Si con ellos hemos podido… creo que una dama de la corte ha de ser dificultad de menos rango. No os preocupéis, hacedme caso.

—Nadie mejor que vos sabe lo que conviene hacer.

Aparentar tranquilidad no significaba que no supiera que, si se lo proponía, Elena era capaz de cualquier cosa con tal de no perder sus favores. Nunca fue hembra sumisa ni conformista. Ese tipo de mujeres, indómitas y rotundas, atraían al hombre retraído que era Felipe, aun sabiendo como sabía que en la otra cara de la moneda, tras el placer, acechaba una personalidad no exenta de complicaciones. Prefería no darle mucha importancia al proceder de la muchacha. Tiempo habría para que él, en persona, se encargara de aplacar esos ímpetus. Ahora lo importante era pensar en su hijo.

Aunque ese día hubo una nueva que superaba la de la inminente venida al mundo de su posible heredero. Había ocurrido veinte días atrás y le había llegado con las primeras luces del alba. Siete de octubre: una jornada inolvidable para Felipe y que se inscribiría en las páginas de la historia como la victoria de la flota cristiana de la Liga Santa, capitaneada por don Juan de Austria, sobre la armada otomana en el golfo de Lepanto. La Corona española se quitaba, así, el gravísimo problema que tenía en aguas mediterráneas.

Para un rey como él nada había en el mundo comparable a una victoria de tales dimensiones. Nada que se pudiera asemejar al placer de aplastar una histórica amenaza. Una gesta que reforzaría su poder en el mundo.

Aunque quizá hubiera algo siquiera comparable. Una sola cosa. Porque Felipe, sin ser consciente de haberlo pretendido, se vio pensando en cómo se estaría en esos momentos al calor de la chimenea del dormitorio de Elena Zapata, arropado por su cuerpo, celebrando el triunfo, y emprendió rumbo hacia la casa de la viuda.

El fuego del infierno

El repicar de las campanas anunciaba el nacimiento del primer hijo de los reyes Felipe II y Anna de Austria. En el día de Santa Bárbara, y todavía en plena euforia por el éxito español en la batalla de Lepanto, se hacía por fin realidad el sueño del monarca: tener un varón. Un niño que contaba con la suerte de nacer sano. El alumbramiento fue tan sencillo y rápido como lo había sido el de la propia madre, lo que le hizo recordar a Felipe las palabras que le escribió el obispo de Lugo cuando Anna nació, refiriéndose a la parturienta, la emperatriz María: «Su Alteza tuvo muy buen parto y muy breve. Casi ni se supo que había parido, que es lo mejor que puede suceder. La naturaleza bien se ha portado con vuestra hermana, por lo que damos gracias a Dios». Consideró un gran acierto haber elegido como esposa y madre de sus futuros hijos a esa criatura, venida al mundo, por cierto, cuando él había enviudado de su primera mujer, María Manuela de Portugal. Las hembras de la Casa de Habsburgo no sólo parían con facilidad, sino que presentaban predisposición a tener varones, como acababa de demostrar Anna.

El recién nacido se llamaría Fernando. El sucesor de la estirpe real heredó el nombre de su antepasado Fernando el Católico, bisabuelo de su padre, y su llegada fue ampliamente festejada con amnistías e infinidad de celebraciones de todo tipo. El reino al completo era una gran fiesta compartida por todos. El pueblo se tranquilizó sabiendo que la inmensa monarquía tenía asegurada la continuidad. Con gran regocijo, un vecino de la localidad de Medina del Campo, de nombre Juan de Torres, escribió el siguiente romance dedicado al parto de la reina, que rápidamente llegó al centro de la corte, donde fue generosamente aplaudido:

> *Su Divina voluntad*
> *que pariese determina*
> *para dar al rey Felipe*
> *sucesión cual le pedía.*
> *Siendo el mes de diciembre*
> *allegados los tres días*
> *un martes por la mañana*
> *cuando el sol subiendo iba,*
> *comenzó a sentir el parto*
> *la reina, y así decía:*
> *Válgame Dios poderoso,*
> *válgame Santa María,*
> *grandes dolores me acuden,*
> *grandes congojas venían.*
>
> *Miércoles por la mañana,*
> *que a las tres horas serían,*
> *fue nuestro Señor servido*
> *por su bondad infinita*
> *que parió un niño hermoso*
> *con grandísima alegría*
> *así del rey como de ella*
> *y toda su compañía.*
> *Viérades tañer campanas,*
> *disparar artillería.*

A los doce días tuvo lugar el bautizo, apadrinado, al igual que ocurrió en la boda de los reyes, por la princesa Juana y el archiduque Wenceslao. Las aguas redentoras fueron administradas por el cardenal Diego de Espinosa, a la sazón obispo de Sigüenza. La naturaleza supersticiosa del rey le hizo considerar como un mal augurio que el pequeño Fernando, que tendría que ser jurado en breve como príncipe de Asturias, se mantuviera dormido durante toda la ceremonia bautismal. «Ojalá me equivoque —le dijo amargamente a su hermana pocas horas después— pero dudo que viva lo suficiente para reinar. No despertarse en su primer acto oficial puede que signifique que su vida será corta, temo que demasiado.» Juana se echó las manos a la cabeza, no quería escuchar semejante atrocidad y menos de boca del padre del niño. Entendiendo la reacción de su hermana, Felipe, no obstante, no podía evitar ponerse en lo peor después de haber presenciado lo que consideraba el signo inequívoco de un destino torcido.

La primeriza madre, sin embargo, sólo tenía pensamientos positivos acerca de lo que la llegada de ese niño podría aportar a sus vidas. Si para su marido suponía asegurarse la perpetuidad de todo lo conseguido por él y por su padre, el emperador, para ella ese hijo enviado por Dios representaba el salvoconducto hacia el corazón de su esposo.

Dos días después del bautizo, su hermano Ernesto le comunicó que su estancia en España tocaba a su fin. En realidad estaba previsto que hubiera partido antes, pero decidió quedarse hasta que la reina pariera. A ella le daba pena la despedida; desconocía cuándo iba a propiciar la vida un nuevo encuentro de los hermanos. Por otro lado, al marcharse se esfumaba la posibilidad de que Elena Zapata desviara su atención del rey. Ese pensamiento era impuro según sus creencias, pero el instinto de supervivencia se mofa a veces de la piedad.

La tarde de la despedida coincidió con una visita de los príncipes de Éboli. Aunque hiciera más de cuatro años que

Ruy Gómez de Silva no estaba al servicio del rey, éste mantenía intacto el aprecio hacia su persona y el reconocimiento a tanto tiempo como había pasado entregado a su real servicio. Llevaron un presente al recién nacido y colmaron de felicitaciones a la pareja.

A la reina los ojos de la princesa le parecieron vidriosos, pero dejó de pensar en ellos en cuanto comenzaron a alabar las gracias del niño, que hicieron más por cortesía que por otra cosa, ya que la afición a dormir demostrada en el bautizo no fue circunstancial. En efecto, lo único que hacía el pequeño Fernando era dormir y aprovechar bien el alimento proporcionado por su ama. Ni lloraba ni reía, ni se mostraba propenso a reaccionar ante los estímulos de su entorno. Despertaba únicamente para ser amamantado, y a veces ni eso.

—Cuánta dicha traerá este niño a vuestras vidas —Ana de Mendoza se dirigía al rey—. Sois muy afortunado, majestad.

—Gracias, señora. Su Majestad la reina y yo nos sentimos felices.

Había algo inescrutable en la mirada de la princesa. Un extemporáneo aire de misterio que nadie percibió, excepto Felipe y Anna, interpretándolo cada uno de diferente manera. Cuando el matrimonio Éboli se despidió para marcharse, Felipe quiso acompañarles. Les precedía Ernesto, enfrascado en una interesante conversación con Ruy, de manera que doña Ana de Mendoza y el rey pudieron intercambiar confidencias con libertad mientras caminaban rezagados.

—Señor, no sois hombre de haceros ilusiones vanas con lo que acontece en la vida. Los hijos no representan siempre la felicidad absoluta.

—Sí lo son cuando se trata de mantener la sucesión de un reino.

Ruy se alejaba charlando animadamente con el archiduque Ernesto, por lo que Ana siguió aminorando su paso para disponer de más tiempo junto al rey.

—¿Se os ocurre mayor reino que el de los sentimientos?

—Más que un reino son una tiranía.

—No exageréis. ¿Recordáis que cuando éramos jóvenes hablábamos mucho sobre ello?

—¿Cuándo éramos…? Vos, princesa, seguís siéndolo —Su tono era premeditadamente halagador—. Yo, sin embargo, me he hecho mayor. Las excesivas responsabilidades del gobierno me restan tiempo y ganas para, como vos decís, los sentimientos.

—O las pasiones, que vienen a ser lo mismo.

—No lo creo, pero lo cierto es que carezco de tiempo tanto para las pasiones como para los sentimientos.

—No es eso lo que se cuenta por Madrid.

—Os creía por encima de habladurías de baja estofa.

—Y yo no os creía con ganas suficientes todavía para seguir navegando por el delirio que todo ser humano, en algún momento, necesita. —La provocación de la princesa viajaba en una irresistible sonrisa que antaño le fue útil con Felipe—. En fin, sois rey, pero también hombre. Aunque creo que deberíais apuntar mejor a la hora de dirigir vuestras flechas.

—Arderá en el fuego del infierno aquel que se meta en juegos prohibidos —sentenció él—. Mirad, princesa, creo que vuestro esposo os espera.

Ruy, desde el otro extremo del pasillo, aguardaba pacientemente a que acabara la conversación entre su esposa y el rey.

Ana se despidió con una sensual sonrisa mientras Felipe se quedaba pensando en el fuego del infierno. Se estremeció su carne al recordar a Elena a horcajadas sobre él en el lecho, rodeando su cintura y apropiándose de todo su cuerpo de un modo que jamás había visto hacer a ninguna mujer. Cualquiera, noble o cortesana, habría sido considerada poco menos que una vulgar prostituta por colocarse encima del hombre para satisfacerle. ¿Por qué esa muchacha reunía tantas condiciones para volverle loco e impedir que pudiera abandonarla? ¿Y cómo podía estar pensando en eso ahora que acababa de ser padre del ansiado hijo varón que parecía que no iba a llegar nunca?

La Santa Madre Iglesia lo condenaría si tuviera conocimiento de sus actos impuros. Él, ese día en que mantuvo la áspera conversación con la princesa de Éboli a dos pasos de donde reposaba su esposa recién parida, se sintió víctima de una posesión demoníaca que, de conocerse, podría arruinar su vida.

Claro que nadie tenía por qué saberlo. De momento era mayor el peso del placer que ninguna consideración moral que se hiciera. Bastaba con no pensar en las consecuencias que sus acciones pudieran tener y entregarse, mientras fuera posible, a lo que encontraba solamente en Elena.

Elena. El rugido del placer. Razón única de la perdición. Deseo verdadero de rendirse a la atracción de lo que se sabe prohibido y castigado.

Sólo ella, a escondidas, reinaba en el cuerpo de Felipe, ansiosa de corresponderle, otorgándole entrada a sus rincones.

Finalmente, una vez que se hubieron marchado su sobrino Ernesto y los príncipes de Éboli, pidió su caballo y salió a cabalgar por callejuelas que le condujeron hasta la Casa de las Siete Chimeneas. Igual que hizo noches atrás, con la salvedad de que entonces no se atrevió a llamar a la puerta. La euforia de haber conseguido un gran triunfo militar lo había impelido a buscar los brazos de la viuda, que no llegó a probar esa noche porque se contuvo. Aún no la había visto desde la muerte del capitán Zapata y, aunque le costó un gran esfuerzo, había preferido dejarlo correr y dedicarse a disfrutar de su triunfo. En realidad, temía la primera reacción de la muchacha al verlo.

Ahora estaba a punto de comprobarlo. La criada de más edad que había en la casa era siempre la encargada de franquearle el paso sin preguntas ni comentario alguno, después de que en su primera visita la criada más joven les hiciera esperar en la puerta. La mayor jamás miraba al rey a la cara al dejarlo entrar, no porque fuera una consigna, sino porque la figura del monarca le imponía. Y también porque se sentía, en cierto modo, sucia al considerarse partícipe de una confabulación deshonrosa. Felipe avanzó a oscuras por la estancia principal, que encontró con un aire lúgubre. Un silencio receloso lo acompañó en el ascenso hasta las habitaciones. Empujó la puerta del dormitorio y halló a la joven recostada en actitud de espera. Ninguno de los dos se atrevió a rasgar el silencio tan pronto. Sostuvieron la mirada el uno en el otro mientras el rey caminaba hacia su encuentro. Sobre una mesilla, y sin dejar de observar detenidamente sus ojos, depositó un diminuto paquete del que no dio más explicación que un simple: «Es para vos». Se deshizo de la capa bajo la cual llevaba una ligera indumentaria de la que fue desprendiéndose mientras la muchacha lo observaba con la respiración cada vez más agitada. Cuando hubo desnudado su torso, y no pudiendo esperar más, Felipe se abalanzó sobre ella y sintió las lágrimas de Elena asomar al mismo tiempo que llegaban los brazos a su cuello. El llanto se convirtió en un brote de furia que acabó con las uñas femeninas clavadas en la espalda del rey.

No dejaba de abrazarlo. Se retorcía de dolor y de placer sin poder distinguir cuál de los dos sentimientos se acabaría imponiendo. De los labios de la joven salieron, entreverados con los besos, reproches contra el amante y contra las circunstancias últimas de la vida que la habían dejado tan sola y desorientada. Le confesó que no podía estar tanto tiempo sin verlo y que moría de pena por no poder alcanzar el amor que tanto deseaba. «Enamorarse de un rey es el peor de los destinos», llegó a decirle sin que apenas se entendieran sus palabras entre los sollozos y los jadeos que habrían de retumbar en la cabeza del monarca durante mucho tiempo. Porque en esa misma mente comenzaba a barruntarse la necesidad de una salida que ahora era incapaz de entrever. Elena era el acantilado del placer. Pero también el barranco de la perdición.

Aquella noche devoraron sus mutuas ganas contenidas y consiguieron amarse temiendo lo que estaba por venir. Sintiendo el miedo que en ocasiones provoca el simple hecho de aguardar algo. Tomaron de sí mismos la parte que sabían que el otro deseaba y, así, ahogándose en su propio deseo, se adentraron en territorios del placer donde la lujuria desplazaba en Felipe cualquier otra consideración.

Deseo desbordado, moralmente insano para un devoto como él. Deseo que se convertía en el fruto de la desesperación y la necesidad de vengarse de la propia muerte.

¿Qué tienen las almas, que se alteran en la soledad de la noche cuando nadie echa cuenta de ellas?

Siendo el tiempo el mismo en todas partes, era tan distinto lo que de él se esperaba… Mientras en la Casa de las Siete Chimeneas ardía el fuego de un amor clandestino, en el centro de Madrid las puertas del convento de las Descalzas Reales se abrían, también con gran secreto, para franquearle el paso a una dama que llegaba ocultando su rostro bajo un velo y acompañada de otra mujer que, claramente, estaba a su servicio. La madre superiora le hizo una reverencia antes de besar la mano a la señora y, tras haber acomodado a la acompañante, que desconocía lo que significaba la subrepticia visita, la acompañó en silencio a través de fríos pasadizos hasta una celda protegida por una pesada puerta. Se trataba de una estancia de reducidas dimensiones, fría y desangelada, desprovista de todo ornamento. En una esquina, una Biblia reposaba sobre una diminuta y tosca mesilla de madera. Al lado, un extraño artilugio con mango de piel gastada. En el centro, un reclinatorio aguardaba conocer secretos que no esperan confesión.

Nada más cerrarse la puerta y quedarse a solas, Anna de Austria dejó caer al suelo despreocupada la capa que le cubría los hombros y abrió el libro que traía en las manos. «Después que se puso en cruz el Salvador, en la cruz está *la gloria y el honor*, y en el padecer dolor vida y consuelo, y el camino más seguro para el cielo.» Desnuda de cintura para arriba, cogió el cilicio y se arrodilló en el reclinatorio. Cerró los ojos y contuvo la respiración. Era la primera vez que se enfrentaba a algo así. La vida y el consuelo sólo podían hallarse en el padecimiento y el dolor. Así lo escribió la madre Teresa. Los primeros latigazos que se propinó sobre su espalda fueron tímidos; un ensayo que le ayudó a conocer qué era exactamente entregar el cuerpo a Jesucristo por una causa. «El alma inventa mil medios para infligirse algunos tormentos por el amor de Dios.» Fue fustigándose cada vez con más fuerza, aguantando las lágrimas de dolor, hasta que llegó al límite de su resistencia al notar los primeros regueros de sangre que brotaron de las heridas en carne viva. Entonces, en el éxtasis del insoportable suplicio, se tumbó boca abajo en el suelo, con los brazos en cruz, emitiendo ahogados alaridos. Creía que se moría. «En la cruz está la vida y el consuelo, y ella sola es el camino para el cielo.»

El rey ya se había marchado. En la Casa de las Siete Chimeneas, Elena, cansada tras la batalla librada en el lecho con Felipe, abrió el pequeño paquete que éste dejó sobre la mesilla. Quedó deslumbrada por el valor de la joya: un anillo de oro, delgado pero repleto de incrustaciones de diminutos diamantes. Jamás el rey regaló joyas a ninguna de sus amantes. Pero Elena era diferente. Pensó que entre las posibles razones de que ese valioso aro fuera para ella figuraba la pretensión de tenerla callada para que no organizara ningún escándalo, puesto que no beneficiaría al monarca ante el pueblo, y menos aún ante la reina. Observó la joya detenidamente antes de lanzarla con rabia contra la pared. «Nada es suficiente para comprarme», se dijo.

Había otra razón que no podía imaginar, ajena como estaba a la verdadera circunstancia de la muerte de su esposo, y era el remordimiento que el rey sentía, por un lado, pero que intentaba no reconocer ni ante él mismo, por otro. Las luchas internas tenían más posibilidad de vencer al todopoderoso soberano que cualquier otro enemigo de cuantos amenazaban a la monarquía.

Las excoriaciones de la piel comenzaban a cicatrizar gracias a los ungüentos aplicados por la camarera mayor, la única presencia que permitía la reina en su aposento. Tres días antes de que la reina diera a luz a Fernando, su primer hijo, la marquesa de Berlanga había sustituido en el cargo a doña Aldonza Bazán, fallecida el abril anterior. La marquesa le curaba las heridas con un emplasto a base de yema de huevo, aceite rosado y trementina. Por nada del mundo hubiera permitido que médico alguno la hubiera visto en aquel estado. Desnuda boca abajo, la reina le ofrecía la espalda plagada de las marcas que su entrega a Dios le había dejado.

Unas marcas que no eran lo que más dolía.

—¿Sentís alivio, majestad? —preguntó a media voz la camarera aplicándole con delicadeza el remedio.

Sí. Claro que sentía alivio en las heridas físicas. Pero ¿cómo curar el daño de la aflicción?, pensó al oír a la marquesa de Berlanga preguntarle por su estado. Creía haber realizado un gesto heroico al ofrecer a Dios el martirio de su flagelación. A partir de ahora restaba tener la paciencia de esperar los frutos del brutal y secreto sacrificio.

Mateo Vázquez sacudió unas pequeñas manchas de polvo de los bajos del hábito. Quería causar buena impresión. Se presentaba francamente impecable de aspecto en su segunda audiencia con el rey, y muy animoso después del buen sabor de boca que le dejó la primera entrevista.

Al oír su nombre anunciado a las puertas del despacho, Vázquez preparó una estudiada sonrisa que mantuvo hasta hallarse justo delante de Su Majestad.

—Sed bienvenido de nuevo a palacio, don Mateo.

Dentro de su habitual sequedad en el trato, el rey lo recibió con cierta calidez, que el clérigo agradeció. Comenzaron hablando del último gran triunfo de la cristiandad, el de Lepanto, profusamente ensalzado por Vázquez. No cabía duda de que pretendía ganarse su confianza, y en ello se empleaba a conciencia. Ya apreciaba los logros, puesto que si el rey le estaba dispensando ese trato tan cercano debía de ser porque ya habría hecho averiguaciones acerca de su persona, como en efecto había ocurrido. Felipe, confiando en lo que había podido conocer de él y, especialmente, en su calidad de hombre de Dios, le reveló las íntimas inquietudes que últimamente le embargaban, en parte por pura necesidad de savia nueva en los consejos y en parte, también, para seguir evaluando sus aptitudes. Así, tras hablar de la importancia que para la Corona tenían las tareas desempeñadas por el cardenal Espinosa, mentor del joven, el rey comentó:

—Tengo la impresión de que importantes cometidos os podrían aguardar en esta corte.

Vázquez agachó dócilmente la cabeza juntando ambas manos ante la boca en actitud de rezo.

—Oh, señor, es más de lo que podría soñar un humilde servidor de vuestra majestad como yo.

—Todo en la vida tiene su recompensa, y si sois digno de ganaros vuestra posición en palacio, no hay razón para que no la tengáis —le regaló una sonrisa un tanto artificiosa—. ¿Sabéis, don Mateo? A veces creo que gusto en demasía a los demonios. —Se detuvo a la espera de ver cuál era su reacción.

—Me cuesta creerlo, pero si vos así lo consideráis, seguro que habrá mucho de verdad en ello. En ese caso sería necesaria una intervención para mitigarlo. —Vázquez, en tanto no tuviera claro adónde quería ir a parar el rey, hablaba con cautela—. ¿Tenéis idea del signo de dichos demonios?

—Me temo que sea algo grave. Algo muy grave, para mí y para la monarquía.

Felipe hablaba quedamente, como si le costara avanzar, o como si al paso de sus palabras quisiera ir espantando las malignas presencias a las que aludía.

—Nada hay que se considere grave cuando Dios dispone de remedios en la Tierra. Si me pudierais hablar con más precisión…

—El alma. La purificación del alma me preocupa. Los pecados capitales pueden impedirla y entonces no hay escapatoria para el hombre. Los capitales son los peores pecados de la humanidad, ¡los peores! —Fue una salida de tono incontenible.

—¿Todos? ¡Majestad! —se sorprendió, inquieto por el alcance de lo expresado por el rey.

—No temáis, don Mateo, no temáis —dijo Felipe levantándose nervioso al constatar la reacción de su interlocutor—. No son todos. Al que me refiero es… —le costaba decirlo—, es al… pecado de la lujuria.

—¡El peor de todos! —se aprestó a responder Vázquez.

—Lo sé, lo sé —dijo apresurado el rey—. Por eso me decido a compartir mi incertidumbre… con vuestra merced.

—¿Y… en qué dirección apunta la incertidumbre a la que os referís?

—A la más alta que podáis imaginar.

El sacerdote supo mirar a través del velo que envolvía las palabras a medias del rey.

—Guardad cuidado. Creo ser persona idónea para la ayuda que necesitáis, mi señor.

—¿Sea lo que sea… don Mateo…?

La intención de lo que decía el rey comenzaba a asustarle, pero el enviado de Espinosa, lejos de arredrarse, acorazó su espíritu lo suficiente como para ofrecerse a ciegas a su señor.

—Vuestra majestad puede ordenarme.

—¿Estáis al tanto de lo que se dice de mí en las calles de Madrid, respecto de los placeres mundanos?

En lugar de responder, el invitado, pretendiendo facilitarle el camino al rey, fue directo al asunto que se le antojaba ya bastante claro.

—Decidme qué os preocupa de ello.

—¿Puede Dios castigar a un hombre por lo que a sus ojos podría parecer un comportamiento ilícito?

—Puede. Pero hay maneras de evitar que así sea. Todo depende.

—¿De qué? —preguntó el rey verdaderamente interesado en encontrar la luz de la salvación.

—Pues depende de si se está dispuesto a renunciar al objeto del pecado.

Se hizo un silencio.

—¿Tenéis conocimiento de dónde puede hallarse la fuente, el origen, de todos mis pesares? —preguntó el monarca.

—¿Me equivoco si pienso que es en la Casa de las Siete Chimeneas? —dijo Vázquez con extraordinaria prudencia, temiendo lo que pudiera parecerle al rey el hecho de que fueran tan del dominio popular sus pecados más íntimos.

—Oh, don Mateo, por Dios, ¿veis cómo transciende la flaqueza del ser humano? Un rey no puede permitírselo. Tendréis que ayudarme a poner fin a esto, no importa la manera.

—Contad con ello. Haré lo que sea necesario.

—¿Lo que sea…?

—Eso he dicho, y lo reitero.

—¿A tanto estaríais dispuesto?

—Majestad, entiendo como una ocasión especial, y en verdad particular, lo que aquí se me pueda proponer, y como tal la considero. Estaría dispuesto a cometer pecado, si fuera menester, con tal de eximiros a vos del vuestro. La redención del alma es el único fin para un servidor de Dios como soy. Y el alma del rey es la más valiosa de todas, después de la de Nuestro Señor, el Altísimo.

Felipe, en visible estado de agitación, empezó a deambular por la estancia meditando. Hasta que se detuvo y lanzó a Vázquez una mirada incisiva antes de hacerle la siguiente advertencia:

—No estáis autorizado para hablar con nadie de lo que aquí acordemos.

—Podéis estar tranquilo. Nada saldrá de mi boca.

—Ni siquiera al cardenal Espinosa —insistió Felipe—. ¡Os lo prohíbo!

El rey rebajó el tono de su voz, aunque no el de su impaciencia.

—Don Mateo… —imploró intentando contenerse—, habéis identificado con acierto la causa de mis pesares —refiriéndose a la dueña de la Casa de las Siete Chimeneas—. Necesito que alguien me libere de esta pesada carga. Hay que ponerle fin.

Tras un largo silencio insistió:

—¿Lo habéis entendido?

—Tan bien como el propio Dios habría de entenderlo.

La noche del treinta y uno de diciembre, la reina miraba embelesada a su pequeño Fernando intentando imaginar qué sería de él en el futuro. Con su nacimiento se cumplía el sueño del rey de tener un heredero. Sobre el niño se cernía una enorme responsabilidad. Pero ya habría tiempo para pensar en ello y comenzar a prepararlo. De momento, tan sólo era un recién nacido necesitado de las primeras atenciones que se prestan en la vida. Observaba sus ojos cerrados y su pequeña boca, perfectamente dibujada, con el labio inferior algo más grueso que el superior. La marca de su abuelo y de su padre. Carlos y Felipe. Y ahora él, Fernando.

Este hijo despertaba a un mundo en el que sólo podía tener cabida la dicha. Porque haber conseguido un varón en el primer embarazo era algo grande. Una hazaña atribuida a una mujer que se convertía en excepcional. La hazaña de nadie más que de ella misma: Anna de Austria. La madre del próximo rey de España.

El año que estaba llegando sólo podría traerles ventura, y por eso sería celebrado.

«Y cuando el Cordero abrió el sexto sello, vi que se produjo un violento terremoto. El sol se puso negro como ropa de luto y la luna quedó como ensangrentada.» Estaba escrito en el Apocalipsis que tan bien conocía Felipe, a cuya lectura habían acostumbrado desde muy joven.

Por la mañana, el monarca sintió que el primer día de mil quinientos setenta y dos amanecía con el color de la muerte. Fue un pálpito, por desgracia certero. No bien pasada la hora del desayuno, al que no solía prestar gran atención ya que gustaba de emplearse más a fondo en el almuerzo y la cena, llegó la noticia. «Los astros del cielo cayeron sobre la tierra, como caen los higos verdes cuando la higuera es sacudida por un fuerte viento. El cielo se replegó como un pergamino cuando se enrolla, y todas las montañas y las islas fueron arrancadas de sus sitios.»

Habían hallado muerta sobre su lecho a Elena Zapata.

Entre el humo y la tierra

Las ágiles piernas de la joven mujer aprisionaban a Felipe, que se dejaba asaltar sin permitir la resistencia de ningún recoveco de su cuerpo. Ningún ángulo del que no fuera dueña. Las manos femeninas se recreaban en la conquista de las parcelas más ocultas del rey y se mantenían en ellas el tiempo que su resistencia les permitía. Después, la lengua de él devolvía los favores con sobradas creces, que convertían el lecho en un delicioso escándalo.

Pero Elena ya no volvería a hacer nada de eso. Pasaba a ser una ensoñación para el rey. Jamás él podría experimentar un goce carnal como aquel que rompía todas las reglas; al menos con ella, entregada al descanso eterno que agita los ánimos de quienes permanecen en el mundo de los vivos. Y a veces agita también sus conciencias. El espejismo permanente de tenerla cuando a él se le antojara se había desvanecido con el soplo de la muerte.

Qué vana era la ilusión de haber creído que podía poseer sin límite todo cuanto quisiera. Se acabó. La lucha entre la vida y la muerte se saldaba con el inexorable abandono de la muchacha que tanto le había hecho disfrutar, la hembra capaz de transportarlo a otros territorios donde el deseo no permite guardar la compostura ni entiende de moralidades. Con su desaparición se suponía que la tranquilidad debería volver a la vida del rey.

Su desaparición. Muerte irrevocable e irreversible. Había ocurrido la noche antes, la última del año, que no pudo ser vivida en la Casa de las Siete Chimeneas con la misma alegría que en el resto del reino, ya que la tragedia se iba a cebar en ella. Cuando ya todos dormían, un encapuchado se las ingenió para penetrar en la vivienda sin hacer ruido ni levantar sospechas y llegó hasta el dormitorio de Elena. Sus movimientos fueron tan rápidos que pareció el despertar de una pesadilla. La joven dormía plácidamente vestida con una camisa blanca que pronto quedó impregnada del sabor de la muerte. El hombre, corpulento y dotado de una fuerza que parecía demoníaca, apretó un almohadón sobre el bello rostro de la viuda de Zapata hasta que la pobre mujer dejó de respirar, después de un intenso forcejeo con el que no consiguió quedarse a este lado de la vida. Cuando el atacante se aseguró de que estaba muerta, recogió todo deprisa y la colocó de forma que pareciera entregada dulcemente al abrazo del sueño.

Al mismo tiempo, como si se tratara de algo premeditado, sonaron las campanas del convento del Carmen, junto a la huerta de la casa; y después, todo quedó en silencio.

Doña Juana informó del fallecimiento de la joven dama a la reina, a la que causó gran impresión la noticia. Faltaba media hora para que se sentaran a la mesa. El almuerzo del día de la circuncisión de Nuestro Señor, que daba comienzo al nuevo año, era motivo más que suficiente para reunir a la familia en torno a la mesa, sobre todo en esta ocasión en que se celebraba la llegada al mundo del heredero de los Habsburgo, al que tenían cerca en una pequeña cuna instalada en la estancia contigua a la del comedor.

Estaba previsto que compartieran un rato de juegos con las hijas de Felipe mientras esperaban a que estuviera lista la comida y que el rey hiciera acto de presencia. Fue entonces cuando Juana le contó la desgracia de los Zapata.

—Cuesta creer que la muerte pueda enseñorearse de un cuerpo tan joven. Es horrible. ¿Qué le ha sucedido? —preguntó afectada la reina.

—Lo único que se sabe es que ha sido hallada sin vida sobre la cama, en su dormitorio.

—¿Y de qué forma le ha llegado la muerte?

—Lo ignoro, majestad. El médico tan sólo ha dicho que yacía muerta sin que aparentemente hubiera ningún signo de violencia. Tal vez su corazón fallara a pesar de su juventud.

—¡Qué frágil es nuestro ser ante la vida! —comentó la reina abrumada por el suceso.

—Pobre Francisco. Elena era su única hija, y su única familia —se compadeció Juana.

—Sí, pobre hombre.

Al aparecer las pequeñas Isabel y Catalina se hizo un silencio en la estancia. Todos al mismo tiempo pensaron que la ausencia de dejaba Elena se hacía más palpable al verlas a ellas. La dama que las traía se esforzaba en agradar y animar a las niñas intentando mantenerlas al margen de la tragedia. Se echaron en brazos de su tía y saludaron educadamente a Anna con sendos besos, tras los cuales su espíritu infantil se desató y comenzaron a corretear alrededor del hermano pequeño.

El rey llegó con gesto serio pero sin denotar una excesiva contrariedad. Besó a sus hijas y las entregó para que se las llevaran. Enseguida Anna se acercó a él con intención de hablar de la extraña muerte de Elena pero un sexto sentido la mantuvo callada. Dejó que su cuñada sacara el tema, convencida de que iba a hacerlo.

—Es un hecho desgraciado que todos sentimos —fue cuanto dijo Felipe después de escuchar a Juana, sosteniendo en la mano la copa de vino que le habían servido.

La reina no tenía claro qué era lo que debía esperar como respuesta de su marido ante el hecho de que hubiera muerto la mujer con quien los inequívocos rumores de algunos círculos sociales lo relacionaban. Quedó desconcertada al oírlo preguntar por el menú del almuerzo. Y enormemente extrañada cuando, al finalizar el día, le anunciaron la visita del rey a sus aposentos privados. Quiso creer que había vencido el Bien sobre el Mal. Que el hijo, la esposa y la vida familiar se imponían al vicio y la lujuria de los que los hombres no siempre son responsables sino más bien víctimas, como así consideraba a su esposo.

Se dejó arreglar, lavar y perfumar con mejor humor que otras veces. Esfuerzo que él reconoció pero que no dio el fruto esperado. Por más empeño que puso, Felipe cayó extenuado ante la evidencia de que el goce se le resistía. Anna le pasó la mano por la espalda desnuda cuando él se sentó en la cama con la cabeza hundida entre las manos. «No es nada, Felipe, no es nada, no sufráis por esto, mi señor», le estuvo diciendo mientras el rey parecía empeñado en ausentarse de este mundo. Ella creyó que lo embargaba la humillación del varón herido en su íntimo orgullo. Él dejó que lo creyera, y, sin decir nada, se dispuso a dar el aviso para que lo vistieran.

—Venid… —Anna, que no estaba dispuesta a la claudicación, extendió sus brazos al llamarle, para ofrecerle consuelo—. Vamos, os lo ruego, venid aquí… por favor.

Felipe se acercó para recibir de ella su abrazo comprensivo y paciente, y dejarse llevar hacia su pecho la cabeza para que la acariciara con ternura, de la misma manera que se abraza a un hijo desolado.

Francisco no tenía posibilidad de consuelo alguno. Anclado en la definitiva soledad, lloraba su pena libre de testigos, al pie de la chimenea del dormitorio de su hija. Nada le quedaba en el mundo. En esos momentos de hondo dolor, de derrota ante la vida, se arrepentía de haberle dicho a Elena que la prefería muerta a mancillada en su honra. Ese extraño cambio lo origina el dejar de existir. El sentimiento de desearla muerta era real y cierto cuando su hija estaba viva. Ahora, irremediablemente muerta, dejaba de tener sentido; incluso le hería.

Las lágrimas del montero del rey dieron paso a gemidos, y éstos derivaron en desgarrados lamentos que asustaron a los sirvientes, agazapados abajo, en la cocina, con la puerta cerrada. Aun así, se oían las maldiciones lanzadas al viento por un padre desesperado. Y ya se sabe que el viento todo lo arrastra sin contemplaciones.

Las chimeneas lloraron humo sin cesar durante las horas siguientes a la muerte de Elena Zapata.

El rey, en su estancia privada, lo intuyó y quiso comprobarlo, pero desde donde estaba, y en esa noche cubierta de nubes, resultaba difícil divisarlas. Así que pidió una simple bata para cubrirse y salió corriendo hacia la torre de su despacho, tan veloz que llegó sin apenas resuello.

Las vio como en mal sueño, envueltas en grises y densas vaharadas, como si escupieran hacia él las consecuencias de su depravación.

Se escondió tras las cortinas, aterrorizado.

A pesar de la hora tardía, una inexplicable e imperiosa necesidad decidió a la reina a levantarse de la cama para acudir a su oratorio privado. La penosa experiencia que había tenido en la alcoba con el rey carecía de importancia frente a la liberación que suponía para ella la muerte de su amante. Quiso agradecerle a Dios que le dejara libre el camino hacia la conquista de su esposo ahora que él ya no tendría que ocuparse de otro tálamo que del suyo. Pero sabía que, sin embargo, no resultaba lícito celebrar la muerte de nadie. Aunque ciertamente consideraba más importante su condición de esposa del rey, y lo que significaba serlo si además era capaz de darle un heredero, que la vida de una insignificante mujer que se había atrevido a desafiarla ocupando el lugar en el lecho de Felipe que por derecho propio le correspondía a la reina. El sitio del que ahora disponía sin sombras ni resquemores, aparentemente.

Oró en silencio, dando gracias al Altísimo por borrar las impurezas de este mundo. El gozo era inmenso. Su entrega flagelante había valido la pena. La sangre de sus heridas obtuvo la compensación de hacer realidad los deseos que solicitó en secreto al Poder divino. Ya no habría ningún fantasma que ensombreciera su matrimonio.

Ninguno contra el que no se pudiera luchar.

Un pico se hincaba en la tierra con golpes secos. Era de noche y no se oía más ruido que el de la herramienta de campo haciendo jirones el aire, y el soplido del viento. Extinguidos quedaban ya los lamentos que poblaron durante todo el día el interior de la casa. Fue voluntad del padre de la difunta que nadie velara el cuerpo de su desgraciada hija, y que quedara amortajada para el funeral del día siguiente. «Qué hermosa es», comentó a la sirvienta como si estuviera viva. Como si el cadáver no fuera el de Elena. La habían vestido con el blanco traje nupcial que llevó el día de su enlace con Zapata, y en las manos depositaron las siete arras regaladas por el rey. Todo un honor para vivir la eternidad.

En el último momento, le colocó en el dedo índice de la mano derecha un anillo de oro que había hallado sobre la cómoda donde su hija solía guardar sus objetos personales. No se lo había visto, pero respetó la pertenencia de una joya tan valiosa, aunque le doliera imaginar su posible procedencia.

Francisco besó las delicadas manos de su hija antes de abandonar el escenario de la muerte, incapaz de seguir soportando la imagen de aquel cuerpo inerte que había sido sangre de su sangre y que ahora ya no era nada.

Horas más tarde, en el jardín, un hombre concluía el arduo trabajo de abrir una zanja honda, profunda como una peligrosa sima, para arrastrar hacia ella el cadáver. Debía asegurarse de que nadie consiguiera desenterrarlo accidentalmente. La empujó suavemente para que cayera de espaldas, convertida en una muñeca rota, con el vestido manchado de tierra, ennegrecido. Mancillada la virtud de la virgínea blancura del tejido. Mancillado, también, el honor de su dueña, que iba a desaparecer sepultado con ella.

La joven Elena, enterrada sin ataúd ni despedidas. Quien bien la amaba quería ahorrarle la vergüenza de un funeral en el que todos la señalarían como la puta del rey. Porque amarla excluía formar parte de lo que podía haber sido una cruel pantomima. Ese hombre buscaba para ella la última oportunidad de protegerla.

Coincidiendo con el toque de ánimas vertió sobre el montículo el puñado de tierra que sellaba el postrer viaje de Elena, la viuda del capitán Zapata.

De los ojos de Francisco Méndez, el hombre que acababa de enterrarla, cayeron lágrimas que cubrieron de llanto el último adiós.

Las ansias del corazón

La figura de la muerte se paseaba tranquila por los sueños del rey, que aquella noche libró, sin él saberlo, una dura batalla contra sus propios miedos. Revolviéndose sin cesar durante horas, empapadas las sábanas de sudor, seguía los constantes movimientos de la luctuosa silueta que se desplazaba de un lado a otro de su cabeza y en la que adivinaba el rostro de Elena. La imagen de su amante se balanceaba insinuándose y, cuando comenzó a desnudarse y a ofrecerle una boca dolorosamente sensual de sonrosados labios entreabiertos, se despertó sobresaltado y rozando la extenuación.

La había perdido. A Elena, la hija del montero. La pasión, alejada irremisiblemente de la corte, de su dormitorio y de sus deseos. Alejada de su cuerpo. Pero no de sus entrañas. Como tampoco de su pensamiento.

Después de asistir a la habitual misa matinal, habló con su secretario acerca del desconcierto que la muerte de Elena Zapata había producido en el pueblo, dando rienda suelta a habladurías y conjeturas. Pérez le aconsejó la conveniencia de abrir una investigación oficial que aplacara los ánimos y pusiera fin a los insistentes rumores que salpicaban a la Corona.

—No sé a qué viene tanto revuelo, si los médicos dictaminaron que se trató de una muerte por causas naturales. Muchas personas mueren al cabo del día en esta villa y nadie pone el grito en el cielo —dijo el rey.

—Pero en este caso era alguien cercano a la corte, majestad. Es de comprender el interés del pueblo. Además, debéis saber que el cadáver ha desaparecido…

Como era costumbre en él, Antonio Pérez dejaba para el final la información con la que sabía que iba a alterar a su señor. Y cuando por fin lo soltaba, lo hacía de una forma vaga y circunstancial, restándole importancia. La noticia, en efecto, causó sorpresa y desasosiego en Felipe, que hasta ese momento dudaba en autorizar la indagación propuesta por su secretario.

—¿Qué decís? ¿Cómo es posible que un muerto desaparezca? —preguntó el rey con severidad.

—Tampoco yo lo entiendo. He ido esta mañana a la Casa de las Siete Chimeneas para disponer todo lo necesario para el funeral, tal como me ordenasteis, y me he encontrado al matrimonio de servicio y a la joven criada presos de un ataque de nervios. No había nadie más.

—¿Y Francisco, el padre?

—Llegó más tarde y estaba muy alterado.

—¿Cómo estaríais vos, de haberos quedado sin vuestra única hija?

—Razón no os falta, mi señor. Llegó cuando nosotros abandonábamos la casa. Me correspondió a mí informarle de la extraña desaparición del cuerpo de su hija. El pobre hombre no reaccionaba ante la noticia, parecía no estar en sus cabales.

—Nadie podría creer algo tan macabro. ¿Quién iba a querer llévarse un cadáver, y con qué motivo?

Se giró hacia la ventana para mirar las siete chimeneas. Esta vez estaban mudas. Los siete pequeños cilindros alineados en el tejado destacaban sobre el intenso azul de un cielo despejado.

Felipe sintió que un estremecimiento le recorría la espalda y tuvo que apartarse del cristal.

—Como si la muerte no fuera suficiente… —le dijo a Pérez sin mirarlo, seguramente porque se lo decía a sí mismo.

Al enfrentarse, de nuevo, a la hora de dormir, se encerró a rezar largamente en el oratorio. No era extraño en una persona que, como él, podía dedicar casi cinco horas a la oración, repartidas entre el día y la noche, incluyendo varias misas entre los divinos oficios. Pero no dos horas seguidas, como era el caso. Un encierro tan largo sólo podía deberse a algo grave. Como graves resultaban el dolor y el arrepentimiento que lo atormentaban a raíz de la muerte de su amante. Era rey y, como tal, en su vida privada acababa de verse en la obligación de actuar como si de un asunto de Estado se tratara, librándose de una presencia incómoda. Sin embargo, no el soberano, sino el hombre que en ese momento decidía su voluntario encierro, estaba sufriendo por haber tenido que tomar una difícil determinación en contra de sus deseos, y de la que no parecía que pudiera reponerse con facilidad.

Transcurridas las dos horas, los sirvientes oyeron ruidos sorprendentes que les llamaron la atención. Al otro lado de la puerta alguien se daba golpes en el pecho. Y no había nadie más que el rey.

Después de aquel acto de máxima destrucción con el que, para prevenir una catástrofe moral, se había segado la vida de la muchacha y, con ella, la pasión del rey, éste ordenó a Mateo Vázquez que se mantuviera alejado de la corte, así como de cualquier actividad que pudiera tener repercusión popular. Por ahora, transcurridos ocho meses del suceso, la investigación seguía en punto muerto. Para el rey, mucho mejor que fuera así. Y también para Mateo. Sus movimientos tuvieron durante meses exactamente la discreción deseada por Felipe, lo cual no dejaba de ser una prueba que Vázquez estaba superando con éxito. Y el rey sabía siempre recompensar a quienes eran merecedores de su confianza. En este caso ya lo tenía decidido. Sólo había que aguardar el momento más conveniente para incorporar a la corte al pupilo del cardenal Espinosa sin que ello generara suspicacias.

Tal momento llegó por sí mismo. En la madrugada del 5 de septiembre de aquel año de 1572, una hemorragia en una arteria cerebral paralizó de forma súbita el organismo de don Diego de Espinosa. El inquisidor había conseguido grandes logros para la Corona, y así le había sido reconocido. Aprovechando el abandono de la corte por parte del príncipe de Éboli, se había convertido en el nuevo hombre fuerte del entorno de Su Majestad, de modo que llegó a ser su servidor más poderoso. Hubo quien dijo que, de haberlo permitido Felipe, Espinosa habría conseguido ganarle en poder. Pero el exceso de mando ajeno aumentaba las inseguridades del soberano, lo que hizo que tuviera vigilado al cardenal desde mucho tiempo atrás, aunque actuaba con comedimiento. Su muerte coincidió con uno de los efímeros encierros del monarca en el convento de San Jerónimo. Con la habitual desgana con la que el rey se enfrentaba a hechos inesperados, comentó sencillamente: «No soy de los que menos soledad sienten ante la falta del cardenal». Pero los años entregados a la plena confianza del rey no se podían borrar, y, así, Felipe tuvo en cuenta su ruego de prestarle la debida atención a Mateo Vázquez. No sólo por atender la voluntad de Espinosa, sino porque desde muy pronto el rey advirtió que la ambición del joven clérigo le sería de mucha utilidad, sobre todo por su carácter proclive al riesgo.

Felipe hizo pasar a Mateo Vázquez. La estancia se mantenía en penumbra porque ese día no se encontraba bien, necesitaba reposo. La gota atacaba despiadadamente su pierna derecha, alterándole el humor. Cuando Vázquez lo vio, corrió a postrarse ante él y a besarle la mano, gesto que, aunque el rey agradeció, intentó aligerar lo más posible.

—Está bien, don Mateo —comenzó a caminar por la estancia, sin dar importancia a las muestras de pleitesía de Vázquez y menos aún a las palabras de hipócrita condolencia que iba a pronunciar—. Qué momento de dolor es éste. Pobre don Diego, Dios lo acoja en su gloria. Bien, ¿imagináis para qué os he mandado llamar?

Cierto que el joven sacerdote esperaba algo bueno de la visita. Habían transcurrido ocho meses desde que Felipe lo recibiera. Alguien dispuesto, como él había demostrado, a servir al rey sin condiciones, transgrediendo incluso los límites de la vida, y que había probado sobradamente que sabía hacer uso de la prudencia, debía ser recompensado. Vázquez creía con convicción que ése era el procedimiento que exigía el código del honor y la justicia. El código de los hombres de palabra. Y el rey tenía que serlo. Por más que actuara a su libre albedrío, el clérigo lo consideraba sujeto a unas reglas morales encaminadas —en este caso que a él afectaba— al reconocimiento de la arriesgada misión que había llevado a cabo con éxito. Desde aquel suceso compartía un secreto con el rey. No era acertado pensar que el monarca viviera tranquilamente dejando por más tiempo ese comprometedor enigma al albur de cualquier desaprensivo. O, por qué no, de la ambición del propio Mateo Vázquez.

—Qué difícil es confiar en alguien… —prosiguió Felipe en un tono que invitaba a la confidencia—. Tenía razón don Diego de Espinosa al hablar de vuestra valía y vuestra entrega.

—El cardenal seguramente me tenía en más alta consideración de la que merezco —respondió con falsa humildad Vázquez.

—Me inclino a estar más de acuerdo con don Diego, Dios lo tenga en su gloria, que con vuestra merced. Y precisamente por eso os he mandado llamar. Ahora que el cardenal no se halla entre nosotros, es mi deber cumplir con su petición de que os tome a mi servicio.

Un Vázquez henchido de tan desmesurada satisfacción que a punto estuvo de quedarse sin palabras, correspondió al ofrecimiento, aunque era prácticamente imposible anonadarlo hasta el punto de no poder reaccionar. Demasiado fuerte era su personalidad. Demasiado sólida, su ambición.

—Majestad, no sé cómo agradecéroslo. Sea cual sea, es tan alto el honor con el que me distingue vuestra majestad que podéis estar tranquilo de que en mí tendréis al mayor servidor en todo aquello que necesitéis.

—Os aguarda mucho trabajo como secretario real, don Mateo.

Los ojos de Vázquez parecieron desencajarse de la alegría. Brillaron como faros en la mar. No hacía ni veinticuatro horas del fallecimiento del cardenal Espinosa, y por su cabeza no pasó la idea de que pudiera ser tan prometedor su futuro más inmediato. Volvió a rendirle pleitesía, aunque, listo como era, se dio cuenta de que el rey se sentía molesto con semejantes demostraciones de sumisión, al menos ese día, en el que tampoco estaba muy hablador. Supuso que la gota tenía que ser un padecimiento insufrible.

El cargo era el de la máxima confianza del rey. Exactamente el mismo de quien muy pronto iba a convertirse en su mayor oponente.

—¿Está al corriente Antonio Pérez? —hacer semejante pregunta ya era una demostración de la naturalidad y rapidez con las que el sacerdote se tomaba ciertas confianzas.

—Lo estará en breve. No tengo por costumbre consultar mis decisiones, sino informar de ellas cuando creo conveniente.

Felipe le estaba dejando claro desde el principio cómo eran las relaciones políticas en su corte. Sólo el rey, y nadie más que él, indicaba e imponía su criterio. Así hacían todos los monarcas, con la salvedad de que, tratándose de Felipe, a veces sus colaboradores tardaban en enterarse de sus determinaciones.

—Espero poder corresponder en la medida de lo que vos esperáis de mí.

—Yo también lo espero. Pronto será confirmado vuestro nombramiento. Hasta entonces os moveréis con discreción. Eso es todo.

Vázquez se retiraba ya cuando el rey añadió:

—Ah, una última cosa, don Mateo. Más importantes que las palabras, para mí son los hechos. No os nombro mi secretario sólo porque me lo pidiera vuestro valedor, sino porque habéis demostrado que merecéis este cargo. Id con Dios.

En los meses siguientes, Felipe puso empeño y gran esfuerzo en vivir con la mayor tranquilidad, controlando con aplomo las inquietudes que lo asaltaban por dentro. Aunque a decir verdad, la corte, mosaico multicolor de personas, actos y voluntades, era un permanente vivero de sobresaltos. Y así, le tocó ser testigo de cómo la vida quiso dar la mano a la muerte, ya que, al mismo tiempo que un nuevo fruto se anunciaba en el vientre de la reina, el príncipe de Éboli abandonaba este mundo.

El hecho supuso una convulsión para el monarca. El funeral de su estimado Ruy Gómez de Silva, a finales de julio de 1573, fue tan triste como cabía esperar. El negro resaltaba la pálida belleza de la viuda doña Ana de Mendoza, destrozada ante la pérdida de su marido. Para ella no encontraba el rey expresiones de consuelo. Bien es cierto que, del mismo modo que reaccionaba con dificultad a los estallidos de alegría, tampoco mostraba gran acierto en ofrecer aliento tras una desgracia. Su espíritu reservado se resentía en los momentos de dolor, en los que prefería mirar hacia su interior para favorecer el recogimiento místico. Y entonces sufría, como estaba sufriendo ante el féretro de su gran amigo y colaborador.

A la reina, en cambio, se le daba muy bien confortar a sus semejantes en sus penas y recordar las bondades de la redención de las almas, por las que entregó su vida Nuestro Señor. Sus palabras sirvieron de ánimo a la princesa, quien de repente la vio más cercana y no tan estrictamente correcta. La rigidez de la educación del linaje de los Austrias acostumbraba a erigir un muro frente a quien no se contaba entre los miembros de la familia real. Y entonces, a raíz de la funesta experiencia de perder a su marido, la princesa tuvo ocasión de conocer el robusto carácter de la reina en cuestiones de fe y de amor al prójimo, así como su capacidad de entrega desinteresada.

La muerte de Ruy le permitió, asimismo, recuperar la verdadera esencia de la amistad que antaño trabó con Felipe. Le enternecieron sus intentos por estar a la altura de las circunstancias. No importaba que fueran torpes y vanos. Lo había intentado, y esa importancia de su gesto era lo único que contaba. Porque a veces la sola intención basta para colmar las ansias del corazón.

SEGUNDA PARTE

Noticias del más allá

El Escorial, agosto de 1573

La princesa de Éboli fue invitada aquel verano a pasar una semana junto a la familia durante el descanso de estío en la residencia de El Escorial. Invitación que aceptó, después de dejar a sus hijos con el aya y con doña Bernardina, su leal criada entrada ya en años, a fin de poder gozar de una mayor y necesaria tranquilidad. No quería, tampoco, causar excesivas molestias.

En aquellos días, la reina, quedándole muy poco para dar a luz a su segundo hijo, y doña Ana de Mendoza pasaron mucho tiempo juntas. Cosían y realizaban diferentes labores. Sobre todo, durante las frescas horas de la mañana daban paseos por los impresionantes jardines de El Escorial, en la ladera sur de las pobladas y verdes montañas del monte Abantos, que debía su nombre a las diferentes especies de la familia de los buitres que se daban en la zona, conocida también como Buen Monte del Oso. Anna de Austria, gran aficionada desde siempre a la naturaleza e incluso a la caza, al igual que su esposo, disfrutaba con el entorno privilegiado en el que se erigía la edificación, considerada la obra magna del hijo del emperador, que la hizo construir para celebrar la victoria contra los franceses en la batalla de San Quintín.

—Vos que acabáis de llegar de Madrid, decidme, ¿qué se cuenta en la corte? —preguntó Anna a la princesa nada más llegar.

Ambas mujeres charlaban sentadas en un banco de piedra al aire libre; era la primera tarde en la que el sol concedía una tímida tregua.

—Ya sabéis que siempre corren como el viento chismes sin fundamento que, tal como llegan, se van.

—Sí —la reina sonrió—, en eso también España es un gran reino.

—¡El reino de los rumores! —se burló con gracia la de Éboli, haciendo verdaderos esfuerzos por relajar un poco su ánimo doliente.

—Es un consuelo veros reír así, princesa.

—Gracias, majestad. Hace tiempo que no me ocurría. No imagináis cuánto echo de menos a Ruy —contuvo una tímida lágrima—. Pero no hablemos de cosas tristes —se recompuso rápidamente para mostrarse un poco más animada—. Ya que me preguntáis por los chismorreos de Madrid, me entretendré en contároslos, son mucho más enjundiosos que mis desgracias personales. Os diría que, en realidad, de lo que más se sigue hablando es de la misteriosa muerte de la viuda de Zapata. Parece mentira que a pesar del tiempo transcurrido la gente no se olvide de este asunto.

Si la reina hubiera imaginado que se encontraría con ese espinoso tema, no habría preguntado.

Viendo que no decía nada, la princesa, que sentía una malsana satisfacción desnudando la fragilidad de la reina, prosiguió.

—Se dice que la dama viuda del capitán no murió de muerte natural, sino que podría haber sido asesinada.

—¿Asesinada? —la reina se sobresaltó—. Pero eso es terrible. Además, que se sepa, aún no ha sido hallado su cuerpo…

—Así es, un año y medio después de su muerte, todavía se mantiene el misterio, lo cual alimenta fantasías de distinta índole. Todo este turbio asunto resulta execrable. Hay hombres que, cual buitres al acecho de carne fresca, se apuntan a la larga cadena de conjeturas innobles que no hacen sino mancillar la reputación de personas cuya dignidad e importancia superan a la del resto de los mortales. Pero… mejor no entremos en ello.

—Ya que habéis empezado, decídmelo todo, princesa. Vos sabéis algo que me ocultáis.

—Pues que… bueno, majestad, ya sabéis cómo es el pueblo. —Fingía cierta incomodidad; la conmiseración duraba poco en ella y, de nuevo, empezaba a disfrutar inquietando a la reina—. La gente habla y habla sin tener conocimiento. Hay quien se ha atrevido a referir veladas sospechas que vinculan la muerte de Elena Zapata y su desaparición con alguien del entorno de Su Majestad.

—¡Pero eso es una infamia! ¿Qué persona próxima al rey tendría motivos para hacer algo tan monstruoso?

Era demasiado terrible para ella pensar que su esposo pudiera estar relacionado con el posible crimen de quien fue su amante. Tantas incertidumbres resumidas en dudosas palabras y expresiones que la gente usaba para evitar comprometerse, como «posible», «decían», «podría haber sido»… laceraban su espíritu.

—Tal vez guarde relación con las visitas nocturnas que la desaparecida recibía en su Casa de las Siete Chimeneas —siguió contando la princesa—. Era allí, dicen, donde se veía con alguien muy importante.

—Entonces… —Anna de Austria se quedó pensativa con la mirada perdida durante unos segundos— ¿Vos, como todo el mundo, también creéis que la viuda de Zapata tenía un amante? Recuerdo que en una ocasión ya lo sugeristeis, pero entonces no os lo pregunté de manera tan clara y tan directa como lo hago ahora.

Necesitaba que una persona tan introducida en la corte como la princesa de Éboli le diera su parecer acerca de lo que todos, incluso ella misma, daban por hecho en la calle, aunque a veces quería negarse a la evidencia. El martirio al que había sometido sus carnes resultó útil para borrar las huellas de la deslealtad de su esposo. Y creyó haberlas borrado al enterarse de la muerte de Elena. Con su desaparición hizo como si no hubiera ocurrido esa pesadilla. Quiso creer, engañándose a sí misma, que el rey no sería capaz de tener una coima. Pero el pueblo, esas voces anónimas tan destructivas cuando se cargaban de malas intenciones, mostraba un pérfido empeño en evitarle a la reina la posibilidad del olvido.

Se vio con fuerzas para hacer la pregunta que, aun siendo la más inadecuada, esperaba la princesa:

—Vuestro silencio es más que elocuente. ¿Tenéis idea de quién pueda ser ese hombre?

El silencio se prolongó, extendido entre las ramas de los árboles, queriendo empujar lejos la posible respuesta que se enredó en el aire. Iba a ser una respuesta lacerante y por esa razón parecía no querer posarse en los labios de la princesa. Hasta que a ellos llegó y fue dicha en los siguientes términos:

—Si hemos de pensar en alguien muy importante, nadie lo es más que el rey. Y eso sería impensable, ¿no, majestad…?

Había estado todo ese tiempo navegando entre la convicción de que esa relación fuera finalmente cierta, y, al mismo tiempo, queriendo no creerlo. Por ello entregó su propia carne al cilicio, creyendo, ilusa, que de algo serviría. Sin embargo, la princesa de Éboli la estaba devolviendo a la realidad: el pueblo, y hasta la propia Ana de Mendoza, seguían señalando al rey, no sólo como infiel esposo, sino que también lo creían relacionado en uno u otro grado con la muerte de Elena Zapata. La reina maldijo aquella casa que esperó durante quién sabe cuánto tiempo las visitas del rey como quien espera con ansiedad la fruta prohibida, sin reparar en que tiene el acre sabor del pecado.

Anna inspiró profundamente impregnándose de la pureza del aire natural y límpido que envolvía el recinto de El Escorial. Aún no quedaban lejos las heridas que la flagelación marcó con sangre en su piel.

A los pocos días de esa conversación, el rey le comunicó a su esposa que, sorprendentemente, adelantaba su regreso a Madrid. «No hay razón para que vos suspendáis vuestro descanso tan pronto, yo os esperaré en palacio atendiendo las obligaciones que me requieren», le dijo para que no insistiera en acompañarlo.

La reina entendió perfectamente que el rey pretendía estar solo y en Madrid. Le costaba resignarse.

—Comprendo el sentido de vuestras responsabilidades pero me apena que os marchéis. Pronto nacerá nuestro hijo y me gustaría disfrutar de vuestra compañía por más tiempo.

Omitió como segunda razón lo mucho que le preocupaba que se marchara solo en aquel momento. Con su regreso, que a ella se le asemejaba una huida, cobraban sentido los infundios vertidos por la princesa de Éboli acerca de su posible vinculación con la muerte y posterior desaparición de la viuda de Zapata. Sospechas que ya le habían llevado a soportar las heridas que se había infligido. Que su esposo pudiera tener las manos manchadas por un crimen ya era demasiada carga.

Entonces se preguntó qué había en Madrid que no pudiera esperar.

La respuesta serpenteaba entre los huecos de las siete chimeneas de la casa del matrimonio Zapata. Lo que había en Madrid era un rey con el alma oscura, llena de ocultos temores y obsesiones que no podía afrontar. La ausencia de Elena se estaba convirtiendo en una agonía. Aunque muerta, él la perseguía como si ilusoriamente viviera y pudiese darle alcance. Parecía que el rey la amara más desde que falleció, tal vez porque la muerte, en su irreversibilidad, nos hace desear lo que se ha llevado porque es propio del ser humano desear lo inaccesible. Nada más entrar en la villa, el rey de las Españas rezó para que la noche llegara pronto y así poder acercarse a la casa de Zapata, a la que le arrastraba una atracción sobrenatural.

Aquella misma tarde, una premonición que asaltó el corazón de la reina le hizo ordenar el inmediato regreso a Madrid del séquito que permanecía en El Escorial con ella. La camarera mayor y la princesa desaconsejaron tales prisas debido al avanzado embarazo de la soberana, pero ésta se obcecó, deseosa de llegar a palacio cuanto antes. «Es demasiado tarde, no deberíamos salir, pronto se hará de noche», recomendó inútilmente la camarera a su señora, quien respondió con un apresurado: «Los criados se encargarán del resto del equipaje y pueden partir mañana, pero nosotros salimos ya», ordenó antes de dirigirse a la puerta principal para esperar la litera que habría de transportarla hasta el corazón de sus temores: Madrid.

Se sabía que tomar una decisión semejante en su estado podría ser una temeridad. Y eso que nada hacía pensar que el momento del alumbramiento hubiera llegado. El segundo parto no resultó tan fácil y cómodo como el primero, al acontecer alterado con los rigores calurosos del verano madrileño y en unas condiciones insólitas y desfavorables. Como había advertido la camarera mayor, la noche les sorprendió saliendo de El Escorial. Al poco de abandonar la población, a la altura de Galapagar, Anna comenzó a sentir las primeras contracciones. Seis médicos formaban parte de la comitiva, más de los habituales, dadas las especiales circunstancias del embarazo de la reina. El pequeño Carlos Lorenzo —que así decidieron que se llamara si era niño, en honor al santo al que el padre dedicaba el monasterio de El Escorial— tenía prisa por salir y, no pudiendo esperar a que se alcanzara la residencia real de Madrid, lo hizo en mitad del camino de tierra por el que transitaban.

—Vamos, majestad, sois fuerte. Cogeos bien de mi mano. —La princesa de Éboli se prestó como apoyo en un trance tan delicado como iba a ser el segundo parto de la reina, en pleno viaje—. Seguid todas las indicaciones de los médicos y veréis que todo sale bien. Vais a tener otro hijo precioso, estoy segura. Y será también otro varón.

La reina sonrió, respirando con dificultad ante la inminencia del parto.

—El rey ya tiene el sucesor que tanto ansiaba, ¡ahhhaaa! —Sintió una fuerte contracción—. Ahora sólo quiero que lo que sea, venga bien. —Y se agarró fuertemente de la mano que le ofrecía la princesa.

Por fortuna, con la ayuda de los miembros del séquito, todo se desencadenó con rapidez. Las damas hicieron acopio de vendas de algodón para proporcionárselas a los doctores, mientras que la camarera mayor mandó a varios lacayos en busca de agua fresca y ordenó, asimismo, encender cuantos candiles fuera posible. A su vez, un emisario salió al galope para avisar al rey, coincidiendo con los primeros llantos desesperados del recién nacido que se hacía anunciar de ese modo en un doce de agosto que jamás sería olvidado.

Completamente ajeno al hecho de que estaba siendo padre una vez más, y de que lo era de otro varón, el rey permanecía sobre su caballo apostado en una esquina del callejón del Codo, frente a la entrada principal de la Casa de las Siete Chimeneas, observando la terrible oscuridad que acechaba, plagada de silencios agazapados tras las esquinas que delimitaban la finca. Tuvo la desagradable sensación de haber vivido esa misma noche mucho antes. A pesar de estar llena la luna, las nubes convertían el cielo en una inmensa boca negra dispuesta a engullir las almas de los pecadores. Eso era lo que imaginaba el rey buscando con la mirada la ventana del dormitorio en el que sólo moraban sombras escapadas de los cuerpos que gozaron de un placer ya lejano. Desaparecido uno de esos cuerpos, el otro, el del rey, lo echaba desgarradoramente en falta, y se aferraba al lugar que durante un tiempo aisló del mundo a los amantes. Comenzó a sentirse mal por la falta de Elena, pero también por haberla alejado de la corte, por no saber qué había sido del cadáver, y por imaginarla tendida sobre la cama del placer, convertida ahora en tálamo mortal.

Inesperado túmulo. Muerte que encerraba para siempre lo que fueron y que le ataba al recuerdo de algo que sólo a él atañía y que no podía compartir. Ésa era la causa de su íntima perturbación.

De pronto se sobresaltó al creer haber visto un ligero movimiento en las cortinas dormidas de la alcoba de Elena. Posiblemente fuera el viento, pero en aquel preciso instante las nubes se abrieron para dar paso a un refulgente rayo de luna que asustó al rey, cegándolo. Tiró involuntariamente de las riendas y su corcel relinchó con gran estruendo, encabritándose. Entonces… algo irreal apareció ante sus ojos atónitos. Apeló a Dios, el único que podía librarle de la fantasmal visión de una figura blanca de mujer que se deslizaba por el tejado de la casa y que profirió un grito ahogado y seco como el golpe de un puño.

Un golpe que el monarca sintió en la nuca y que le hizo salir huyendo sin volver la vista atrás.

Cerca de El Escorial, en Galapagar, aquella noche sí lucía la luna llena con perfecta claridad. Una luna blanca, luminosa y pura, como sólo podían ser los pensamientos de un niño. El pequeño Carlos Lorenzo, al margen de las pasiones y resquemores de los adultos, no bastaba para colmar de tranquilidad los agitados sentimientos de su madre, mordida por la curiosidad de saber qué estaría haciendo su esposo mientras ella paría a otro hijo suyo.

Felipe seguía huyendo de un fantasma. De un delirio de su imaginación cuando ésta volaba por el mundo de los muertos para recordar placeres que había vivido con Elena en vida. Tardó en llegar al alcázar. Dio varias vueltas a caballo por callejas solitarias para asegurarse de que nadie ni nada lo perseguía. Le costó dejar de pensar en esa especie de aparición que creyó ver en la casa, y cuando se convenció de que por fin lo había conseguido, la visión regresó a su pensamiento con más fuerza, privándole de su descanso.

La mañana siguiente fue una de las pocas ocasiones en que no se incorporó a su despacho en el horario habitual de las ocho de la mañana. Los sirvientes tuvieron que acudir a su dormitorio una y otra vez, hasta que finalmente consiguió levantarse y solicitó un aseo que le aliviara el cuerpo de las angustias físicas, porque a las de su espíritu, temiéndolas, prefirió ignorarlas.

Aquel mismo día comenzaron a circular por Madrid comentarios acerca de los misteriosos reflejos que se estaban viendo durante las últimas noches. Hasta oídos del rey llegaron, y se extrañó del hecho. Su hermana Juana, firme siempre en el mantenimiento de la fe y de las creencias, fue la primera persona a quien consultó sobre los rumores callejeros. En efecto, ella también había escuchado algo pero todo lo que no estuviera tocado por la mano de Dios era, en su caso, inmediatamente despreciado. De poco le sirvió, pues, Juana, y de menos aún, Antonio Pérez, quien al menos le pudo concretar que se hablaba de un fantasma que recorría la zona de las huertas cercanas al convento del Carmen.

—¿Las del Barquillo? —preguntó Felipe intrigado.

—Así es, majestad. Donde se encuentra la Casa de las Siete Chimeneas. Tal vez de allí proceda —comentó el secretario con un tono jocoso que molestó ostensiblemente al rey.

—¡Libraos de hacer bromas con tales asuntos!

—Disculpad, mi señor. No era mi intención molestaros. Pero ¿no irá vuestra majestad a dar pábulo a las absurdas creencias del populacho?

—El pueblo no gusta de atormentarse como diversión.

—En eso lamento disentir. La gente se divierte con cualquier cosa, y si para ello necesita inventar, no dudéis de que lo hará. Aquí tenéis la evidencia. ¿Historias de fantasmas en el Madrid de vuestra majestad...? ¿Qué puede ser, sino un entretenimiento popular?

Ojalá fuera simplemente eso, un entretenimiento del pueblo. Pero él no olvidaba la extraña aparición de la que había sido testigo la noche anterior. O de la que creyó haber sido testigo. La aparición de la que, en cualquier caso, no podía hablar. Por un lado recelaba de la veracidad de una posible sugestión suya, pero por otro, avalado por las murmuraciones que se iban extendiendo, le inquietaba que pudiera haber algo de verdad en las sobrenaturales visiones. Aunque, al mismo tiempo, pensaba que era una locura creer en la existencia de fantasmas.

Decidió escribir lo que había vivido, esperando, al plasmarlo en un papel, que atrapar el espectro le sirviera para convencerse él mismo de su inverosimilitud.

Éste fue el relato de lo sucedido, a su manera de entender:

Lóbrega y solitaria estaba esa noche la casa cuyas sombras la hacían parecer aún más grande de lo que es. Al último toque de ánimas, el tejado se iluminó extrañamente y emergió una delgada y gallarda figura de mujer, amortajada en sudario de cendales, sueltos los cabellos y en las manos una antorcha encendida. Caminaba con lentitud y acompasadamente, como si un designio guiara sus pasos seguros entre los huecos de las siete chimeneas.

Al llegar al punto más extremo del tejado, situado hacia oriente, la aparición se arrodilló y, lanzando alaridos ininteligibles, se santiguó y comenzó a darse golpes en el pecho sin dejar de mirar hacia nuestro alcázar.

Cuando la luna llena cegó el cielo, aquel espectro venido del infierno se convirtió en súbito humo blanco y desapareció como el vapor del agua. Fue una visión que podría turbar los éxtasis de los corazones místicos en la hora solemne de la noche callada en que aúlla el lobo a la luna y la campana de la agonía da la queda con golpes pausados que parecen lamentos de las almas en pena.

Mandó llamar a su confesor, fray Diego de Chaves, para que lo leyera y diera su docta opinión sobre un hecho tan alejado de la tierra como del cielo.

—Decir que es algo concerniente al infierno es muy grave, majestad. —El clérigo quedó perplejo ante el escrito del rey.

—Vos debéis decirlo. Si fuera así, habría que exhortar a la Iglesia para que se encargara inmediatamente de realizar los oportunos conjuros. Es necesario acabar con esto rápido.

—Majestad, es muy difícil que la Santa Madre Iglesia se inmiscuya en un asunto que tiene como protagonista a un fantasma.

—¡No es un fantasma cualquiera! —El rey se arrepintió en el mismo instante en que gritó a su confesor—. Disculpadme, fray Diego, disculpadme. —Se movía por la estancia como un animal enjaulado, algo impropio en él, más dado a despachar sentado o, a lo sumo, mirando a través de la ventana, hábito que había adoptado últimamente—. Todo esto de la aparición me tiene trastornado.

—Permitidme que os pregunte humildemente si puedo hacer algo por vos —dijo fray Diego preocupado.

—Podéis confiar en la certeza de lo que os cuento. Eso es lo mejor que podéis hacer por mí.

El confesor se marchó dándole vueltas a la idea de que podría ser que el rey estuviera demasiado agotado por el exceso de trabajo y eso le hubiera llevado a considerar un delirio como el que le acababa de describir.

Pero fray Diego no fue el único con quien Felipe estaba dispuesto a tratar la cuestión. Ni en los mismos términos que empleó con su confesor, ni llegando a contarle los detalles de lo que había visto en la Casa de las Siete Chimeneas, pero el rey quiso hablarlo también con la princesa de Éboli, ya de regreso de El Escorial junto con la comitiva de la reina, a quien, por cierto, las marcadas ojeras con las que había vuelto tras el accidentado parto dejaban ver un preocupante decaimiento y la urgente necesidad de reposo. «Carlos Lorenzo requiere mucho mi atención por las noches y eso me altera el sueño. Quiero ser yo quien siga de cerca lo que le ocurra», explicó a su esposo pretendiendo justificar el mal aspecto fruto del alumbramiento en unas condiciones que no eran deseables para una reina.

—No debisteis hacerlo, Anna. Seguirme a Madrid, en el avanzado estado en el que os encontrábais, ha sido una imprudencia que ha puesto en riesgo vuestra vida y la de nuestro hijo. No es eso lo que os pedí que hicierais, sino más bien lo contrario.

La reina, postrada en la cama, miraba con ojos cansados al recién nacido que dormía plácidamente en una cunita junto al gran lecho. El rey permanecía de pie observándolos a ambos. El tono de sus palabras intentaba ser de reproche, pero la emoción que le embargaba de contar con otro varón que aseguraba definitivamente la sucesión de la Corona española era más intensa. Anna se encontraba exhausta, todavía con el miedo del sobresalto del camino en el cuerpo.

—Me sentía tan sola… —dijo al fin en respuesta a la reprimenda de su esposo, que quedó conmovido ante semejante confesión. La verdad desnuda de todo artificio y de la presunción de lo que es correcto—. Deseaba estar a vuestro lado en el trance que iba a pasar.

—Querida Anna… Señora mía… me habéis hecho muy dichoso con el nacimiento de nuestro pequeño Carlos. Nuestros reinos mucho os deben por ello… —Hizo un pausa a la que revistió de solemnidad, antes de añadir—:Y yo también…

—Oh, señor, Dios nos acompaña dándonos en la Tierra estos regalos que son nuestros hijos. Pero… ¿vos os encontráis bien? Os noto cansado y algo triste a pesar de la dicha que sentís.

El habitual color blanquecino del rostro de Felipe se había acentuado tras el extraño episodio nocturno en la Casa de las Siete Chimeneas. Y cierto era que se acusaba en su expresión las alteraciones de su espíritu.

—Pasará pronto, quedáos tranquila, son las preocupaciones derivadas de los asuntos de Estado las que me tienen inquieto. Nada más.

La inquietud iba ganando terreno en la corte, extendiendo su sombra, no dispuesta a excluir de ella a nadie. Ni siquiera a la reina.

Ana de Mendoza, en pleno duelo por la muerte de su esposo, parecía haber sacado buen provecho del descanso estival en San Lorenzo. No era habitual que el rey la viera a solas, pero esta vez la llamó en privado porque no quería que, por nada del mundo, nadie más que las personas elegidas por él de su restringido círculo privado tuvieran conocimiento de que había sido testigo de una de las apariciones fantasmagóricas que andaban de boca en boca en los corrillos de la villa. La princesa se presentó vestida de negro, hermosa a pesar de las huellas que inevitablemente el duelo dejaban en la expresión de su rostro, marcado por el parche de su ojo derecho. No puede decirse que estuviera radiante pero sí a un paso de estarlo. Le gustaba la posibilidad de poder hablar con el rey sin nadie presente. Hacía tanto que no se daba una circunstancia similar que se sentía algo nerviosa. Él comenzó por ensalzar la figura del desaparecido amigo Gómez de Silva, lo que llenó de orgullo a su viuda y le fue confiriendo serenidad.

—¿Cómo os encontráis, princesa?

—Intento seguir adelante. Gracias por el interés que mostráis. Vuestra majestad puede imaginar que no es fácil continuar en la senda de la vida sin el esposo. Pero es lo que ha dispuesto Dios.

—Resulta difícil para todos, aunque nadie sufrirá su ausencia del mismo modo en que vos lo hacéis.

—A Ruy le alegraría saber la alta consideración que tenéis hacia su memoria.

—Y que fue demostrada en vida. Me causa tranquilidad el hecho de que un hombre tan merecedor de todos los honores como el príncipe de Éboli pudiera tener sobradas pruebas del afecto de la Corona hacia él. Y, decidme, princesa, ¿cómo habéis encontrado Madrid? —Intentó llevar la conversación hacia terrenos más distendidos a la espera de poder adentrarse en el que verdaderamente le interesaba.

—No cambian mucho las cosas.

—Eso es lo que a vos os parece, pero desde que os fuisteis se han sucedido un sinfín de hechos que andan en boca de todos.

—Con ese hábito parece haber nacido Madrid, majestad. Los rumores, siempre los rumores… —Su acento evocador fue perfectamente cumplimentado por el rey.

—La Villa entera se ha llenado de ellos. Justo antes de que el séquito real estuviera de regreso de San Lorenzo se empezó a hablar de extrañas apariciones. ¿Habéis oído algo a ese respecto?

—Oh, sí, las de la Casa de las Siete Chimeneas, pero no doy mucho crédito a ese tipo de historias. ¿Os preocupa? No iréis a decirme que ese fantasma es el de la viuda de Zapata… Supongo que sólo podría darse el caso si su muerte estuviera atada a remordimientos por algo que hiciera en vida. Dicen que difícilmente se puede gozar de descanso en la vida eterna cuando antes de morir nos corroe el remordimiento por acciones indebidas. ¿Imagináis de qué podría tratarse en el caso de esa mujer?

—Siempre confío en vuestras opiniones. Seguro que a vos se os ocurre alguna explicación que pudiera resultar verosímil.

—No hay nada tan verdadero como lo que siente el corazón, majestad.

—Le prestáis demasiada importancia a los sentimientos.

—¿Vos no lo hacéis…? Pues deberíais.

—Lo único que se consigue haciéndolo es padecimiento, señora.

—¿Y qué importa padecer si quien provoca los sentimientos es alguien que bien merece la pena? —Ana de Mendoza lo dijo acercándose a Felipe en actitud que, por un momento, le pareció poco apropiada en una mujer con la muerte del marido tan reciente.

Al intuir que Ana pretendía posar una mano en su brazo, el rey consideró oportuno y muy necesario un alto en la conversación, puesto que estaba propiciando la aparición de un incierto fuego en el que el primero que llegara podría abrasarse sin remedio. La princesa, pretendiendo que él no se diera cuenta de la agitación de su pecho, se llevó allí la mano para controlar los movimientos de una respiración desacompasada. Felipe, al apartarse de su lado para evitar el atrevimiento de dejarse tocar por ella, la tenía ahora de espaldas. Las profundidades de su mente se habían transformado en un caos donde bullían imágenes deslavazadas de Elena entremezclándose con los hombros perfectos de la princesa de Éboli que atraían ahora su mirada, todo ello agitado por la espantosa premonición del pecado.

—Fijaos en el caso de Elena Zapata. —La princesa recuperaba la calma de la respiración, aunque seguía dándole la espalda al rey—. Las habladurías afirman que se veía con un hombre importante. Y debía de serlo, porque ninguna mujer pondría en riesgo su matrimonio nada menos que con un héroe como Zapata. —Su voz pareció romperse al hablar ahora de Elena referida a su relación con Felipe—. No se me ocurre hombre que pueda ser más importante que... un rey.

—Como bien decís, se trata de simples habladurías. —Él se contuvo al oír la acusación de forma tan directa; acusación que nadie, excepto la princesa de Éboli, se atrevería a formular, o ni tan siquiera sugerir, en su presencia.

—Sí, pero... —Ana agachó la cabeza, todavía emocionada—, se habla tanto de la existencia de ese amor clandestino...
—Hubo un silencio que ella aprovechó para volverse hacia Felipe y añadir—: Es mejor que el corazón no sepa lo que los ojos podrían contemplar. Si el capitán Zapata hubiera sospechado que su mujer mantenía citas clandestinas con otro hombre, ¿habría continuado en Flandes? Ésa es la cuestión. Si no vemos algo es que no existe, y entonces no padecemos.

—Princesa, a veces, por mucho que veamos, la realidad puede seguir pareciéndonos irreal.

Por eso es preferible, a veces, el mundo de los sueños, donde no es necesario constatar que lo que soñamos es cierto, aunque a veces lo deseemos. Y aquella noche, el rey soñó con Elena, con su espesa melena oscura, su cintura bien marcada y sus hábiles manos. Soñó con ella hasta que la sombra de la reina se inmiscuyó entre ambos dispuesta a romper la magia que fructifica en la frontera entre la fantasía y el mundo de los sentidos.

La princesa de Éboli, por su parte, se quedó suspendida del recuerdo de aquellos tiempos de juventud en los que coqueteaba con Felipe. Fueron años de juegos peligrosos que jamás pasaron de serlo, pero en el desafío de mantenerlos radicaba la excitación que les llevaba a seguir probándolos una vez tras otra.

Ahora que había muerto su marido, recuperó, sin querer, las sensaciones de un pasado que parecía más bien la evocación de otra vida que no era la suya. Sin quererlo, o tal vez queriéndolo, aunque de poco iba a servir lo que fuera. El rey le había dejado claro que no iba a seguirla ahora en posibles juegos de adultos. Los auténticamente peligrosos.

«El amor mundano apega a esta vida; el amor divino por la otra suspira. Sin ti, Dios eterno, ¿quién puede vivir?» Al cerrar el libro, la reina volvió a entregarse al suplicio, esta vez más brutal, porque el primero que experimentó le resultaba poca cosa para agradecerle a Dios que hubiera atendido sus súplicas de forma tan extremada como era llevarse la vida de Elena. Carecía de importancia para ella quién la hubiera matado o cómo. Estaba muerta, y eso bastaba. Hubiera deseado que desapareciera de otra forma, pero ésta, la de la muerte, era la más inequívoca. Si en la penitencia se incluía el pecado de haber deseado la muerte de un ser humano, debería flagelarse con más dureza. Confiaba, por otro lado, en que le sirviera para conseguir que su esposo olvidara definitivamente a su amante. Que se apartara incluso de su recuerdo, rogando que no tuviera nada que ver con la suerte que hubiera corrido el cadáver, sobre la que la investigación dirigida por Antonio Pérez no había logrado arrojar ninguna luz.

Tomó una corona trenzada con ramas secas y punzantes, y se la encasquetó en la cabeza, apretándola cuanto pudo. Aquella piel tan blanca, delicada y sensible, se abrasó en secreto rindiendo tributo a las seis llagas de la Pasión de Cristo, las cinco de la Crucifixión y la de la corona de espinas, eligiendo esta última para sí. «Entre borrascas mi amor, y mi regalo en la herida, esté en la muerte mi vida y en desprecios mi favor.» Leyó otro pasaje escrito por Teresa de Jesús, a quien consideraba un ser superior del que aprender el verdadero significado del sacrificio, pese a que la religiosa no defendía los estigmas físicos como los escogidos por la reina, quien, no contenta con el dolor que sentía en la cabeza decidió aumentar el grado de castigo. Los estigmas invisibles que preconizaba la madre Teresa se le quedaron cortos a la reina. Prefirió el lado perverso y salvaje de la inmolación, de la entrega a Cristo y su Pasión, dejándose llevar por la errónea convicción de que son peores las marcas físicas que las que no se ven.

Cogió entonces unos pinchos de acero engarzados en una especie de pulsera e intentó clavárselos en los muslos. Le costaba porque para hacerlo se necesitaba más fuerza de la que ella tenía, pero siguió intentándolo hasta que consiguió hundir las puntas en la carne.

El insoportable dolor la transportó hacia la inconsciencia, que dio con su cuerpo en el suelo. Y la sangre, hacia un éxtasis que entrañaba, insólitamente, cierto placer encubierto, quizá debido a que Elena ya no estaba. «Sea mi gozo en el llanto, sobresalto mi reposo, mi sosiego doloroso y mi bonanza el quebranto.» La reina juró que ésta sería la última vez que se entregara a esta brutalidad.

Cuando despertó se hallaba todavía en las dependencias del monasterio, aunque en otra estancia distinta. La camarera mayor, en presencia de la superiora, trataba con delicadeza las heridas de la carne abierta de la reina. La hermana se limitaba a seguir sus indicaciones para ayudarle a realizar las curas aplicando emplastos resultados de un cocimiento de aceite de lirios, varios cachorros de perro recién nacido y gusanos de tierra, mezclado todo ello con trementina veneciana. El silencio reinante en la celda y la comprensión de ambas mujeres fueron fundamentales para ayudar a la dolorosa recuperación de la reina.

Había vuelto a hacerlo. Ofreció a Dios su descarnada entrega sintiéndose morir.

Y es que en carne viva estaba también su sufrimiento.

El sonido de las voces en su cabeza iba en aumento. El rey, por más vueltas que daba en la cama intentando conciliar el sueño y hacer caso omiso de ellas, no conseguía, para su desesperación, sacudírselas de encima. Oía a Elena y al marido, el capitán Zapata, con tonos de intensidad desigual. Pero también a su hermana Juana, a la reina y hasta al mismísimo emperador Carlos, su padre, quienes pronunciaban frases inconexas que tenían que ver, en su mayoría, con la salvaguardia de la fe católica. Palabras como pecado, lujuria, penitencia o infierno, retumbaron con eco en su mente, maltrecha por las alucinaciones de la imagen que había creído ver sobre el tejado de la Casa de las Siete Chimeneas, hasta que profirió un grito desgarrador que lo levantó asustado de la cama. Hizo llamar a toda prisa a su confesor. Cuando fray Diego de Chaves entró en el dormitorio quedó abrumado ante el lamentable estado en que se encontraba el monarca. Cerró con brusquedad la puerta para que nadie siguiese viendo lo que no debía exponerse a otras miradas que no fueran las de un sacerdote por ser éste representante del poder divino, y permaneció con él hasta el amanecer. Lo que más le costó controlar, más incluso que la certidumbre que tenía Felipe de que la visión de la Casa de las Siete Chimeneas era real, fue su seguridad de que estaba a punto de ser castigado por Dios con una adversidad. «Será una desgracia de consecuencias tan inalcanzables como lo son mis dominios, estoy seguro de ello.»

Al alba, ayudado por los paños empapados en agua fría que fue poniéndole sobre la frente, Chaves consiguió que el rey por fin se durmiera. Y se mantuvo a su lado, al pie de la cama, acechando por si volvían los demonios.

Apenas transcurrida una semana, la fatalidad se cebó con el rey y su familia. La princesa Juana falleció a los treinta y nueve años, causándole a Felipe una tristeza tan sólo comparable a la de la muerte de su anterior esposa. Nadie, excepto su confesor, podía saber que la congoja era doble, ya que al óbito se sumaba la preocupante constatación de que se habían cumplido sus peores presagios. Una idea que fray Diego trató, sin éxito, de quitarle de la cabeza.

La personalidad temerosa ante lo oculto se afianzó en el rey después de un hecho como éste. Se recluyó en sí mismo y durante tres días mantuvo un encierro con fray Diego intentando purificar su alma antes de que se perdiera del todo. Ni siquiera aceptó ver a la reina, que insistía en su derecho a consolarlo. Pero es que Felipe carecía, en aquellos momentos, de los arrestos necesarios para mirar a su esposa limpiamente a la cara.

Recordó la visión del infierno que había descrito en su *Libro de la vida* la madre Teresa, a quien él apoyaba y, más aún, protegía. La muerte de su hermana era el castigo que venía temiendo. Dios ampara pero también se enfada. Y la sombra de su enfado puede extenderse fatalmente con el único límite que impone el averno. «Entendí que quería el Señor que viese el lugar que los demonios allá me tenían aparejado, y yo merecido por mis pecados.»

Salvar el alma del infierno

Madrid, verano de 1575

—¿Hay novedades sobre la muerte de la viuda de Zapata?

El rey movía sin parar el pie derecho por debajo de la mesa al preguntar —como en tantas otras ocasiones— a Antonio Pérez, haciendo gala de una notoria displicencia mientras repasaba un pesado legajo que tenía sobre la mesa. Acababa de sufrir uno de sus terribles ataques de gota, enfermedad que llevaba padeciendo más de diez años, casi tantos como la artritis, y todavía no se encontraba restablecido del todo. La dolencia lo ponía nervioso, pero no más que las intrigas en torno a la muerte de su última amante.

—Pasa y pasa el tiempo, y lamento deciros que no se ha avanzado demasiado en la investigación, majestad.

—Quizá sea bueno darla por zanjada.

—Permitidme que considere que no es conveniente ni justo en este momento. Se habla mucho en la calle de esas apariciones relacionadas con la casa… Deberíamos esperar un poco. El pueblo tiene ansias de justicia y no es buen momento para tenerlo descontento cuando la situación en Flandes bulle.

—Flandes y siempre Flandes —suspiró Felipe. Se le notaba contrariado—. ¿Por qué tiene que aparecer en todo? Flandes se ha convertido en un monstruo de varias cabezas y todas me miran. Todas apuntan hacia mí, estrechando el cerco de mi vida. Sí, sí, sí… como no se apacigüen las turbaciones que azotan mis dominios, ese monstruo acabará con mi vida. —Ocultó el rostro apoyándolo en la mano derecha, visiblemente cansado—. Sigamos con lo que estábamos. ¿Qué hay del padre?

Desde que Elena murió, Francisco Méndez no había vuelto a salir de caza con el rey, siendo, como era, uno de sus mejores monteros.

—Parece habérselo tragado la tierra. Se ha evaporado. Nada se sabe de él desde que desapareció el cuerpo de su hija.

—Esperaremos el momento oportuno —el rey cerró el legajo con un golpe seco—, antes de dar el caso por concluido y olvidarnos de él para siempre.

Para siempre tal vez fuera decir demasiado.

Cuando Mateo Vázquez entró sigiloso en la cámara del rey desconocía el motivo por el que había sido llamado. Tardó poco en entender que se trataba de un asunto importante. Así lo indicaba el movimiento de criados que entraban y salían de la estancia con prisas, como también la presencia de algunos ayudantes del ámbito más privado del monarca, a quien vio vestido con atuendo que, si bien no llegaba a ser de gala, tampoco era ordinario. La gola por ejemplo, de gran finura y elegancia, la veía Vázquez por primera vez.

—Psssshhh… —De forma inusual en él, Felipe llamó de ese modo a su secretario, exagerando el misterio, al tiempo que le hacía una indicación con el dedo para que se acercara y le hablaba en tono exageradamente bajo—. Venid aquí, don Mateo, colocaos a mi diestra.

Entonces conminó al resto a abandonar el dormitorio. Una vez solos, el rey se arrodilló guardando silencio, ante la sorpresa del clérigo, que no entendía a qué venía aquello. El rey juntó las manos, bajó la cabeza y así, con los ojos cerrados, pidió que le ayudara a levantarse despacio. Al cabo de unos segundos de espera, los abrió lentamente y alzó la voz para poder ser oído desde fuera: «¡Entrad!», gritó. Felipe y Vázquez estaban colocados frente a la puerta, de modo que cuando se abrió pudieron contemplar la grandiosidad que ante ellos se ofrecía. Cuatro hombres portaban con sumo cuidado un gran cuadro cuya visión causó grandísimo placer al monarca y sorpresa al secretario. Lo depositaron delicadamente en el suelo, sobre una ancha alfombra de terciopelo color vino y apoyado contra la pared. Si la obra sorprendió a Vázquez, más sorprendido quedó al ver al rey agacharse con grandes dificultades para observar de cerca las pinceladas. Aguantó en esa postura incómoda pocos segundos, tras los cuales los criados que habían traído el cuadro —obedeciendo a una leve indicación del monarca— lo auparon con firmeza y después se retiraron discretamente.

—Ahhhhh... El Boooscooo —estiró las letras como si quisiera retenerlas en el interior de su boca para deleitarse—. Nadie hay que sepa plasmar mejor que él en una imagen la verdadera esencia de la redención de los hombres.

Orgulloso estaba de haber adquirido al pintor flamenco apodado El Bosco la tabla *Mesa de los pecados capitales*, realizada al óleo sobre madera de chopo. Una pintura de gran realismo, tan maravillosa como sorprendente y admonitoria. Sobre fondo negro, un enorme círculo representaba el ojo de Dios que todo lo ve, dividido en siete partes que mostraban los pecados capitales, dispuestos de forma circular, poco al uso de la época y basados en escenas de la vida cotidiana de Flandes. En la pupila se mostraba la imagen central: Cristo, Varón de Dolores, saliendo del sepulcro y venciendo así a la muerte. Encima y debajo del gran ojo central, dos filacterias advertían, en latín, de las consecuencias del pecado.

El pecado. Su significación preocupaba profundamente al rey, sobre todo a raíz de la relación con Elena y de su muerte. De entre los peores, el que a él golpeaba en su conciencia: el pecado de la lujuria, que no en vano es el primero de los siete pecados capitales. Estaba escenificado en el cuadro por dos parejas de amantes a las que divertía un bufón tirado a cuatro patas en actitud un tanto obscena dispuesto a ser azotado por otro hombre, con la secuencia rodeada de instrumentos musicales abandonados por el suelo.

Felipe reparó embelesado en las esquinas de la obra, en las que se disponían cuatro reducidos círculos compuestos de figuraciones alegóricas de las postrimerías con las que la Iglesia católica recordaba los efectos que el pecado tiene sobre la vida eterna: la Muerte, el Juicio Final, el Infierno y la Gloria.

El Infierno. La más espantosa de las cuatro representaciones, en el ángulo inferior izquierdo. La representación más terrorífica y tenebrosa, descrita con una tétrica tonalidad rojiza. Mostraba siete maneras distintas en que los réprobos eran sometidos a los más horribles castigos por haber cometido alguno de los pecados capitales. En el infierno particular de Felipe también imperaban las tinieblas y prevalecía la ausencia de Dios como una magna certidumbre. Una cárcel de tormento y aflicción. El territorio de los ángeles del Diablo. Lo peor del Infierno es que en él de nada sirve el arrepentimiento, que una vez en él ya no cabe esperanza posible. Por eso la salvación es el fin último de la vida humana, lo que le da sentido. Así parecía expresarlo el cuadro.

—¿Creéis que vuestro rey podrá salvar su alma del infierno? —dijo a su secretario como si hablara de otra persona.

Felipe hizo una pregunta que descubría la raíz de sus tormentos y, al tiempo, demostraba sin paliativos la confianza que a esas alturas tenía en Vázquez.

—Vuestra majestad no debería tener dudas sobre ello. Es mi cometido ayudaros para que así sea, y estoy en condiciones de aseguraros que así lo haré. Me dedicaré en cuerpo y alma.

El rey apretó los párpados y entró en una especie de éxtasis ante el cual Mateo Vázquez consideró oportuno dejarle a solas, porque la contemplación del futuro que le esperaba en caso de no redimirse a través del perdón de Nuestro Señor debía hacerse sin testigos.

Pero cuando estaba a punto de abandonar la estancia se detuvo ante la puerta para hacerle una última consideración al monarca:

—Discúlpeme, vuestra majestad —hablaba pausadamente y con voz suave para no perturbar el recogimiento del monarca—, sólo hay algo que me preocupa, y es hasta dónde pueda estar dispuesto a llegar Antonio Pérez en sus indagaciones sobre el caso Zapata.

—Preocupaos vos de Dios, que yo lo haré de Pérez. A cada cual, lo suyo —y siguió rezando.

A partir de aquel día trataba de conciliar el sueño contemplando ese cuadro colgado en su dormitorio, en el que Cristo, en el centro de todo, simbolizaba la única esperanza de redención de los pecados que se abaten sobre el mundo. Así que no era de extrañar que el sueño tardara tanto llegar a su cita y más aún conociendo la advertencia que el pintor había querido destacar en la parte baja de su obra. A los pies de la representación de Jesucristo podía leerse la siguiente inscripción: CAVE CAVE DOMINUS VIDET. «Cuidado, cuidado, el Señor todo lo ve.»

A mitad del nuevo embarazo de la reina enfermó el segundo hijo, Carlos. Las dolencias de cualquier miembro de su familia afectaban al rey en demasía, incapaz de aceptar, cuando se trataba de niños, que todos habían de sufrir leves molestias en algún momento de la infancia. Una simple fiebre de uno de sus hijos, le hacía sentirse como si la muerte viniera empujando. La agonía de su anterior esposa, Isabel de Valois, cuando sus pequeñas apenas habían cumplido uno y dos años, después de haber pasado por un rosario de afecciones que los médicos, lejos de atajar, empeoraron con sus malas artes y la llevaron a la muerte con sólo veintidós años, lo había marcado de por vida. Cualquier adversidad podría resultar soportable menos volver a pasar por algo siquiera parecido. Fue así cómo, al enterarse de que Carlos padecía unas extrañas fiebres, dejó de comer y se acentuó su ya de por sí mal dormir. Aunque todos, los médicos los primeros, restaban importancia a las calenturas del niño, lo irremediablemente cierto fue que a finales de junio de aquel año de Nuestro Señor Jesucristo de 1575 empeoró hasta llegar al fatal desenlace. Su muerte fue anunciada cuando aún no había alcanzado los dos años.

Éste no sería más que el primero de los terribles golpes que la pareja tendría que soportar. Una desdicha que volvía a venir de la mano de otra alegría, porque tan sólo tres días después del fallecimiento de Carlos nació el tercero de los hijos de la pareja real: Diego Félix. La reina alumbró con grandes dificultades debido a la tristeza que agarrotaba su cuerpo. Por momentos pareció que dicha tristeza estuviera dispuesta a negarle la vida al recién llegado, pero su anatomía era agradecida con lo que la naturaleza dispuso para ella a pesar de su fragilidad. Los partos eran un suceso natural en Anna de Austria, y no le acarreaban otras molestias que las inherentes al hecho mismo de parir. Eso la salvó, en aquel doloroso trance de dar a luz y a la vez enterrar a un hijo tan pequeño, de una renuncia voluntaria a la vida que hubiera puesto en peligro las primeras horas de Diego en este mundo.

El estado anímico del rey no era mucho mejor. Se fue deteriorando al unirse a los fantasmas de su mente y hasta a aquel espectro que recorría las calles, las verdaderas y tangibles desgracias que se habían ido produciendo a su alrededor. Como paliativos actuaban sus confesiones con fray Diego de Chaves y las charlas que mantenía con Mateo Vázquez, su secretario; ambos, depositarios de la confianza del rey, acabaron por entenderse y se hicieron afines el uno al otro, cosa que no ocurría entre Vázquez y Antonio Pérez.

Cómo se nubla todo cuando un hijo no cumple con su cita con la vida en la Tierra. «Carlos se ha ido a vivir al cielo.» Con esas palabras le explicaron lo ocurrido al hijo mayor, Fernando, al que faltaba aún medio año para cumplir cuatro, y a las hijas del rey, Isabel Clara Eugenia y Catalina Micaela, muy afectados por la trágica desaparición del hermano. No se sabe lo que los niños entienden de una desgracia semejante.

Durante el banquete celebrado con motivo del bautizo de Diego, el luto se extendía tomándole la delantera a la alegría que hubiera debido ser la protagonista en una ocasión como ésa. El sentimiento de dicha y de frustración que embargaba a los padres confundía a quienes tuvieron el privilegio o la desgracia, según se mire, de participar de esos ambiguos momentos de tristeza y de júbilo. Los invitados no sabían si condolerse o felicitarles por el nacimiento. Los claros ojos de la reina habían perdido el brillo con el que llegaron a la corte. Hubiera querido evitar el festejo y estar lejos de todo y de todos. Echaba de menos a su cuñada Juana y su sabiduría ante fatalidades como la de perder un hijo. Pero sobre todo echaba en falta, y mucho, a su madre, la hermana del rey. Le pudo el peso de la soledad. Necesitaba una ayuda y un consuelo que parecían no llegarle de ningún lugar. Menos aún de su fe. Como buena creyente y como reina, debía dar ejemplo aceptando con estoicismo que Dios hubiera decidido llevarse consigo a su pequeño. Sin embargo, en lo más íntimo de su ser, en aquella parcela de la que ni siquiera Dios parece disponer, sino uno mismo, se rebelaba contra él con toda su furia. La tormenta que se desató en su conciencia no hizo sino aumentar su angustia, en la que convivían no sólo la recinte desgracia, sino también la de no conseguir el amor de su esposo, al que cada vez notaba más lejos.

La vida se tornaba difícil para Anna de Austria. Había intentado evitarlo, pero al final se veía luchando contra los fantasmas que parecían desatados por los pasillos del vetusto alcázar. Ahora también se llevaban a su hijo, sin que la llegada del nuevo sirviera de consuelo.

Entre los invitados al bautizo de Diego Félix se hallaba la princesa de Éboli, conmocionada, como todos, por el triste acontecimiento. Tras mostrar su condolencia a la reina, se hallaba ahora en conversación con el rey. Le contaba lo difícil que le había resultado encontrar alivio al fallecer su marido. Su actitud hacia Felipe era distante desde el día en que él rechazó claramente la cercanía física de ella. El monarca no podía hacer frente a tantos peligros y decidió entonces que Ana de Mendoza dejaría de ser uno de ellos, pero la princesa se sintió vulnerada en su orgullo.

—Hay que confiar en que el sosiego vaya llegando poco a poco.

—Estáis desconocida, princesa —se sorprendió Felipe—. Vos, que sois de naturaleza más bien impetuosa, me habláis de paciencia y de calma. Pero os agradezco el consejo. ¡Qué difícil resulta soportar el golpe de la muerte! Y más cuando de la de un hijo se trata.

—Por eso, majestad, hay que aferrarse a la vida —contestó la princesa segura de la necesidad de que así fuera.

Antonio Pérez se les acercó, a tiempo para escuchar lo que decía doña Ana.

—Estoy de acuerdo con vos, princesa —se apresuró en apostillar el secretario real mientras la miraba intensamente—. Nada hay como la vida para luchar contra la muerte. —Y sólo entonces miró al rey, a quien ya había saludado al inicio de la celebración.

Pérez atrapó al vuelo la juvenil sonrisa con que la princesa obsequió su comentario aprovechando que su soberano no les miraba.

No eran horas. Antonio Pérez pidió ser recibido y sacó al rey de sus rezos en el oratorio cuando estaba a punto de irse a la cama. Tenía que tratarse de algo importante para que su secretario se permitiera tamaño atrevimiento. De lo contrario, el enfado real podría llegar a ser inolvidable. Pidió una prenda para cubrir su camisa de dormir y acudió a la antecámara de su dormitorio, evitando así desplazarse hacia la torre donde estaba el despacho.

—Vuestra merced dirá… —El tono del monarca navegaba entre aires de impaciencia y de mal humor, sumido como estaba en una ligera desorientación al haber sido arrancado de sus oraciones.

—Majestad, hay novedades en torno al caso Zapata.

Felipe se espabiló de golpe. Miró fijamente a Pérez, dejando pasar unos segundos, durante los que por un lado se moría de ganas de saber qué podía haber de nuevo mientras que por otro anhelaba haber estado ya dormido para que el sueño lo protegiera de alguna noticia funesta.

—¿En qué consisten las novedades? —se animó a preguntar, puesto que tenía que hacerlo aunque temiera la respuesta.

—Los criados de la casa dicen ahora que la noche en que murió la viuda de Zapata oyeron ruidos extraños en el piso de arriba.

—¿En el dormitorio?

—Así es, majestad.

—Pero… si no me equivoco, ya habían sido interrogados.

—Es lo primero que hice, majestad. En aquel momento dijeron que no hubo nada fuera de lo habitual.

—¿Y qué ha pasado para que se produzca esa repentina

recuperación de la memoria? —Había en la pregunta una cautelosa ironía que Pérez captó pero de la que no hizo cuenta.

—Lo ignoro, majestad. Tal vez entonces temían hablar.

—Y yo dudo que lo ignoréis, don Antonio. Vos sois persona sagaz y de aguda inteligencia, y estáis llevando personalmente este caso. ¿De veras no tenéis ni idea de a qué obedece ese cambio de versión de un mismo hecho?

—No, majestad —respondió escuetamente.

—¿Y qué más os han dicho esos criados? ¿Oyeron gritos… golpes… algo que induzca a pensar que no fue una muerte natural, como afirmaron los médicos? —se interrumpió—. Aunque… esperad, esperad.

Llamó con vehemencia a un criado y le ordenó que fuera presto a buscar a Mateo Vázquez.

—¡Id rápido! Lo quiero aquí enseguida —exclamó—. Discúlpeme vuestra merced. ¿En qué nos habíamos quedado…? Ah, sí… os preguntaba si sabían algo más estos desmemoriados criados.

A Pérez le disgustó que el rey llamara al secretario. Le inquietaba sobremanera no poder intuir para qué solicitaba la presencia de Vázquez.

—Al parecer —prosiguió—, un hombre oculto bajo una capucha pudo haber salido corriendo tras descolgarse por el balcón.

—¡Pudo! ¿Qué significa «pudo»? ¿Salió o no salió un hombre de la Casa de las Siete Chimeneas? —Felipe comenzaba a alzar el tono de voz debido al enfado, que ya no era una amenaza sino un verdadero estado de ánimo.

Pérez no entendía la reacción del rey. Se sentía molesto y desconcertado, a pesar de lo difícil que resultaba perturbarle.

—Al parecer… Majestad, ellos hablan de una sombra. Hay que comprender que ya era muy de noche y…

—Aaahhhh, claaaro… ¡Una sombra! ¿Os paga la real hacienda para que investiguéis a sombras, don Antonio? ¿Por qué no me habláis, de una malhadada vez, de hechos, y no de sombras... de espectros... de fantasmas...? ¿Consideráis esto digno de mérito?

Al poco llegó apresurado el otro secretario. Se notaba que se había vestido con prisas. Seguramente ya estaría durmiendo o a punto de estarlo. El rey le explicó el motivo por el que había sido llamado, que, dicho sea de paso, Pérez seguía sin entender. ¿Qué pintaba Vázquez en la investigación del caso Zapata? Felipe, percatado de la peligrosa perplejidad de Pérez, se adelantó a explicarle que había tomado la decisión de consultar al clérigo cuantos más asuntos fuera posible, ya que la visión de un representante de la Iglesia resultaba siempre de gran utilidad. Aseveración que era bastante cierta tratándose del rey Felipe, tan devoto y piadoso. Las consideraciones de un sacerdote como Vázquez, a quien además había elevado a la categoría de secretario, o las de su confesor fray Diego de Chaves acerca de los casos que se andaban investigando en la corte, eran una ayuda importante para Felipe.

Al conocer la razón de la convocatoria, Mateo Vázquez se preocupó. Por alguna extraña razón, su oponente en el control de los secretos del despacho, lejos de tomarse la investigación a la ligera como había dado a entender al inicio de la misma, parecía desvivirse ahora por esclarecer lo sucedido la noche en que murió la viuda de Zapata.

—¿Cómo, un asesinato? —clamó Mateo Vázquez intentando transmitir incredulidad—. Majestad, no entiendo por qué continúa abierto este caso. Han transcurrido más de tres años desde la muerte de doña Elena Zapata. Los médicos que reconocieron el cadáver dejaron muy claro su diagnóstico: la dama se entregó serena y apaciblemente a los brazos del Altísimo sencillamente porque había llegado su hora.

—Es muy fácil atribuir al designio divino los entuertos terrenales. Haciéndolo con un suceso como éste, se elimina cualquier posibilidad de buscar a los verdaderos culpables —respondió Pérez.

—No se trata de atribuir nada a nadie, sino de utilizar la fe al mismo tiempo que la cabeza —sentenció muy serio Vázquez—. La confianza en Nuestro Señor es fundamental para todo. No veáis fantasmas donde no los hay.

—De acuerdo, dejemos a un lado la muerte de doña Elena. ¿También se esconde la mano de Dios tras la desaparición del cadáver? ¿Y qué hay de don Francisco, el padre?

—Para empezar, sepa vuestra merced que la mano de Dios no tiene por qué esconderse de nada. Sólo los hombres que son muy fieles y seguidores de la doctrina de Cristo alcanzan a comprender que Dios llame cuando crea llegada la hora.

Pérez sabía que, por ese lado, Vázquez se ganaba el beneplácito del rey y su total apoyo, como en efecto ocurrió, para su desesperación. Hubiera querido fulminar en ese instante a su rival al comprobar la sonrisa de complacencia dibujada en el rostro de Su Majestad. «Perro moro», le llamaba la princesa de Éboli, enemiga acérrima del clérigo, un sentimiento que unía en el mismo desprecio a Ana de Mendoza y a Antonio Pérez.

La reunión se prolongó hasta bien entrada la noche.

—¿Os preocupa algo más? —preguntó el rey a Pérez al notarlo inquieto cuando sonaron en la lejanía unas campanas anunciando la medianoche.

—Oh, no —respondió distraído el secretario—. No, majestad, no ocurre nada.

—Aunque os entiendo, don Antonio. Ya es muy tarde para andar discutiendo. Pueden vuestras mercedes retirarse. Mañana será otro día.

Mateo Vázquez y Antonio Pérez abandonaron el despacho del rey. El primero, respondiendo a una curiosidad irrefrenable, siguió los pasos del segundo, y, así, vio cómo Pérez, tras salir del alcázar, atravesaba la calle y entraba en el palacio de la princesa de Éboli. Desde luego no eran horas para visitar a una dama.

El rey, mientras tanto, agazapado bajo las sábanas como si

quisiera protegerse de una amenaza, temía la visión del infierno que mostraba el cuadro de El Bosco. Presidía su habitación. Anulaba el sueño. Pero el rey se sentía tan atraído por las imágenes como miedo les tenía.

Cuidado, cuidado, el Señor todo lo ve.

La paz perdida

Cinco campanadas graves y después una pausa. Tras ella, otras tres campanadas agudas. Y vuelta a empezar. A las nueve de la noche, la cadencia se repetía durante varios minutos seguidos. Era el toque de ánimas, que silenció las calles, dejándolas inmersas en una profunda oscuridad muda. Ni un solo atisbo de luz se percibía en lugar alguno. Nadie permanecía al sereno en los alrededores de la Casa de las Siete Chimeneas, difuminadas éstas por la neblina que se iba adueñando a pequeños bocados de la zona del Barquillo. De vez en cuando, una de las siete puntas quedaba al descubierto antes de volver a ocultarse al compás de otro golpe de niebla, convirtiendo la noche en un siniestro sumidero de temores anticipados que le dieron la mano al misterioso espectro femenino. Allí estaba, inequívocamente aterrador. Tal vez esperando a Felipe, transformado en ese momento en una mera sombra apostada frente a la casa. La figura femenina, esbelta y gallarda, vestida con blanco sudario, caminaba con paso firme manteniendo el equilibrio al sortear los siete pecados capitales, representados por las chimeneas que hizo construir el soberano. Portaba, como la vez anterior, una antorcha en la mano para alumbrarse en su marcha. El aire fantasmagórico de la escena hubiera paralizado a cualquiera que tuviese la mala fortuna de contemplarla.

Los movimientos, aunque decididos, eran tan ligeros que el vaporoso tejido que la cubría se agitaba ondulante y sutil como el batir de las alas de una mariposa.

Danza mortal. Ritual amenazador que parecía pedir un castigo por la muerte de quien fue dueña de la casa. Confirmación de que la mala conciencia traspasa los muros de lo real para sumergirse en los abismos de las ensoñaciones más torturantes.

Aunque no quisiera reconocer su verdadera responsabilidad en el crimen, el remordimiento ante esa muerte, de la que Felipe se arrepintió desde el mismo instante en que ocurrió, empujaba a sus ojos a contemplar con nitidez el espectro y a su conciencia a creer en él.

A pesar de no distinguir el detalle de las facciones del rostro, extasiado y atemorizado como se hallaba, la mujer etérea le parecía de una extraordinaria belleza muy por encima de lo terrenal. La vio caminar en la misma dirección que apuntaba al alcázar hasta llegar al borde del tejado. Allí se arrodilló y, mirando al cielo, se santiguó antes de propinarse varios golpes en el pecho con la mano que le quedaba libre. Golpes que resonaban en el sepulcral silencio como ecos sordos de una soledad que engullía al monarca, en aquel momento simplemente un hombre que, no pudiendo soportar la visión, huía despavorido. Sintió el latido de los pecados capitales tras sus pasos, dispuestos a atenazar a un rey desconfiado y temeroso que jamás había comulgado con las ideas sobre la lujuria —para él el peor de los pecados— que había leído en la obra del poeta italiano Dante Alighieri. Era falso que significara el amor excesivo por los demás, como éste afirmaba. La lujuria no le permitía amar, sino que le impulsaba a utilizar a una persona para su propia satisfacción, como había hecho con Elena. Y ahora Elena le perseguía bajo la forma de una terrorífica alma en pena que estaba infundiendo miedo entre los habitantes de Madrid y descomponiendo su propia alma. Le ardía el cuerpo al pensar en las llamas sobre las que estaría condenado a caminar cuando llegara al infierno, a menos que su confesor hiciera algo para evitarlo. Tendría que ser fray Diego. A Mateo Vázquez no podía pedirle más de lo que ya había hecho por él, aunque ahora comprobara que lo que hizo no era suficiente para alejar el peligro del castigo eterno. Porque Elena, incluso muerta, seguía persiguiéndole, y además a la vista de todos.

Llegó a palacio como una exhalación y, pasando por delante de los asombrados guardias, no detuvo su marcha hasta alcanzar su dormitorio y meterse en la cama, para lo que requirió a toda prisa a su ayuda de cámara; en el lecho, por fin, se sintió a salvo.

Aunque al cabo de un largo rato se dio cuenta de que ni siquiera allí se libraba del fantasma de su amante.

—¿Qué es eso tan urgente y apremiante que me obliga a dejar la caza?

El empeño de Felipe en salir de cacería respondía a su resistencia a aceptar las mermas físicas que iban apoderándose de su cuerpo debido a los malditos ataques de gota. Le costaba renunciar a una de sus aficiones favoritas porque le hacía sentirse joven.

Esa tarde tuvo que regresar antes de lo previsto respondiendo a un aviso urgente enviado por Antonio Pérez.

—Traigo una noticia para vuestra majestad que… no sé bien cómo calificar.

—Vos sois hombre de acertadas palabras. Seguro que encontráis las adecuadas, y espero que lo hagáis pronto, porque me estáis impacientando.

—Se trata del padre de Elena Zapata. Por fin ha aparecido…

Un simple gesto de ansiedad reprimida de Felipe bastaba para que el secretario entendiera que no tenía que andarse con rodeos.

—Se ha ahorcado en la Casa de las Siete Chimeneas.

El tiempo que una mala noticia tarda en ser asimilada depende del temple de quien la recibe, pero sobre todo de las ganas que éste tenga de aprovecharla en su propio beneficio, como era el caso. La primera impresión por la nueva se transformó en un hecho que la Providencia le ponía al rey en su camino. Después, le dio mucho que pensar: existían demasiados puntos oscuros en torno a lo acontecido desde la muerte de Elena. Nunca llegó a conocerse el paradero del padre durante estos tres años, y cuando por fin apareció lo hizo colgado de un árbol en el jardín de su casa. Todo muy extraño, sin duda. El rey llegó a pensar que quizá el propio Francisco tuviera algo que ver en la desaparición del cadáver de la hija, pero era mucho aventurar. ¿Qué fin perseguiría un padre haciendo algo así? ¿O es que acaso el montero descubrió la verdadera razón de la muerte de su hija? Eran dudas que ya jamás podrían esperar una respuesta.

Sin descubrir de momento todas sus cartas, ordenó que avisaran de inmediato a Mateo Vázquez, ante lo que Pérez se mostró visiblemente molesto, como pasó con anterioridad. Felipe volvía a necesitar al otro secretario para una ocasión que, en opinión de Pérez, debería tratar sólo con él.

—¿Qué tenéis en contra de don Mateo? —preguntó de la forma más directa el rey.

—Personalmente, nada, majestad. Aunque…

Mentía. Desde luego, mentía. Pérez receló de Vázquez desde el instante en que el discípulo del cardenal Espinosa pasó a estar al servicio personal de Su Majestad. Hasta ese momento, él hacía y deshacía a su antojo, presumiendo de ser la persona que más cerca estaba del monarca y la que gozaba, como ninguna otra, de su total confianza. Y lo que más le preocupaba de la rivalidad con su colega era un aspecto en el que Pérez sabía que jamás podría competir: la religiosidad. La condición de sacerdote de Vázquez era un importante punto a su favor que le franqueaba el paso al alma del rey. Eso era mucho más que estar al corriente de las materias de Estado.

A Pérez, hombre sagaz y curtido en los asuntos más mundanos de la corte, le costaba disimular su animadversión por el clérigo, al que consideraba usurpador de su puesto.

—… aunque… —continuó con soberbia— a veces me admiro de la grandeza de vuestro corazón, majestad, al no concederle importancia a los oscuros orígenes del secretario Vázquez.

—¿Oscuros…? —El rey sonrió—. También yo me admiro de vos, don Antonio. Es más importante lo que somos que lo que hemos sido.

Pérez se refería a la difusa historia que circulaba sobre la procedencia humilde de Vázquez, de quien se decía que podría ser un niño abandonado, fruto de los amoríos de un canónigo sevillano con su sirvienta. Lo único cierto era que en su tierna juventud se puso bajo la protección de don Diego Vázquez de Alderete, de quien tomó su apellido y sembró, con ello, la duda acerca de si podría tratarse de su verdadero padre al ser también canónigo de la catedral hispalense.

A manos del rey había llegado tres años atrás un informe incoado por el Tribunal de la Inquisición del reino de Cerdeña en el que se descubría su ascendencia corsa, hijo de un tal Santo de Ambrosini de Leca y de Isabel de Luchiano, lo que, a fin de cuentas, no era tan malo como tener por padre a un religioso y por madre, a su criada.

En aquel momento Mateo Vázquez se presentaba e inclinaba ante el rey.

—Os he mandado llamar porque lo que tengo que deciros concierne a ambos. Primero, don Mateo, debéis saber que Francisco Méndez, mi montero, ha aparecido por fin. Se ha ahorcado —informó escuetamente al recién llegado.

—Una muerte lamentable, la suya, pues es fruto de la más desesperada soberbia —anotó de inmediato Mateo Vázquez—. Aquel que se quita la vida ofende a nuestro Padre, el único ser de quien depende la existencia humana.

Pérez le lanzó una cruel mirada. Le causaba enorme fastidio que Vázquez fuera tan certero en sus comentarios relativos a la fe.

—Decís bien. Y ahora os ruego a vos, don Antonio, que os sentéis y toméis nota de lo que voy a dictaros.

Antonio Pérez obedeció mientras miraba con suspicacia a quien era a la vez su compañero de rango y su principal oponente. Estaba sorprendido por la declaración de Felipe. Al tiempo que escribía no podía disimular su asombro, y lo mismo le ocurría a Mateo Vázquez. Se daba a conocer públicamente el suicidio del padre de Elena alegando que era obligación del rey, en aras de esclarecer un asunto que preocupaba al pueblo, hacerle saber a éste la verdad. Y aunque la verdad fuera falsa, estaba claro que dicha por un rey se tornaba verdadera. Escribió Pérez, siguiendo las indicaciones del soberano, que antes de ahorcarse Francisco Méndez había dejado una nota en la que se inculpaba de la muerte de su hija Elena y solicitaba el perdón divino y la benevolencia de los hombres por su crimen y por haberla enterrado además fuera del cobijo de la Santa Madre Iglesia. «Era mi única hija y nadie, más que yo, tiene derecho a conocer los motivos que me llevaron a dicho acto ni a saber dónde descansará eternamente.» Así se hizo creer al pueblo de Madrid y así se zanjaba uno de los misterios que más suspicacias había creado. La confabulación en la que participaban el rey y sus dos secretarios adquirió rango de verdad desde el mismo momento en que la versión se dio a conocer públicamente. Los tres sabían que con ello se ponía fin a los rumores, y se daba el caso por cerrado.

Pérez jamás tendría conocimiento de hasta dónde habían llegado las muestras de fidelidad de su rival, Mateo Vázquez, para ganarse el favor del rey.

Tampoco nadie sabría jamás que el padre de Elena —todos aquellos años en paradero desconocido, consumiéndose por la vergüenza del honor mancillado de su hija— había escogido para ahorcarse un árbol bajo el que se apreciaba, si uno se fijaba con atención, un ligero montículo de tierra. El árbol que más gustaba a Elena, justo en el centro del jardín de la casa. Un arbusto de tronco recio y frondosas ramas.

Robusto como el temperamento y el orgullo del montero. Denso como el dolor que causa la muerte.

La camarera mayor de la reina caminaba a paso ligero a la vanguardia de la nutrida comitiva que se deslizaba por los pasillos de palacio serpenteando sinuosamente y sin apenas hacer ruido. Se dirigían a una de las estancias principales, donde un grupo presidido por los reyes les esperaba. La emperatriz María de Austria vestía un espectacular traje de terciopelo negro con mangas exageradamente abullonadas y embellecidas con lazos trenzados en hilo de oro y cosidos a la altura de los codos. Una gruesa cadena pendía de la cintura en forma de pico y sendas perlas adornaban las orejas que el recogido del cabello dejaba al descubierto. Sobre su pecho descansaba una cruz dorada y brillante de grandes proporciones, sujeta por cuatro cordones que le nacían, aparejados, en la nuca y en los hombros, y rematada por tres lágrimas perladas. Una delgadísima lechuguilla realzaba la esbeltez de su largo cuello. María guardaba un extraordinario parecido con su fallecida hermana Juana, y algo menos con su hermano, el rey, aunque a ambos ganaba en finura de rasgos y elegancia. Los ojos saltones y algo tristes eran herencia familiar. La cara afilada y una sonrisa dulce le daban un aspecto agradable que caló favorablemente en quienes salieron a recibirla aquella tarde de mayo, siete meses después de fallecer en Ratisbona su marido, el emperador Maximiliano II. Acababa de llegar acompañada de su hija Margarita para instalarse en Madrid. Anna desconocía los planes de su madre, hasta que ésta estuvo ya en el alcázar y le puso al tanto.

El agasajo transcurrió con mesura y reiteradas muestras de cariño pero duró poco, ya que todos se retiraron pronto para que pudieran recuperarse del largo viaje. Al día siguiente los reyes mantuvieron un encuentro privado con la emperatriz y ésta les contó que venía dispuesta a ingresar en un convento para pasar allí el resto de sus días, «hasta que el Señor guste disponer de mi vida. Espero que cuidéis bien de Margarita en tanto no se disponga su futuro». Felipe y Anna asintieron, y la joven, al oír la petición de su madre se azoró ligeramente por sentirse el centro de atención.

—Aún sois muy joven —afirmó el rey.

Margarita, que había cumplido diez años en enero, era de una rubia belleza que eclipsaba a cualquier otra que hubiera a su alrededor. Su pálida tez, característica de los Habsburgo, se veía asaltada por el delicioso rubor que en ocasiones coloreaba sus mejillas.

La emperatriz explicó sus intenciones con las siguientes palabras:

—Es mi intención ingresar en el convento de las Descalzas Reales. La orden franciscana que tanto debe a nuestra hermana, fundadora y mecenas de su obra, es el mejor destino para mi persona.

Anna sufrió un estremecimiento al imaginar a su madre tan cerca del espacio donde ella se sometía al voluntario martirio de flagelarse clandestinamente. Era un secreto compartido tan sólo por la hermana superiora de la orden, que ahora iba a serlo de su madre. Se sintió desolada al no poder desahogarse con nadie. Lo que ella hacía en sus visitas a las Descalzas estaba perseguido por la Iglesia, cuyo cruel brazo ejecutor, encarnado por el Tribunal de la Santa Inquisición, perseguía a los estigmatizados con marcas visibles. De hecho, tenía noticia de dos monjas que habían sido quemadas tras descubrirse que ejercían tales prácticas. Qué escándalo sería si se llegaba a destapar que la reina las compartía.

Sintió un fuerte mareo tras darse cuenta de la situación y se excusó para retirarse. Pensar en la Inquisición le nubló el sentido. Lástima que no le hiciera olvidar el motivo que le había llevado a elegir una senda equivocada.

La emperatriz estuvo unos días preparando su ingreso en el convento, tiempo que aprovechó para pasar ratos junto a su hija y sus nietos. Por mucho que hubiera estado alejada de ella, al verla de cerca intuyó un gran dolor interior que presumía difícil de desvelar. Adivinaba en el rostro de Anna lo que negaba de palabra. Al preguntarle si algo le preocupaba, ella insistía en que nada en el mundo perturbaba la paz que vivía junto al rey y sus hijos. Pero, como madre que era, no podía engañarla, de manera que una tarde intentó descifrar el enigma que encerraba la taciturna mirada de su hija. Se hallaban frente a los ventanales de uno de los salones, a través de los cuales se gozaba de una vista espléndida que alcanzaba hasta la sierra.

—Qué poco me contáis acerca de cómo es vuestra vida en Madrid.

—Es que hay poco que contar.

Estuvieron charlando sobre los niños, así como del duro golpe que representó para la familia la muerte del segundo hijo, Carlos. Pero la emperatriz no se daba por vencida y, en un momento en que la conversación flaqueaba y Anna parecía sentirse más a gusto, le insistió:

—Difícilmente se puede fingir ante una madre. En vuestros ojos se esconde un padecimiento del que, con todo mi corazón, espero poder ayudar a libraros.

La reina ponderó la posibilidad de sincerarse y las consecuencias que podía tener, y finalmente se decidió a hacerlo.

—Está bien, madre. No voy a ocultaros cuánto me hacen sufrir las historias que se cuentan acerca de mi esposo. Supongo que os habrán llegado noticias.

—Que algo se cuente no significa que sea cierto.

—En este caso es muy probable que lo sea... para desgracia mía. Vos no podéis imaginar lo que se viene diciendo por ahí.

—Si me informáis, tal vez pueda daros mi opinión.

—Es difícil para una mujer hablar de un asunto tan... delicado.

—Nada hay que no tenga solución —comentó la emperatriz comprensiva—, excepto la decisión última que en manos de Dios está: la muerte. Nada, pues, podrá parecerme más grave que ésta.

—Pues os diré que por momentos a mí me lo ha llegado a parecer. Son tantas las noches en las que, aislada del mundo, me pongo a pensar en la mujer a la que todo Madrid relacionaba con mi esposo… —Hizo una pausa para que su madre entendiera el alcance de lo que le acababa de contar—. Era la viuda de un capitán de los tercios. Decían que el rey la visitaba por las noches en su casa. Ha sido horrible. ¿Entendéis en qué lugar he quedado ante mis súbditos?

La emperatriz sufría viendo a su hija destrozada por una circunstancia que no se prestaba a ninguna interpretación ni podía reprochársele a ella. Tenía que ser aceptada sin más.

—Querida… —tuvo una involuntaria reacción de acercarse a su hija, pero rápidamente se colocó en su lugar y la trató según las estrictas normas que la etiqueta imponía—, vos como reina estáis por encima de lo que vuestros súbditos puedan pensar, como debéis también sobreponeros a los chismes malintencionados que a la gente le gusta inventar. No está hecha vuestra cuna para rebajaros, sino más bien para enaltecer la dinastía que representáis y a la que, no lo olvidéis, pertenece también vuestro esposo.

—Me temo —Anna hablaba sintiéndose derrotada— que no es invención del pueblo. Se han dado tantos detalles que… oh, es horrible.

—¿Quién es esa mujer? —preguntó la emperatriz con frialdad y desprecio.

—Era una dama de la corte. Casada con el capitán Zapata, un héroe de la batalla de San Quintín.

—Así que está casada —se quedó pensativa.

—Estaba. Fue hallada muerta en su casa, en circunstancias extrañas, hace cinco años. Y su cuerpo desapareció.

—Pero… ¡si está muerta! —La emperatriz se levantó para aproximarse de nuevo a su hija y dejar que ella la sintiera cerca y, sobre todo, la sintiera de su parte—. ¡Muerta! ¿Es que no lo entendéis? Y me habláis de algo que, de haber ocurrido, fue hace cinco años. Por más que hayáis sufrido hasta ahora, ya no puede competir ni con vos ni con nadie. Esa mujer ya no es nada en vuestra vida.

—Os equivocáis. No está dispuesta a permitirme la paz. No la tendré mientras su recuerdo siga persiguiendo, y me temo que incluso atormentando, al rey. ¿Qué puedo hacer? ¿Qué puedo hacer?

Anna se echó en brazos de su madre llorando.

—Fantasmas y celos no son buena compañía para una esposa —le dijo a la reina mientras secaba sus lágrimas con un pañuelo—. Habréis de olvidaros de ellos para poder seguir gobernando junto a vuestro esposo y para cumplir, como es vuestra obligación, con los deberes conyugales. Los fantasmas no existen, y a los celos hay que hacerlos desaparecer como si de fantasmas se tratara.

Cuando a principios de semana la emperatriz María partió hacia el convento de las Descalzas Reales acompañada del séquito que transportaba sus pertenencias, su hija Anna, reina de España, notó la frialdad del miedo al futuro abrasándole la espalda como si fuera hielo. Sobre ella cayó el excesivo peso del papel que tenía que representar en la historia. Y estaba sola. Como lo había estado antes de la llegada de su madre.

Nada había cambiado.

La reina, recostada sobre un gran almohadón y vestida con la blanca camisa de dormir, esperaba a que Felipe se metiera en la cama. Él no parecía tener prisa. Se dejó desvestir con parsimonia, pero no para provocar con su lentitud la expectación de su esposa, sino porque parecía distraído. La displicencia lo mantenía callado. Hasta que quedaron a solas. Entonces tuvo un gesto inusual con ella. Le dijo, sencillamente:

—Esta noche estáis muy hermosa.

Jamás se lo había dicho en la cama y a ella le gustó oírlo. De repente apreció el esfuerzo de su marido por agradarle. Su actitud, más cariñosa que otras veces, podía ser un síntoma de alguna suerte de debilidad, como así parecía, pero le dio igual.

No obstante, y llegaría con el tiempo a entender que iba a ser una equivocación, siguió adelante con lo que se había propuesto al ser informada aquella tarde de que el rey iría a visitarla por la noche.

La reina sabía que no debía entorpecer los deseos del rey cuando éste estaba a punto de satisfacerse, pero no podía soportar por más tiempo la inquietud que devoraba la confianza en su esposo. Era muy arriesgado atreverse a lo que estaba a punto de hacer. Pero mayor resultaba su necesidad de despejar la duda inmensa que le impedía una vida tranquila y normal. O al menos de comprobar si el rey iba a ser capaz de despejarla.

Felipe estaba colocándose sobre su cuerpo mientras le subía el camisón, cuando ella, que se había mantenido callada hasta entonces, habló con voz queda.

—Mi señor, no puedo resistir la zozobra que destruye mi corazón.

El marido se detuvo en seco.

—¿A qué os referís?

—A un asunto que me tiene perturbada.

—Ni idea tengo de a qué queréis aludir —parecía haberse quedado congelado, sin moverse de la indecorosa postura en la que se hallaba, hasta que acabó la frase—, pero desde luego tengo clara la inoportunidad del momento.

Entonces se dejó caer de espaldas y quedó tendido boca arriba, al lado de su esposa.

—Os pido que lo aclaréis —le inquirió.

La reina se incorporó pero él permaneció tumbado.

—Perdonad el atrevimiento de preguntaros qué hay de verdad acerca de lo que durante años se ha contado de la Casa de las Siete Chimeneas.

El rey, enmudecido, ni se movía. Continuaba con la mirada perdida en un punto indeterminado del techo, recordando con cada parpadeo instantes retenidos del tiempo que compartió con Elena.

La reina ya sólo podía seguir adelante, consciente del imprudente proceder en que se había embarcado. No tenía sentido quedarse a mitad del camino, aunque hubiera sido lo aconsejable. Pero era una pregunta que llevaba años amargando su existencia. Tenía que saberlo de boca del rey.

—Me estoy refiriendo a… a las visitas que al parecer hacíais a esa casa a altas horas de la noche. ¿Es cierto que os veíais allí con ella?

—¿Con ella? —repitió el rey soltando una leve sonrisa nostálgica que de inmediato dio paso a un gesto torcido, como si del alma le pidiera paso el recuerdo del pecado cometido—. Supongo que os referís a doña Elena de Zapata. ¿Tal vez os tengo que recordar que está muerta? Anna, no queráis entrometeros en aquello que os pueda hacer daño. Os diré tan sólo que os menospreciáis si dais pábulo a comentarios de la calle, tan simples como ofensivos. Queda zanjada en este punto una cuestión que espero que jamás vuelva a visitar vuestros labios.

Fue a besarla y, aunque ella tuvo como primera reacción la de retirar su boca para evitar el contacto, entendió que negarse únicamente empeoraría la situación. Le molestó que su esposo reaccionara de igual modo que su madre, apelando a la condición de muerta de la pretendida amante, pero tenía que haber comprendido, antes de hablarle en esos términos, que su comportamiento albergaba una inocencia inexplicable. Se diría que incluso infantil, al pretender pedir explicaciones de supuestos amoríos antiguos, no ya a su esposo, sino al rey, cuando, además, la persona en cuestión pocos problemas iba a ocasionarle, puesto que había fallecido. Pero Anna sí encontraba una razón para obrar de esa manera, y era que ni después de muerta Elena Zapata había desaparecido de sus vidas. Las tenebrosas historias de fantasmas se estaban colando por las más estrechas rendijas del alcázar, la leyenda se había instalado en todos los rincones. De cualquier sombra recelaba la reina por temer que aportara novedades en torno a lo que las ánimas traían de parte de la difunta. Algo espantoso, verdaderamente.

—¿Y la princesa de Éboli…? —se sintió con fuerzas para no dejar suelto ni uno solo de los cabos que formaban un nudo en su garganta.

—¿Qué sucede con la princesa? —El tono del rey viró hacia una extrema severidad.

—Ojalá vos pudiérais explicármelo.

Felipe se puso en pie enfadado y llamó a sus criados.

—¿Es que no tenéis bastante? ¿Qué más queréis? ¿Por qué no preguntáis por cuantas mujeres hay en la corte? Señora mía —se acercó a ella y le habló más bajo, manteniendo la severidad en el tono—, es un juego peligroso el que habéis iniciado. Os aconsejo que lo detengáis ahora mismo porque puede volverse en vuestra contra.

Airado, llamó y pidió que lo cubrieran con cualquier prenda para abandonar la cámara cuanto antes y dejar de inhalar el aire denso y asfixiante que le oprimía el pecho. Al llegar a sus aposentos le costaba respirar. Se tiró en el suelo a contemplar la *Mesa de los pecados capitales*. Las dimensiones del cuadro lo hacían sobrecogedor, y la contemplación de las siete escenas de los vicios y flaquezas del hombre le erizó una vez más el vello. Se sintió aterrado bajo el escrutinio del ojo de Dios, en cuya pupila aparecía Jesucristo.

Corrió al oratorio y no salió de allí hasta el alba.

Cuando el sol anunció la llegada del nuevo día regresó a la habitación de la reina, quien se asustó al serle anunciada la visita del rey tan a deshora. Los ojos enrojecidos de Felipe no le anunciaban nada bueno, y mucho menos tranquilizador.

Se introdujo con rapidez en la cama junto a su esposa y, más que comenzar a amarla, la asaltó con desconocida fiereza. Sus movimientos eran enérgicos y, por ende, los menos adecuados para compartir el goce carnal. Renunciando a obtener el consentimiento de su consorte, el monarca, cuando llegó el momento de una feroz embestida, se sorprendió él mismo de su violencia y deploró haberlo hecho así.

Difícilmente podía Anna imaginar que el temor al castigo divino encendiera el cuerpo de un hombre que no descansó ese día hasta poseer todo cuanto pudo de ella. Incluso hasta llegar al dolor físico, entonces situado en el lugar que debía corresponder al placer.

A las puertas del pecado

El sol de la tarde caía sobre las huertas de la parte trasera del convento del Carmen dorándolas con unas pinceladas de luz delicadamente irreal. Al lado, la Casa de las Siete Chimeneas aparecía como un canto en la bruma, intangible y a la vez imponente. Para tratarse de una propiedad privada, sus dimensiones eran más que considerables. El edificio, rectangular y compacto, de fachada construida con grandes sillares, constaba de dos plantas y un sótano de techos altos. La profusión de balcones que daban a la calle le confería un aire distinguido. Vista desde el exterior, daba la sensación de que por dentro debía de ser, además de espaciosa, muy luminosa. Cuatro grandes ventanales se alineaban en cada piso, sobre los que se ordenaban cuatro balcones y, en la parte inferior, cuatro ventanucos a ras de suelo. En las fachadas laterales el número de huecos se reducía a tres por planta.

Cerca del alero, sobre la fachada principal, emergían las siete chimeneas. Siete altos y estrechos cilindros dispuestos con una distribución irregular: dos, uno, tres y uno. Una torre alta coronada por un mirador con una alineación de arcos remataba el ala oeste del palacete del malogrado matrimonio Zapata. La reina permaneció un rato contemplando las chimeneas. Tenían algo que impresionaba. Los últimos rayos solares, reflejados en sus coronas, se quedaron prendidos en los ojos de Anna, que no podía dejar de mirar las siete formas. Se mantuvo a lomos de su caballo hasta que el sol desapareció entre los tejados dando paso a una suave brisa que refrescó el aire de las calles. Entonces Anna de Austria descabalgó con ayuda de un palafrenero y avanzó hacia la puerta de entrada a la casa seguida de su camarera mayor, la condesa de Paredes, su única compañía, que se adelantó unos pasos para llamar. La condesa, doña Francisca de Rojas y Sandoval, llevaba un año en el cargo, al que había accedido después de haber sido dama de honor de la reina. Con la mano posada en la aldaba esperó un gesto de la soberana antes de golpear dos veces. Transcurridos unos segundos, una mujer de mediana edad entreabrió la puerta, manifestando desconfianza ante la visita imprevista. La reina se había informado de quién la habitaba ahora y, sabiendo que su actual dueño, Juan de Ledesma, secretario personal de Antonio Pérez, se hallaba de viaje, se decidió a acometer la insólita incursión en la casa de quien había sido una de las damas de la corte, por supuesto sin anunciarse previamente.

La casa de sus padecimientos. El recinto poblado ahora por el recuerdo de ánimas que vagan suplicando una redención que nadie en la tierra puede proporcionarles. Allí, en aquella casa extraña, las almas que conocen el pecado se arrastran por el fango de su perdición. Era el lugar donde los sueños de la reina quedaron sepultados entre chismes y difamación. Sólo en caso de que se atreviera a adentrarse en él tendría alguna posibilidad de recuperarlos, y, con ellos, también a su esposo.

Había meditado mucho antes de dar ese paso. Y aunque intentó luchar contra el último impulso que le movía a visitar la casa, al final le fue imposible resistirse al impulso de inspeccionar el sitio en el que su esposo pudo haber compartido lecho con otra mujer. Jamás una reina debería hacer algo semejante. Pero a veces hasta los reyes, en un arrebato de humana debilidad, se liberan del papel que les toca representar en la vida y, en este caso, también en la historia.

Al comprobar de quién se trataba, a la criada se le mudó el semblante. Hizo un aspaviento nervioso que la reina, adentrándose a toda prisa para evitar que la pobre mujer, sin querer, atrajera miradas indiscretas, pidió que contuviera. Para entonces el revuelo había hecho que saliera el resto del cuerpo de servicio, formado por una joven moza y un hombre que, por edad y apariencia, parecía ser el marido de la mujer que había abierto la puerta. La condesa pidió que se retiraran todos menos esta última, que se mantuvo discretamente en un rincón de la estancia a la espera de recibir instrucciones. La camarera quiso saber desde cuándo servían en aquella casa, y la respuesta fue que desde que Elena y el capitán se casaron.

La semipenumbra que envolvía el ambiente le producía a la reina sensaciones contrapuestas de escalofrío y de bienestar. Muy extraño. Pero también lo era el simple hecho de que hubiera traspasado el umbral de esa casa que tantas veces identificó en sus ensoñaciones como un templo de concupiscencia y perdición. Ya estaba allí, sin saber hacia dónde dirigir sus pasos, temerosa, en el fondo, de sus propios sentimientos al caminar por aquellos espacios que ya habían sido hollados por su esposo. Porque ahora ya estaba segura: oliendo el aire cautivo entre aquellas gruesas paredes supo con certeza que era lugar conocido por Felipe mucho más allá de los límites de la mera cortesía. Se giró para mirar de frente a la criada, quien inclinó rápidamente la cabeza, en un gesto que fue interpretado por la reina no como reverencia, sino como la vergüenza que siente alguien obligado a ser testigo del desbordamiento de la lujuria. Eso tuvo que haberle ocurrido a la mujeruca en vida de su señora, pensó Anna.

Hasta entonces había sido una escena muda y así continuó durante unos minutos, en los que la soberana escudriñó todos los rincones de aquel salón ya casi a oscuras. La decoración era de una discreta elegancia y el mobiliario, de calidad. Un gran fuego presidía el ambiente, haciéndolo ofensivamente acogedor. Imaginaba a Felipe, muy amigo desde siempre del calor de una chimenea, devorando las distancias con Elena hasta sentir sus labios al cobijo del crepitar de la leña. El corazón le dio un vuelco del que, por fortuna, se repuso con entereza.

A una indicación de la camarera mayor, la criada comenzó a encender velas y corrió las cortinas de toda la sala. De allí pasaron a un salón contiguo presidido por una larga mesa en el centro con ocho sillas dispuestas alrededor y un bonito arcón de madera oscura donde se guardaba la vajilla. La exquisitez que rezumaba el ambiente causó malestar a la reina. Hubiera preferido descubrir ordinariez en el entorno creado por la dama que había sido capaz de hacer perder la razón al rey. Eso decían las malas lenguas: que la pasión por ella era más poderosa que la capacidad del monarca para resistirse.

El comedor se unía a la cocina a través de una puerta con acceso directo. Los criados debieron de usar ese paso al dirigirse, sin hacer ruido, a otras estancias para ir cerrando el resto de la casa mientras ellas permanecían en el primer salón sin percatarse de ningún movimiento. Como si de magia se tratara, las ventanas ya se ocultaban a la calle tras los cortinajes, que ahora aparecían corridos del todo —no lo estaban, por supuesto, cuando llegó la visita inesperada—, y todos los cuartos se hallaban iluminados.

La reina solicitó subir a las habitaciones superiores. Dos tramos largos de escalera con un rellano de descanso separaban un piso de otro. Ascendía agarrando con fuerza el pasamanos, queriendo asegurarse de lo que se disponía a hacer. La camarera y la sirvienta iban detrás, siguiendo el paso que marcaba la reina. Cuando llegó al pasillo superior, tres puertas cerradas despertaron su curiosidad, pero no quería preguntar expresamente cuál era el dormitorio de la difunta Elena. La criada, mostrándose avezada por primera vez, pidió permiso para enseñarle la alcoba de «la antigua dueña, Dios la tenga en su gloria», dijo antes de proceder a entrar en ella mientras comentaba que permanecía igual que estaba en el momento de fallecer la joven. «Nada se ha tocado desde entonces», concluyó con tristeza. La muerte y sus extrañas circunstancias impusieron un enorme respeto al nuevo dueño. Anna de Austria le preguntó a la mujer qué sabía acerca del fantasma del que tanto se hablaba, y ella se santiguó tres veces seguidas.

—¿Qué os pasa? —se preocupó la reina.

—Majestad, diabólicas me parecen las menciones a espectros y visiones de fantasmas. Os puedo asegurar que mi humilde persona nada ha presenciado. Quiera Dios que los fantasmas no existan.

—Entonces, ¿no lo habéis visto?

—No, no, no —lo pronunció seguido y rápido como una exhalación y volvió a persignarse otras tres veces.

—¿Fuisteis vos quien encontró a vuestra señora muerta?

—Oh, no, no, por fortuna no fui yo, sino mi esposo. —Los nervios de la mujer empeoraban por momentos.

—¿Y cómo la halló?

—Le impresionó tanto que poco pudo contar. Lo que sí dijo fue que se encontraba plácida, como si en lugar de estar muerta simplemente durmiera.

La reina dejó de preguntar, porque en realidad le interesaban poco los detalles de la muerte de Elena. Pidió a la criada y a su camarera que no entraran a la habitación, bajo ninguna excusa, mientras ella permaneciera dentro. Debían esperar a que saliera. La sirvienta la acompañó hasta el umbral y desapareció escaleras abajo. Anna notó húmedo de sudor el pañuelo con el que sus manos jugaban desde que entraron en la casa, y lo entregó a doña Francisca de Rojas antes de asir con firmeza la falda del vestido para avanzar despacio hacia el interior de la estancia.

Teniendo ya un pie dentro se detuvo unos segundos, respiró hondo y acabó de entrar. La camarera cerró la puerta y la dejó por fin a solas. Eso le permitiría enfrentarse a uno de los mayores momentos de incertidumbre de toda su vida.

No se atrevía a moverse. Tan sólo un par de velas de cabo estrecho iluminaban el dormitorio, con una luz tenue, sutil. Leve, como la respiración de la reina en aquel momento. Una ojeada rápida a las paredes y a la cómoda con los objetos más personales de la difunta, y su mirada se posó en el lecho.

Aquella cama, maldita, el escenario del crimen de haber amado. El delito de unos amores perversos y clandestinos. Descorrió con furia las sábanas y las atrajo hacia sí para hundir en ellas el rostro buscando un olor que ya se había volatilizado.

Extraviadas en el tiempo las huellas de la traición, el deseo de venganza se diluye, imposibilitando el arrepentimiento que hasta ese momento era percibido como una necesidad liberadora.

Enredada su mente en la insana evocación del cuerpo de su esposo acoplándose al de la joven, no fue consciente de que había dado varias vueltas y que los lienzos de algodón la envolvían. Los soltó y comenzó a contornear la cama lentamente, asiéndose a cada uno de los postes del dosel. Como había salido de palacio ataviada con ropajes impropios en una reina, y menos adecuados aún para mostrarse en público, se servía de una gruesa capa de terciopelo negro abotonada hasta el cuello para no ser descubierta. Ya antes de salir, la condesa de Paredes había intuido que algo extraño estaba pasando. Lo cierto es que cuando la vio vestida con la capa, sin la abultada falda que hubiera debido llevar, y pidiendo que ensillaran su caballo en lugar de la cómoda litera, supuso que lo que iban a hacer no sería demasiado correcto. Las puertas de palacio se cerraban a diario a las diez. El tiempo del que disponían se aventuraba escaso. La siguió porque era su obligación, sin ni siquiera saber entonces adónde se dirigían.

Sumida de lleno en aquel ámbito prohibido, Anna se despojó de la capa que aún no había desabrochado y la depositó sobre un banco. Sin dejar de mirar el lecho, fue quitándose la camisa y después la falda ligera. Dejó caer las dos prendas al suelo y así, libre de abrigo sobre su piel, se entregó a la singular profanación de aquel espacio de pecado tumbándose donde su esposo y la dama sin escrúpulos debieron de ensalzar la lujuria como su victoria frente al mundo. Y también como la peor ofensa a la esposa, incapaz de sospechar en aquel tiempo dónde desahogaba Felipe la humana necesidad de los hombres. Pensó que ella, la reina, le parecería ahora más hermosa que nunca a su marido si la viera allí tumbada, desnuda, con su melena rubia recogida en un moño no demasiado alto que acabó soltando con complacencia.

Clavó las uñas primero en el colchón y después en su vientre, simulando dardos contra la zona del cuerpo en la que se alojaban los frutos de su unión con el rey. Ahora no era el caso. Estaba vacío. Sintió vértigo al pensar lo que hubiera podido pasar de haber seguido viva Elena Zapata. Infinidad de preguntas le asaltaron, con un lógico desorden debido a que sentimientos y emociones afloraban sin delicadeza, en el mismo espacio donde la viuda de Zapata debió de dormir y recibir al rey para entregarse a él. Para pecar. Para, en definitiva, ensuciarla a ella cuando las manos de Felipe la tocaran después de haber estado en la Casa de las Siete Chimeneas acariciando a esa otra mujer. No quiso fantasear con las veces que pudo haber sucedido. Se preguntó si para él la joven dama fue una mera obsesión carnal o si, por el contrario, la amaba. Pensó, asimismo, en las múltiples maneras que la joven pudo haber empleado para seducirlo y, por qué no, para embaucarlo con el fin de obtener otros favores. Tal vez una mejor posición social. Aunque el rey, desconfiado por naturaleza, no era persona que se dejara engatusar con facilidad.

Cuanto más tiempo pasaba, más se convencía de que Elena ya no podría regresar jamás al lecho que estaba ocupando ella. Empezó a tener frío pero no se cubrió. Por unos momentos era una extraña para sí misma. No se reconocía exponiendo su cuerpo al perverso disfrute de saber que la muerte era su aliada. Pasó a acariciar su vientre, rozando con suavidad donde apenas minutos antes se había lastimado. Las emocionadas lágrimas que resbalaron por su rostro fueron la respuesta a la satisfacción de saber que el rey no volvería a ver jamás a su amante. Una sonrisa asomó a sus labios. Y tocaba y tocaba, y seguía acariciando su vientre desnudo, y deslizaba sus dedos por la piel con mimo, trepando camino del incomparable placer de disponer en adelante del rey como legítima esposa y única beneficiaria de su amor, exorcizado el fantasma de Elena.

Amor que todavía tenía que conquistar, a pesar del tiempo que llevaban juntos. A partir de ahora sería más fácil conseguirlo. Se sentía por fin libre de ella.

Sus manos se movían en círculos ascendentes acercándose a los senos en busca de una sensación que intuía grata. A punto estaba de atrapar esa parte de su cuerpo, cuando unas voces abajo, en el salón, le causaron un brusco sobresalto. Abandonó la cama a toda prisa y buscó la ropa, que se colocó atropelladamente. Ya notaba la vergüenza adueñándose de su ser. El cuerpo le temblaba y no atinaba a cerrarse la falda. Se recogió como pudo el cabello rogándole al Señor que la protegiera. Falta le iba a hacer.

El dueño, Juan de Ledesma, había adelantado su vuelta y llamaba a gritos al servicio, extrañado de que nadie hubiera salido a recibirlo. La criada de más edad acudió nerviosa al no esperarlo tan pronto. En el piso de arriba, la condesa de Paredes tampoco sabía qué hacer. Dio unos golpes en la puerta del dormitorio donde estaba su señora.

—¿Qué ocurre? —preguntó ella desde dentro.

—¡Majestad! Oh, majestad, es el dueño de la casa, que ha llegado inesperadamente —hablaba con agitación pero intentando no alzar la voz para que no la oyeran desde abajo—. ¡Vuestra majestad tiene que salir de aquí!

Al abrirse la puerta reparó en que, inexplicablemente, la reina se encontraba a medio vestir y con el cabello alborotado.

—¡No perdamos la calma! Entrad a ayudarme.

La camarera pasó al dormitorio y no pudo creer lo que vio. Las sábanas estaban revueltas y se notaban las huellas de un cuerpo sobre el lecho, que no podía ser otro que el de la reina. Experta en el servicio de Su Majestad, así como de la extraordinaria delicadeza del momento, le ajustó la falda con rapidez, acabó de abotonarle la camisa y, en dos movimientos, le retocó el moño.

—No hay salida, doña Francisca. Dios nos obliga a ver a ese hombre.

—Majestad, no es apropiado, bien lo sabéis.

—No, no lo es, desde luego. Pero no podemos quedarnos aquí el resto de nuestras vidas. En estos momentos es más importante salir de esta casa que apelar a la corrección.

Ambas eran conscientes de hallarse en una situación que de por sí era incorrecta y ambigua. Unidas afrontarían la manera de salir airosas de ella. Y no había otra que abandonar el dormitorio, bajar las escaleras y encontrarse con ese hombre que era para ellas un verdadero desconocido.

Cuando la reina le indicó que abriera la puerta, la camarera se santiguó y abrió despacio. Hasta ellas llegaron las voces que procedían de la planta inferior. Anna de Austria, erguida y con paso firme, se dirigió ligera hacia las escaleras para no dilatar el penoso trago por el que se veía obligada a pasar. Antes de comenzar a descender miró hacia abajo y le asustó el vacío oscuro que la esperaba. Se arrepintió de la decisión y, rectificando, cambió de planes y dio la orden a su camarera de que la siguiera lo más rápido que pudiese, de manera que al llegar al último escalón le tomara la delantera hacia la cocina para salir por la puerta trasera de la casa sin ser vistas. Tenían que actuar con mucha diligencia, como así hicieron, pero con la mala suerte de que justo en aquel preciso instante Juan de Ledesma abandonaba el salón para dirigirse hacia las escaleras y subir a sus aposentos; allí, en el rellano inferior, se produjo el fatal encuentro. Ambos mantuvieron la mirada de frente, en el caso de él por incredulidad; en el de ella, por miedo. El pánico la paralizó ante el dueño de la casa, tanto que no podía mover ni un solo músculo. Casi ni parpadeaba. Se vio pillada en falta y eso le impidió otra reacción que la de afrontar la incrédula expresión del hombre, al que la visión de un fantasma no habría sorprendido más que la de quien parecía ser la mismísima reina, pero que tuvo la suficiente presencia de ánimo para realizar una rápida genuflexión.

—Majestad —dijo sin incorporarse todavía—, en mí, Juan de Ledesma, tenéis a un leal servidor de vuestra majestad. Es un grandísimo honor el que me hacéis visitando mi humilde morada.

Anna, nerviosa, se esforzaba por que la voz le saliera sin titubeos. «Una reina no tiene por qué dar explicaciones», le dictaba la razón, mientras de su garganta surgía un mandato disfrazado de ruego.

—El mayor honor que podéis hacerme es no dar por sucedida esta visita.

El hombre, que no le había pedido las explicaciones imaginadas por ella, ni pensaba hacerlo, se vio forzado a encajar tan insólita petición, aunque con una manifiesta dificultad para encontrar las palabras adecuadas.

—Por… por supuesto. Contad con ello, majestad.

Se puso en pie y, al ir a besarle la mano, el gesto se quedó suspendido en el aire al ser rechazado por la reina, que avanzaba ya unos pasos en dirección a la salida.

La camarera le dijo entonces al oído a la criada:

—Subid corriendo a arreglar el dormitorio de doña Elena antes de que lo vea vuestro señor. Si decís algo o él entrase antes de que lo hagáis, os atendréis a las consecuencias, vos y vuestro esposo.

La condesa, consciente de la gravedad de la arriesgada situación, se atrevió a tales amenazas dando por hecho que contaba con la tácita aprobación de la reina. Un solo deseo les unía a ambas, y era el de escapar cuanto antes del sonrojo de verse en semejante trance, tan alejado de la imagen que debe dar una soberana. Tan fuera de lugar. Los pensamientos de la reina iban aún más rápidos que sus atropellados pasos, en un repaso urgente de los acontecimientos que habían adquirido un giro tan inesperado como inquietante. Por eso suspendió un instante la huida y, girando la cabeza hacia la estatua en que se había convertido el dueño de la casa, volvió a dirigirse a él, esta vez en un tono notablemente más firme y severo que el anterior.

—Don Juan de Ledesma, ¿habéis comprendido que bajo ningún concepto debéis hablar de mi presencia en vuestra casa? Os lo prohíbo terminantemente.

Él volvió a inclinarse con educadas maneras y pensó que era una suerte que la reina no se hubiera dado cuenta de los mechones que, desparramados por la nuca, le caían del recogido del pelo que se le iba deshaciendo al alejarse hacia la puerta y que la hacían aparecer irresistiblemente atractiva. La respiración agitada, las mejillas mostrando involuntariamente un rubor de alguna suerte de culpabilidad y aquellos cabellos despeinados queriendo escapar traviesos, dejaron extasiado a Ledesma.

Por su parte, ella jamás había presentido la mirada de un hombre en la espalda de aquella manera punzante y, en cierto modo, atrevida y turbadora, que le despertó primero escalofríos y, sin solución de continuidad, el amago de un fuego que encendía todos y cada uno de los poros de su piel, de adentro afuera, sin que los designios de su voluntad pudieran hacer nada para gobernarlo. Porque aquella mirada fue a clavarse en el punto exacto en el que la reina aprisionaba a la mujer.

Anna de Austria abandonó la casa habiendo encontrado lo que buscaba. Ahora ya sabía a qué huele el rastro del pecado.

Hora de tribulaciones

Los cascos de los caballos. Lo único que se oía. Eran dos los que cabalgaban juntos. El señor y su lacayo. La noche parecía haber avanzado con demasiada rapidez. No tenía por qué. Mejor sería que hubiera seguido el ritmo normal de cada día. Para qué tener prisa por franquear la puerta falsa del destino, aquella que abre el paso a las tinieblas.

Muy tarde era ya. Regresaban a casa después de un ajetreado día dedicados a asuntos de gran importancia. Conseguir el compromiso del rey para cualquier propósito siempre requería tiempo. A Felipe le costaba tomar decisiones. Lo pensaba todo muy detenidamente. Demasiado, a veces. Y ni aún tratándose de una cuestión de suma urgencia que atañía a su hermano, Juan de Austria, hasta el punto de que incluso su vida dependía de ella, se había conseguido alterar el ritmo habitual y dilatado de sus resoluciones. Pasó otra jornada más sin tomar la determinación que tanto podría beneficiar a su hermano. Éste tendría que seguir esperando.

Pero el tiempo estaba a punto de extinguirse. El tiempo, que nada perdona y que a veces ofende. El tiempo, vana esperanza para don Juan. El tiempo, que a veces conduce a la muerte sin quererlo.

No había sido, en definitiva, un buen día para esos dos hombres. Y los malos días siempre es mejor que acaben cuanto antes. Excepto en contadas ocasiones, como ésta. Habría sido deseable que la noche no llegara. Que no se apagara el sol. La ciénaga en la que se había convertido el aire barruntaba desgracia. Apestaba a infortunio. Pero no estaba en la mano de nadie evitar lo que el destino había escrito con sangre en el cielo. Ese cielo emborronado que se ceñía como un manto de espesura sobre las dos figuras a caballo que surcaban las solitarias calles del centro de la Villa.

Bruma y oscuridad mantenían un litigio con la luna. Se habían aliado a favor del Mal. Iban a favorecerlo llenando el ambiente de sombras para que las víctimas no pudieran defenderse. Demasiado lejos quedaba la salvación como para alcanzarla.

Vida y milagro no podían convivir en el mismo espacio, al menos esa noche. Porque ni un milagro podría evitar lo que estaba a punto de ocurrir. Los dos hombres galopaban sin sospechas en dirección a su domicilio en la calle de los Leones, junto a la iglesia de Santa María de la Almudena, una antigua mezquita árabe transformada en templo cristiano hacía casi cuatro siglos. La vivienda, adquirida a la princesa de Éboli, doña Ana de Mendoza, gracias a la amistad que les unía debido a la lealtad profesada por Escobedo a su marido, se localizaba enfrente del palacio donde ella residía entonces. Próximo, pues, al alcázar.

El empedrado de la calle iba a resultar una tosca alfombra para parar el golpe de una caída. Se hallaban cerca. Justo debajo de un arco, en un recodo de la calle del Camarín de la Almudena, cinco hombres estaban apostados a la espera de que los dos jinetes cruzaran por allí. Un pájaro no se hubiera atrevido a respirar. Ni un insecto. Se mascaba la inminente tragedia.

Resonaban con fuerza los cascos de los caballos. Cada vez más cerca. Preparados todos. Se aproximaban a buen paso. Eran los dos hombres a los que estaban aguardando. No cabía duda de que se trataba de ellos. En un segundo podrían haber decidido girar en una esquina y cambiar de ruta. Para llegar al mismo lugar, sí, pero siguiendo otra calle, por alguna razón indeterminada. O un imprevisto. Qué más daba. El caso era que hubieran torcido la línea de tan recto trazado, como es la del sino.

Un sexto hombre movió un candil encendido. Era la señal de aviso.

Ya estaban allí.

De los seis bandidos que formaban la cuadrilla de malhechores a sueldo, dos tumbaron al lacayo. Ni tiempo tuvo de gritar. Otros dos tendieron una trampa al corcel del caballero. El animal cayó al suelo con violencia y entonces se abalanzaron sobre el hombre sujetándolo entre ambos. El truhán encargado de la vigilancia apagó la lamparita. El bandido que quedaba, la mano ejecutora, fue rápido como una flecha ensartando el cuchillo en el cuerpo de la víctima, que la sintió en el pecho traspasándole el corazón. Luego ya no sintió nada más.

La banda salió huyendo sin dejar rastro. Como si esos hombres no hubieran estado allí. Como si nada hubiera sucedido. Ahora sí, los gritos del acompañante retumbaron con tintes de tragedia:

—¡Don Juan de Escobedo! ¡Ayuda, ayuda! ¡Mi señor es don Juan de Escobedo!

Habían matado al secretario privado del hermano del rey.

Los lamentos llegaron a la alcoba de la residencia privada de la princesa de Éboli, a escasos metros del crimen. En ese momento, sobre la cama, el cuerpo desnudo de Ana de Mendoza aceptaba los besos atrevidos de Antonio Pérez.

Besos indecentes. Impúdicas las manos en busca de secretos ocultos bajo los pliegues de la piel. Tesoros al alcance de los amantes que del mundo se ríen.

Aunque el mundo estuviera bañándose en la sangre de un hombre inocente.

Madrid tenía otro suceso del que hablar, que superaba con mucho al escándalo de la muerte y posterior desaparición de Elena Zapata. Escobedo había sido enviado desde Flandes por Juan de Austria para solicitar al rey una urgente dotación económica que ayudara a mantener las tropas españolas, mermadas de alimentos y de armas, y con atrasos de varios meses en sus soldadas. La complicada situación del ejército obligó al hermano del rey a pedirle ayuda desesperadamente. En el frente contaba los días que faltaban para que su secretario regresara con buenas noticias de la corte. Pero ni las noticias eran buenas, ya que el rey no aceptaba de momento el envío de más dinero, ni el secretario regresaría nunca. En cierto modo —y pronto se averiguaría el porqué—, el crimen de Escobedo suponía la muerte de dos personas: la de él y la de su señor, don Juan de Austria.

El revuelo que se organizó el día después sembró el caos en la Villa. El rey convocó al Consejo, pero antes quiso reunirse con los dos hombres de su máxima confianza. Antonio Pérez y Mateo Vázquez mostraron su preocupación nada más llegar.

—Esto no va a traer nada bueno, no señor —dijo Mateo, cuyo semblante denotaba gran preocupación.

—En momentos tan delicados, hay que mantener la calma, don Mateo. ¿Vos qué pensáis de lo ocurrido? —preguntó el rey a Antonio Pérez.

—Cualquiera sabe. Escobedo se estaba jugando la vida. La traición a la Corona difícilmente puede acabar bien. Ha tenido lo que era de esperar en casos como el suyo.

—¿Traición? ¡Por Dios! —A Vázquez le costaba siempre disimular la animadversión hacia su colega, agravada ante unos hechos de tanto alcance—. ¿Cómo se puede lanzar tan grave acusación de manera tan ligera? Estamos hablando nada menos que del secretario del hermano de Su Majestad.

—Y es precisamente Su Majestad quien me ha pedido una opinión, y me he limitado a darla.

—Lo que vos hacéis no es opinar sino acusar, y para hacerlo se necesitan pruebas —atacó Vázquez.

—En eso os doy la razón —Pérez solía manejar la ironía con habilidad—, las pruebas son fundamentales en una buena investigación. No podéis acusarme de proceder con ligereza ya que mi modo de actuar consiste siempre en reunir todos los indicios posibles de un suceso, antes de extraer conclusiones. Eso es precisamente lo que hice con el caso Zapata, ¿necesita vuestra merced que se lo recuerde?

El clérigo se puso tenso.

—¿Conclusiones? ¡Si ese caso se cerró!

El rey cortó en seco la discusión entre secretarios que más bien parecían gallos de pelea en permanente acecho para poder saltar el uno contra el otro.

—¡Dejáos ahora de ese asunto! Cuando tenemos entre manos un hecho de tanta trascendencia, lo demás queda relegado. Así funciona el gobierno de un pueblo. Vuestra merced lo sabe de sobra —acabó enfadándose con Pérez.

—Por supuesto, majestad —respondió él con fingida humildad.

—Éste es momento de tener la mente muy clara y de aunar fuerzas. Hay que llegar hasta el final de este asunto que huele a conspiración.

—Así es, majestad, pero el principal conspirador está muerto —contravino de nuevo Pérez—. Se demostrará que Escobedo era un traidor.

El rey les dio la espalda para mirar por la ventana antes de responderle:

—No estoy de acuerdo con vos. Si queréis convencerme de que mi hermano don Juan estaba dispuesto a traicionarme, tendréis que emplearos bien a fondo para demostrarlo —calló un momento—. Pero bien a fondo. Podéis retiraros.

No se giró para despedirlos. Tal era el peso que sobre sus espaldas y sobre su conciencia descargaba la posibilidad de que su hermano pudiera estar traicionándolo; sintió sobre sí la densa gravedad del abatimiento como una carga más que le tocaba soportar en este mundo.

Un mundo que parecía estar volviéndose loco a su alrededor.

En el pasillo, de camino hacia la salida de palacio, Mateo Vázquez y Antonio Pérez todavía seguían discutiendo. Con un lenguaje contenido por respeto a la autoridad a la que servían, se lanzaron varias pullas que les habían quedado por descargar al uno contra el otro. Habló primero el clérigo:

—¿Cuándo os vais a dar por vencido con el asunto Zapata? ¿No os ha quedado claro que el caso se ha cerrado?

—Se ha dado por cerrado, que es cosa distinta —matizó Pérez—. Ambos sabemos que sigue oculto un enigma por descifrar.

—No os atrevéis a poner en duda una orden del rey. Si él ha zanjado el tema, no hay más que añadir.

—¿Tanto os interesa que sea así…? —Las sospechas de Pérez irritaban a Vázquez, quien, a pesar de la tranquilidad que le daba saber que el rey estaba de su parte, recelaba de las verdaderas intenciones de su colega.

—El único interés de mi persona es el interés de Su Majestad. Y a vos debería pasaros lo mismo. A no ser que tengáis subrepticias inclinaciones que tal vez no sean del gusto del rey —Vázquez le respondía empleando la misma estrategia de verter sospechas sobre él.

—La impresión me da, don Mateo, de que vos y yo no somos tan distintos…

¿Qué mandáis, pues, buen Señor,
que haga tan vil criado?
¿Cuál oficio le habéis dado
a este esclavo pecador?
Vedme aquí, mi dulce Amor,
Amor dulce, vedme aquí:
¿qué mandáis hacer de mí?

Veis aquí mi corazón,
yo le pongo en vuestra palma,
mi cuerpo, mi vida y alma,
mis entrañas y afición;
dulce Esposo y redención,
pues por vuestra me ofrecí:
¿qué mandáis hacer de mí?

—¿Qué mandáis hacer con él, majestad?

La camarera mayor le acababa de transmitir a la reina la petición de Juan de Ledesma de ser recibido por ella. Detalles del motivo no daba. Podría tratarse de cualquier asunto, a buen seguro no de blancas intenciones, porque del tal Ledesma, personaje bien conocido en la Villa por abusar de su condición de secretario de uno de los hombres más afines al rey, se decía que andaba siempre metido en negocios turbios. Otorgando protección a precio de oro, se había ido haciendo con un patrimonio impropio de un hombre de su posición y menester. Ser secretario de un secretario real no daba para los gastos que a él se le conocían. Exactamente igual que ocurría con su señor, Antonio Pérez, quien vivía muy por encima de lo que se le supondría a un cargo como el suyo que, por más de confianza que fuera del monarca, no justificaba un patrimonio de dos mansiones repletas de lujosísimo mobiliario, cubertería y vajillas; de oros, platas y mármoles; de cuadras y caballos; de carrozas y de un sinfín de criados. Su residencia principal era la casa de los condes de Puñonrostro, familia amiga de Pérez, en la zona de las casas del Cordón, a muy poca distancia de la iglesia de San Miguel. La vivienda de Pérez se comunicaba a través de un pasadizo con la iglesia de San Justo, una espléndida construcción románica con una torre mudéjar.

Tampoco era nada desdeñable como edificación la conocida como La Casilla, casa de campo situada no demasiado lejos, en la que habitaba ocasionalmente y donde empezó a urdir sus maquiavélicos planes, entre ellos el de acabar con la vida de Juan de Escobedo. De hecho, había intentado envenenarlo en esta casa en un par de ocasiones, bajo la excusa de invitarlo a comer. Fue allí, en La Casilla, donde se reunía con sus acólitos, como también con notables de la villa, banqueros, diplomáticos e incluso con mujeres de dudosa reputación. Pérez no hacía distingos entre nobles o hidalgos, y asesinos a sueldo. Se le presumía casi la misma falta de escrúpulos que a su secretario, Juan de Ledesma, con la salvedad de que éste tramaba maquinaciones de más bajo nivel.

Lejos de guardar las apariencias, Pérez hacía gala y ostentación de sus lujos vistiendo ropas caras, perfumes y joyas. Últimamente, además, estaba más crecido debido a su estrecha amistad con la princesa de Éboli, de quien había llegado a aceptar más de una valiosa alhaja que lucía sin considerar el daño que con esos gestos públicos ocasionaba a su esposa.

Motivos había, pues, para que la reina se negara a recibir a Juan de Ledesma en privado. Pero por ninguno de ellos lo hizo, sino por no fiarse de la amenaza que intuía que podría representar ese hombre. Porque el sexto sentido de una reina que se siente sola, perdida en la gobernanza de un mundo que ya estaba en marcha antes de su llegada, difícilmente falla.

Diez años habían transcurrido desde el peor de todos los vividos hasta entonces por el rey, aquel 1568 nefasto y devastador. La historia castigaba al todopoderoso monarca español con un ciclo de diez años, tras los cuales volvía a tocarle un gran padecimiento. La pena inconmensurable y reiterada de soportar varias muertes seguidas.

De nuevo, en el entorno del rey, a la muerte le precedía la vida, a la que esta vez pusieron por nombre Felipe, como el del padre. El cuarto hijo de los reyes vino al mundo el 14 de abril de aquel año de Nuestro Señor Jesucristo de 1578, en un Madrid agitado por el asesinato de Escobedo. En un reino inmenso que, aunque sus padres no podían entonces imaginarlo, el nuevo vástago debería aprender a regir desde muy pronto con la sabiduría de sus antepasados para el gobierno de un pueblo que se iba haciendo cada vez mayor. Aunque cada vez también más dificultoso.

Tras el nacimiento del pequeño Felipe, las muertes se sucedieron alrededor de la familia real con espantosa profusión, sumiéndola en una tristeza que se adueñó, sin contemplaciones, del ambiente de la corte. El 4 de agosto, en la batalla de Alcazarquivir librada en la plaza del mismo nombre al norte del reino de Marruecos, en el camino hacia Fez, el ejército portugués fue derrotado por los musulmanes. Pero lo peor no fue la derrota, sino que ésta acarreara la muerte del joven rey de Portugal, don Sebastián, hijo de Juana de Austria. Su tío, el monarca español, en realidad fue quien lo había alentado a cruzar el Estrecho, alimentando con ello las ansias de don Sebastián de adueñarse de Marruecos y convertirse en rey de reyes. Y la desgracia, que no siempre tiene explicación, esta vez sí la tuvo. A sus veinticuatro años, el soberano de Portugal no era más que un príncipe alocado que, imbuido del espíritu de cruzada en el que fue criado, emprendió rumbo a un destino funesto el día que salió de Lisboa para conquistar el norte de África. En aquel lugar del mundo encontró el peor de los enemigos posibles: Ahmed al-Mansur —Ahmed el Vencedor—, el sultán más importante de una dinastía que se decía descendiente de Mahoma, la saadí, y que llevaba reinando tantos años como tenía el débil y enfermizo don Sebastián. Al desgraciado episodio pronto se le conoció como la batalla de los Tres Reyes, porque en ella murieron los tres soberanos que luchaban: el portugués y los dos sultanes que se disputaban el trono. Uno era Abd al-Malik, el sultán reinante, y el otro, su sobrino Muley al-Mutawakil, depuesto del trono por el primero y aliado del reino luso.

El desastre de la aventura africana abrió una crisis sucesoria en el reino de Portugal, al que, por otro lado, parecía estar destinado Felipe II, llamado allí «el hijo de la portuguesa», en referencia a la emperatriz Isabel. Se abría una doble expectativa ante el hecho, de modo que el rey podía compensar el dolor por la prematura muerte de su sobrino con la interesante perspectiva de conseguir la unidad peninsular, el sueño de su padre Carlos V e incluso, sesenta años antes, el de sus bisabuelos, los Reyes Católicos.

Contaron algunos testigos que la cruenta batalla de Alcazarquivir, digna del infierno de Dante que tanto atormentaba al rey español, tuvo lugar a orillas de un pequeño río conocido como el de la Podredumbre por el hedor que desprendían los cadáveres de los dos bandos que en él se acumulaban. Múltiples epidemias originadas en sus aguas acabaron de dibujar el desolador escenario del campo de batalla. La descomposición no era sólo de los cuerpos sino que afectó también a la moral de los pocos sobrevivientes. Cayeron ilustres miembros de la nobleza y los mejores hombres alineados en las filas portuguesas, entre ellos el gran poeta y militar español Francisco de Aldana, a quien Felipe había designado como asesor de don Sebastián. Una tragedia de dimensiones incalculables, en la que también se derramó sangre española. En tierras castellanas, durante mucho tiempo no se habló de otra cosa, tal fue el impacto que el episodio tuvo entre sus gentes. La madre Teresa, tan afín a la familia real, no pudo mantenerse al margen y le escribió una carta al rey lamentando la muerte del monarca portugués. Y no fue el único que recibió una misiva de Teresa de Ávila. Entre las epístolas que la reformadora envió aquellos días figuraba una muy significativa a su gran amigo el padre Jerónimo Gracián, carmelita descalzo, que daba cuenta de su pesar: «Mucho me ha lastimado la muerte de tan católico Rey como era el de Portugal, y enojado de los que le dejaron ir a meter en tan gran peligro».

El cuerpo no apareció. A buen seguro que quedaría tirado en las peores condiciones, posiblemente desfigurado el rostro y quién sabe si también desnudo, tras haberle robado sus ropas el enemigo como símbolo de la mayor humillación. Las alimañas se encargarían del resto.

En eso, en alimañas, se convirtieron muchos de los que lucharon en una de las más sangrientas y delirantes batallas que se recordarían de un siglo determinado por la obsesión de una España empeñada en marcar el paso de gran parte del mundo, el Antiguo y el Nuevo.

No bien pasado el verano, Wenceslao, hermano de la reina, abandonó también el reino de los vivos a la temprana edad de diecisiete años. Fueron las malditas fiebres, de nuevo. Aunque, a decir verdad, saber a ciencia cierta el mal que le había aquejado hasta conducirlo a la muerte resultaba prácticamente imposible. Las sangrías sacaban los malos humores de la sangre, como afirmaban los galenos de la época que tan dados eran a ellas, pero con el flujo sanguíneo que se perdía se borraban también las huellas verdaderas de cualquier enfermedad. Wenceslao fue llorado por su hermana hasta casi costarle una enfermedad. Al rey le afectó mucho; se sentía muy unido a su jovencísimo sobrino. Prácticamente se había criado con él y de su formación se encargó como si de un hijo se tratase.

La emperatriz abandonó fugazmente su retiro voluntario en el monasterio de las Descalzas Reales para velar el cadáver de su hijo, junto al que estuvo en todo momento, a menudo acompañada por Felipe y Anna, así como por su hija Margarita, que a sus poco más de diez años le costaba aceptar la muerte de su hermano. Aunque, ¿qué muerte puede gozar de la benevolencia de ser comprendida, por mucha fe que tengan quienes aman al desaparecido? Y no depende de la edad, más o menos temprana, a la que la muerte llame, para que cause honda impresión. Juan de Austria, hermano bastardo del rey, era por aquel entonces un adulto de treinta y tres años que dirigía nada menos que el ejército del rey contra los insurgentes flamencos. Felipe no había dudado en designarlo siguiendo el consejo del secretario Antonio Pérez, firmemente opuesto al del duque de Alba, seguramente la persona que mejor conocía la delicada situación en Flandes. El rey sentía gran afecto por su hermano y quiso reconocer sus glorias en el Mediterráneo, aun sabiendo que luchar significaba un reto permanente a la muerte, por más que no se pensara en ella.

Y la muerte llegó el primer día de octubre de aquel año. El tifus pudo con Juan de Austria cuando los rebeldes estaban sitiando a los españoles en su campamento de Namur después de que éstos hubieran repelido sucesivos ataques hundiéndose entre ciénagas. Antes de morir dio su última orden al ejército. Les pidió a sus hombres que acataran a su primo Alejandro Farnesio como nuevo jefe. Expiró después, habiéndole dejado a su hermano el encargo de llevar a término la voluntad de que sus restos descansaran cerca de los de su padre. Hubo quien dijo que no fue el tifus lo que lo mató, sino una tremenda crisis anímica. Una crisis de soledad al sentirse olvidado por su hermano, el rey, y prisionero de sí mismo por dejar que su ambición hubiera volado sin límite.

Muerte y olvido. Juan de Austria supo que se moría. Tuvo conciencia de que por más guerras que hubiera ganado, siempre se es un perdedor cuando uno empieza a notar el vacío de aquellos a quienes necesita y ama. Ese vacío, el del abandono, lo asoló desde el momento en que tuvo noticia de la violenta muerte de su secretario, que suponía, además de una gran pérdida personal, la evidencia de que el rey de España, por muy hermano suyo que fuera, no pensaba enviarle auxilio. Y fue entonces cuando decidió abrirle los brazos al último trance, esperándolo como un alivio.

El asesinato de Juan de Escobedo había sido para él la última demostración de que estaba abandonado a su suerte. A partir de entonces se fue dejando morir en vida. Tal vez una de las peores muertes que puedan existir.

Juan de Austria desapareció sin haber conseguido que el rey le concediera el tratamiento de alteza que tanto codició en vida. Con ese gesto, tan simple, habría muerto en paz. Pero ¡cuán penoso puede llegar a resultar conceder lo más sencillo!

Claro que, peor que la muerte de un hijo, no hay nada. Y si ese hijo está destinado a ocupar un trono como el español, entonces la desgracia carece de medida. Siete años tenía Fernando, el primogénito, cuando su corazón se detuvo, cortándole las alas a la vida.

Siete. El número que simboliza la perfecta relación de lo divino con lo humano, de cuyo resultado emerge la creación. La del mundo se prolongó durante siete días. «Fueron, pues, acabados los cielos y la tierra, y todo el ejército de ellos. Y acabó Dios en el día séptimo la obra que hizo; y reposó el día séptimo.» Escrito estaba en el Génesis.

Siete eran los pecados capitales y siete, las virtudes para combatirlos. Pero ninguna virtud podía combatir la muerte. La de un hijo, tan pequeño, que desangra el corazón e inutiliza la vida de quienes a él se la dieron. No se equivocó el rey. Sus peores presentimientos se cumplieron. Aquel niño que permaneció dormido durante su bautizo, su sucesor, estaba predestinado a un prematuro sueño eterno.

El monarca pidió que se suspendiera el luto y, en general, las muestras de duelo previstas en todos los reinos castellanos. Fue una reacción inexplicable. Pero como cada cual afronte la muerte será bien considerado.

Ahogarse en un mar en calma

Semana tras semana, Juan de Ledesma había estado solicitando ver a la reina. De nada sirvieron para hacerle desistir las reiteradas misivas que lo conminaban a no seguir intentándolo. Desde que visitó la Casa de las Siete Chimeneas, a la reina le era imposible dejar de imaginar a su esposo sumido en el desamparo de no poder resistirse a la tentación que, en la forma humana de Elena Zapata, se le estuvo ofreciendo en aquel lugar. Los cuerpos abrasándose en el fuego del infierno y la decencia de las almas escapando por los huecos de las siete chimeneas.

Alma y cuerpo. Infierno y fuego. Las llamas del castigo asolan cualquier posibilidad de que el perdón pueda actuar.

Y aquel maldito olor del pecado impregnado en el interior de la casa, en telas y objetos, en el aire mismo, tampoco había conseguido olvidarlo. La esencia de la lealtad, pisoteada entre las sábanas de aquel lecho de fango y asco. Desconocía la manera de desasirse de esos malos pensamientos que no la dejaban vivir en paz.

Que no viniera nadie, ni siquiera su propia madre, a decirle que eso es lo que ha de soportar una reina. Que no viniera nadie a criticar lo mal visto que estaba recibir a un desconocido cuando no se tiene nada que perder, cuando nadie hay tan cercano como para reposar en su hombro la fatiga de la soledad y evitar así que se viera atraída a un peligroso precipicio; ella, que siempre actuaba guiada por una extraordinaria prudencia. Atormentada por el dolor de la muerte del pequeño Fernando y unido al peso del recuerdo de lo imaginado en la casa de los Zapata, que siempre le perseguía, dando vueltas y más vueltas en su cabeza hasta causarle tamaño sufrimiento, decidió que le asistía el derecho a recibir al actual dueño de la casa maldita. Mal con ello no hacía. Quiso restarle importancia al hecho de dejar que Juan de Ledesma expresara los motivos de tanta insistencia. En cambio, bien sabía la razón verdadera que le impelía a consentir la visita. Anna había descubierto un sentimiento de curiosidad que aún no sabía si interpretar como venganza contra el infiel marido, o como enfermiza necesidad de conocer mejor el único sitio, territorio privado de Elena, donde el pecado no tenía fronteras. O simplemente le movía la turbia atracción encarnada por el hombre al que ahora pertenecía el antiguo hogar de los Zapata, con toda la carga que en él se albergaba. Que ese mismo hombre la hubiera visto despojada de su vestimenta de reina les unió, siquiera brevemente, en una involuntaria intimidad, o quién sabe si también en una incipiente complicidad.

Intimidad. Tenerla con un desconocido podría acarrearle incómodas consecuencias. Las intenciones de este hombre, oscuras o claras, contravenían sin duda alguna las normas de la Casa de la Reina. Pero a pesar de ello, Anna de Austria estaba dispuesta a probar qué se siente al poner un pie en la trampa que representa creer en la palabra de un hombre del que se conoce tan poco como ella conocía de Juan de Ledesma. Ni podía confiar en su palabra, ni fiarse a ciegas de él. Lo único que ahora sabía con una certeza no exenta de confusión, lo cual suponía para ella un gran desequilibrio, era el sentimiento que le generaba. Un sentimiento difícil de explicar pero que afectaba a su universo más íntimo. Un espacio en buena medida desconocido para ella misma, sobre todo en lo referente a emociones nunca antes vividas, como las que le había deparado su decisión de rastrear el olor del pecado en el escenario real en el que había sido perpetrado: la Casa de las Siete Chimeneas. La Casa de los Siete Pecados, pensó. El pecado que mancha a quien lo consuma casi tanto como a quien lo imagina, consideró al recordar el estremecimiento físico que le había sacudido al abandonar aquella casa bajo la devoradora mirada de su dueño. Todo eso pesaba mucho más que los escasos datos con los que podía contar acerca del sujeto como elementos de juicio: que transcurrido un tiempo prudencial desde la muerte de Elena Zapata, no habiendo tenido el matrimonio descendencia, y desaparecido su padre, se dispuso que la Casa de las Siete Chimeneas saliera a la venta, y que fue Juan de Ledesma, secretario personal de Antonio Pérez, quien la compró junto con la huerta, los baldíos y demás anexos. Y eso no es saber mucho de una persona.

Su parecido físico con el señor al que servía producía cierta risa. La misma barba rala y oscura. El mismo cabello negro y corto. Y la mirada, profunda y cristalina. Medían casi lo mismo. Su complexión delgada reforzaba en ambos un atractivo basado sobre todo en sus maneras estudiadamente varoniles. Demasiado coincidente, pero cierto. Tanto, que al decir popular de que los perros se parecen a sus amos, habría que añadir, a partir de Pérez y de Ledesma, que los secretarios también se parecen a sus señores.

En esa primera y ansiada visita se presentó elegante, vestido con un jubón, calzas de color chocolate y medias claras. Al verlo, Anna sintió la extraña sensación de desear poderosamente el encuentro y, sin embargo, de querer, al mismo tiempo, que no estuviera sucediendo. Lo temía. Y en el temor anidan, en ocasiones, sentimientos que jamás querríamos reconocer.

Juan de Ledesma era listo. Evitó cualquier malentendido desde el principio, queriendo hacerle creer que la visita se debía a su preocupación por la salvaguardia de la fama de Antonio Pérez.

—Os puedo asegurar, majestad, que carecen de fundamento las injurias que andan circulando alocadamente por las calles de la Villa en torno al asesinato de Escobedo. Mi señor jamás conspiraría contra el rey.

—¿Es ése el motivo por el que habéis solicitado ver a la reina? —preguntó Anna de Austria mostrándose muy segura.

Hubo un silencio denso y prolongado, en el que la camarera mayor se retiró unos pasos hacia atrás, consciente como era de que no se trataba de una audiencia ordinaria. Por supuesto, no era la primera vez que Ledesma visitaba palacio. Como secretario de Antonio Pérez le prestaba asistencia en las dependencias del alcázar cuando la situación lo requería. Pero de ahí a atreverse a pretender ser recibido por la reina distaba un abismo. Y el vértigo de la altura del mismo ya lo había superado.

—¿Tanto os preocupa defender la inocencia de vuestro señor? A mis oídos no ha llegado ningún infundio sobre su persona.

Del todo cierto no era, ya que en los últimos días arreciaron los rumores que relacionaban al secretario real con los intentos de envenenamiento de Juan de Escobedo y hasta con su muerte a cuchillo. Aunque Pérez, como buen pupilo del rey, era lo suficientemente hábil para no mancharse de sangre las manos.

La reina, si bien no solía inmiscuirse en los asuntos de Estado, estaba al tanto de lo que se decía en las calles y pasadizos del nido de ambiciones e intrigas en que se había convertido Madrid. Refugio de conspiraciones y temeridades. De engaños y moral rasgada por el florete de señores que guardaban las apariencias mientras quebrantaban las normas morales en casas de lenocinio, unas veces, o con damas de igual posición, en otras. Y de todo ello hablaban las piedras de las calles. Ésa había sido la forma que tuvo la reina de enterarse también de la historia del rey con Elena Zapata. Un método nada científico, carente de toda fiabilidad por cuanto no se basaba en pruebas, pero Madrid por aquel entonces era un hervidero de correveidiles que imponían sus chismes como una confirmación de la realidad.

La torre de cristal en la que parecía vivir Anna de Austria no le libraba de enterarse de lo que el pueblo murmuraba a sus espaldas. También se hablaba de que Antonio Pérez andaba encamándose con la princesa de Éboli. De ser cierto, la reina tendría un problema menos por el cual preocuparse: mucho antes que Elena Zapata, todos daban por cierto que Ana de Mendoza tenía amores con el rey, aunque escondían la mano después de lanzar esa piedra por temor a represalias reales. Para Anna de Austria tal circunstancia no cambiaba su percepción de fondo, pues no dejaba de parecerle deleznable y sucio que la viuda del príncipe de Éboli anduviera en relaciones con el secretario del rey, hombre casado y padre de siete hijos.

Juan de Ledesma aguardaba pacientemente a que la reina volviera a tomar la palabra antes de tener que darle contestación a su pregunta.

—Decidme si es, en verdad, la inocencia de don Antonio Pérez, de la que no se ha dudado hasta ahora en palacio, lo que os ha traído hasta aquí —insistió Anna de Austria.

El hombre sonreía hacia sus adentros, sintiendo en su cuerpo la excitación de hallarse ante la reina sin más compañía ni testigos que la de su camarera mayor. La encontró bella, aunque no tanto como el día en que la vio en su casa. Aquella sensualidad, enmarcada en el ámbito de una situación prohibida que se reflejaba en su expresión y en sus gestos, quedaba difuminada en esta ocasión en que la reina lucía y se comportaba en consonancia con su rango. En aquel entonces había podido gozar del insólito privilegio de ver a una mujer. Ahora, era la soberana, la esposa del rey, quien lo recibía y quien le hablaba.

Se hizo de rogar un poco, reteniendo la respuesta, hasta que por fin dijo con algo de solemnidad:

—El humilde servidor de vuestra majestad que soy os agradece el honor que le brindáis al recibirle.

—No era de justicia la insistencia. Supongo que responderá a algún otro asunto de gran relevancia.

—Me temo que se trata de algo más sencillo de lo que imagináis.

Hábil persona era Ledesma al saber acrecentar la curiosidad de la reina con la cadencia de las olas que nacen y mueren en la orilla de un mar en calma. Anna no quería admitirlo, pero empezaba a notar la ansiedad que le producía la presencia de ese hombre de dudosa fama y las ganas de descubrir lo que tras él pudiera esconderse.

—Aunque disculpas os pido —continuó Ledesma— por hablar de sencillez refiriéndome a una reina.

—Una reina puede ser más sencilla de lo que imagináis… —le devolvió su mismo argumento con tal naturalidad que el hielo quedó roto en aquel instante.

Él sonrió y obtuvo, como premio, otra breve sonrisa regalada por ella en respuesta a la suya.

—Majestad, ¿permitís que os hable con total sinceridad?

—Medid vos hasta qué punto os ayudará en lo que tengáis que decirme.

—Así lo intentaré. Porque el único motivo que me trae, la razón única por la que solicité vuestra audiencia es…, disculpad el atrevimiento —se arrodilló inclinando la cabeza—, el simple deseo de veros.

Tales palabras turbaron a la reina, que se esforzó en ofrecer un semblante inalterable bajo el mejor de los disimulos. Su carácter frío le ayudaba a controlarse. Sólo podía delatarla el ritmo acelerado que iban tomando su pulso y su respiración, pero de momento mantenía el gobierno. De momento.

—Insólita es vuestra razón. Sin duda. Bien, ya habéis visto a la reina. Podéis retiraros, pues.

—Majestad —el caballero se puso en pie—, permitidme todavía unas palabras.

—Si es para que recuperéis la senda de la sensatez, sea. Hablad. La reina os escucha.

—Respeto que os pueda parecer insensato, pero quería hablaros… de la Casa de las Siete Chimeneas. —Silencio absoluto—. Sabéis a qué me refiero, ¿verdad…? —preguntó mirando de soslayo a la camarera mayor, la persona que acompañó a la reina en la clandestina visita a la casa.

—No veo que sea un tema de conversación. Ya os lo advertí en su día.

—Lo es, mi señora, disculpadme la osadía. Lo que ocurre —se aventuró Ledesma— es que tal vez no sea para hablarlo en presencia de testigos.

Ledesma temía el atrevimiento de sugerir más privacidad durante la entrevista. Pero era impensable que una reina quedara a solas con nadie, menos aún con un hombre. Además, los preceptos protocolarios, ya de por sí rígidos, se habían endurecido tras la muerte de Isabel de Valois. El rey en persona se había encargado de redactar unas estrictas normas para la Casa de la Reina a fin de evitar los desmanes y libertades que hubo en tiempos de la consorte francesa, en los que cualquiera entraba y salía de palacio si así lo autorizaba ella: damas, sastres, artistas, sacerdotes o embajadores. Aquella reina gustaba de rodearse permanentemente de gente y de abrir los salones de palacio bien fuera para cualquier tipo de representaciones artísticas, bien para el mercadeo cuando se terciaba comprar telas o perfumes. Mientras para Felipe las costumbres se habían relajado demasiado por tratarse de un miembro de la Casa de los Valois, como Isabel, para ella no suponía más que un modo de vivir alegre, colorista y desenfadado, al estilo de la monarquía francesa. El contraste era evidente, la rancia corte española podría matar de aburrimiento a cualquier extranjero o a quien procediera de otras cortes europeas. Salvo, claro, si se trataba de un Habsburgo. Como inequívocamente era Anna. Los Austrias llevaban de cuna un punto de seriedad que les impedía dejarse llevar por estallidos de alegría o por hábitos más distendidos. Cosa distinta era como se comportaran en la intimidad, algo que no siempre respondía a lo que se propugnaba en público. Pero desde luego el ejemplo que se esforzaban en dar se orientaba hacia una adusta e inequívoca austeridad.

La reina se moría de ganas por saber qué pretendía exactamente ese hombre, atrevido e intrigante, que ejercía una indescriptible atracción sobre ella desde aquel día en que la descubrió visitando ilícitamente su casa. Ya era excesivo haber dado la orden de que se retiraran las damas. Quedó sólo acompañándole la camarera mayor, ante la que podría hablar con libertad dado que ella misma estaba implicada en la clandestina visita, y no estaba dispuesta, por su propio beneficio, a mandar que también se retirara.

—La condesa de Paredes goza de mi completa confianza. Vos diréis…

—Majestad, llevo tiempo preguntándome qué interés podéis tener por mi casa. Todavía hoy desconozco a qué se debió vuestra visita.

—¿No creéis que me corresponde a mí pedir explicaciones a un súbdito y no al contrario?

—Por supuesto, mi señora, así debe ser. Sin embargo, os vi en mi casa y, sin ánimo de que interpretéis que os pido una explicación, sería mi deseo conocer qué hay en ella que pueda ser de vuestro interés. —Su tono servil se tornó en firmeza al proseguir—: Es la propiedad privada de un caballero —añadió con intención de mostrar lo claro que tenía que la arriesgada visita de la reina a la casa de un hombre resultaba, además de una temeridad, un hecho poco menos que indecoroso.

—En efecto, es la morada de un hombre. Pero de un caballero que jamás ha sido visitado a solas por dos damas de esta corte…, ¿verdad, don Juan…? De modo que no veo problema alguno.

Listo como era, no le quedaba otro camino a elegir que no fuera el que marcaba la reina, de manera que asintió, pero intentando un arriesgado atajo.

—Así es, majestad, y así será. Aunque me permito pediros algo a cambio, y es que…

—Vos no estáis en condiciones de pedir nada —le cortó la reina.

—Lo sé, majestad, pero os ruego que me permitáis, al menos, expresaros mi sincero deseo y mi necesidad de volver a hablaros en otro momento.

—Qué necesidades tan extrañas tenéis, y qué osadía tan infinita. ¿A qué queréis entrevistaros de nuevo con la reina? Cualquier asunto de Estado o de gobierno podréis tratarlo con vuestro señor, que para eso es secretario del rey.

—¿También trata mi señor los asuntos del corazón?

—¿No estáis yendo demasiado lejos?

Lo estaba. Y la reina podía haber puesto fin a la entrevista hacía rato. Sin embargo, inexplicablemente le mantenía el pulso, permitiéndole avanzar hacia unas cotas inadmisibles para un inferior.

—Aunque os parezca que es grande mi atrevimiento, os pido benevolencia para este servidor de vuestra persona que no anhela más que respirar por unos instantes el mismo aire que vos…

—¡Basta ya! —Anna, al sentir la alteración que tales palabras estaban provocando en ella, dio media vuelta y se quedó de espaldas a Juan—. Doy por concluida esta audiencia.

—Muy a mi pesar, majestad, pero como orden vuestra que es, así la acato. Permitidme, al menos, poder deciros adiós con la pleitesía que una reina merece.

Pero la reina no dijo nada, ni tampoco se giró para dejar que le besara la mano, como mandaba el protocolo. Su actitud evidenciaba el profundo trastorno que le suponía Juan de Ledesma, todo lo contrario que seguramente ella quería dar a entender.

Él aguardó unos peligrosos segundos y añadió:

—Ah, mi señora, cómo deciros que el verdadero motivo de mi visita no era otro que poner a vuestra entera disposición la Casa de las Siete Chimeneas, mi humilde residencia para siempre dignificada si accediérais a honrarla con vuestra presencia... Aunque sé que no la habéis visitado nunca —le seguía el juego de hacer como si aquel encuentro improcedente no se hubiera producido—, os doy mi palabra de que las puertas de esa casa estarán siempre abiertas para mi reina.

La reina tuvo la tentación de volver sobre sus pasos, pero en el último instante cambió de posición para decirle algo al oído a su camarera mayor. Juan de Ledesma las observó con insistencia, escudriñando hasta el más leve movimiento en un vano esfuerzo por leer los labios de Anna. Había pasado todo tan deprisa que, sin haber abandonado aún la sala de audiencias, necesitaba ya del alimento del recuerdo de cuanto acababa de vivir, poblándose de aliento el frío silencio final con el que había concluido su visita. Si no había habido un adiós es que otro encuentro era posible.

Dadme muerte, dadme vida:
dadme salud o enfermedad,
honra o deshonra dad,
dadme guerra o paz crecida,
flaqueza o fuerza cumplida,
que a todo digo que sí:
¿qué mandáis hacer de mí?

Aunque no. A todo no podía decir que sí. «Por ventura, no mandéis hacer de mí deshonra», hubiera querido añadir la reina Anna de Austria a las palabras escritas por Teresa de Jesús. Estaba dispuesta a aceptar lo demás: guerra, flaqueza, enfermedad… Pero no deshonra.

Igual que una bruma que impide vislumbrar el horizonte, así era la espesura que generaba en su pensamiento la idea de la deshonra. Su mente actuaba como vigía dispuesto a detectar la más mínima alteración del orden de las cosas, incluido el de las sensaciones y los sentimientos más primarios. Anna había comprobado en propia piel el ímpetu irrefrenable de algunos de esos impulsos alojados en centros de su propio cuerpo apenas intuidos, descubiertos apenas. No se había atrevido nunca a dejarlos aflorar plenamente, ni nunca había osado compartir con nadie ese tipo de experiencias. Menos aún desde la desasosegante incursión en la alcoba de Elena Zapata, en el oleaje de sábanas impregnadas del perfume de lo prohibido y del agridulce olor de deseos considerados pecaminosos por el mismo sentido moral que marca los límites de la honra. El suyo, el que corresponde a una reina cristiana y a una esposa que se debe en todo y por todo al esposo que ha tomado con la bendición del Altísimo.

Anna recitaba en voz alta los versos de Teresa de Jesús, necesitada como estaba de reforzar su fragilidad, de hacerse fuerte frente a las amenazas que procedían de su propia mente —por qué mentirse a sí misma—, que no dejaba de explorar el peligroso territorio de las pasiones ajenas que habían terminado por invadir, y en parte contagiar, su manera de sentir el mundo, la carne y el pecado.

La vida de Mateo Vázquez había experimentado un enorme giro. No era tranquila como antes de ser nombrado secretario de Estado pero sí mucho más gratificante. El exceso de trabajo que casi siempre acarreaba su cargo resultaba una pequeña molestia con la que el clérigo lidiaba con soltura, porque, a no dudar, le angustiaba más la posibilidad de pasar sin pena ni gloria por la vida que la de caer agotado por el peso de sus ocupaciones. Esto último incluso le producía un placer que, en ocasiones, rozaba el éxtasis religioso.

Su tarea más reciente era también la de mayor responsabilidad de cuantas había tenido desde su acceso al cargo. Avanzar en la investigación que se traía entre manos le distanciaba de su oponente, Antonio Pérez, lo cual no sólo no le importaba, sino que aumentaba sus ansias de llegar hasta el final. En eso consistía su labor y su deber, pero también en eso cifraba su propia satisfacción personal, en la que la ambición ocupaba un destacado lugar. Y es que el rey le había encargado, por ser su hombre de confianza, la delicada tarea de averiguar en qué turbios asuntos podía andar metido Pérez. A Felipe no le cabía duda de que algo se traía entre manos, pero estaba resultando difícil dar con lo que era.

Aquel día, Mateo no se había movido de la silla estudiando el copioso material que con paciencia de santo y con gran dificultad había ido recopilando durante meses. Acusaba el cansancio, sobre todo en la vista. Era ya muy tarde. La vela más cercana, con la que se ayudaba a leer, se apagó pero no encendió ninguna otra. No le hizo falta. Acababa de encontrar lo que quería. Ahora sólo tenía que asegurarse bien antes de dar el paso de poner en conocimiento del rey una información de gran valor para la Corona, aunque con toda seguridad también de gran dolor para el monarca. Vázquez colocó boca abajo los papeles y depositó sobre ellos un pesado libro que acarició con dulzura. Entonces, con una sonrisa en los labios, lo rodeó con los brazos y apoyó la cabeza para descansar hasta que el alba llegara.

—¿Otra carta?

La camarera mayor le extendía a la reina el papel lacrado con el sello de Juan de Ledesma. Era la cuarta misiva en dos semanas. Las tres anteriores no fueron abiertas. Pero esta vez no pudo resistirse más. Fue a sentarse junto a la ventana, en el sillón más alejado de donde se encontraban varias damas de compañía, para poder leer en privado. Vio que se trataba de una misiva no demasiado larga, de pocas frases pero cargadas de mucho sentido. Y también de atrevimiento desmedido.

> Majestad:
> A vos no os imploro, sino a vuestros ojos que miran limpios el mundo. A esa misma pureza, a vuestra benévola inocencia apelo para que consideréis a este servidor humilde. A este súbdito que no desea más que gozar del privilegio de volver a veros. La vida es corta. Vos, mi señora, lo sabéis mejor que nadie porque muchas han sido las pérdidas que os ha puesto Dios en el camino.
> Espero que no consideréis demasiada osadía si creo poder tener en mi casa las respuestas a algunas de vuestras incertidumbres. Deseoso estoy de entregároslas.

Anna releyó las palabras escritas por Ledesma dos veces más, queriendo creer lo que leía. Aquel papel quemaba entre los dedos, pero quemaría más aún entre las manos del rey, a las que jamás debería llegar.

Quedó aturdida. Desorientada. Nadando en aguas cenagosas que la confusión removía en contra de su voluntad. «Creo poder tener en mi casa las respuestas a algunas de vuestras incertidumbres.» Era inevitable que Juan de Ledesma intuyera desasosiego en ella, como cabía suponer que se derivaba de la impropia visita que realizó a su casa en las condiciones en que se produjo. Poner o no un pie en el fuego que él estaba prendiendo dependía únicamente de ella. Hacerlo significaría, con toda certeza, encaminarse hacia el infierno del pecado que aún no se conoce pero que, por eso mismo, se teme aún más. Y evitarlo podría suponer el riesgo de una mala disposición por parte de Ledesma. Venganza, tal vez. ¡Qué terror le producía pensar que el rey pudiera enterarse de que había visitado clandestinamente la Casa de las Siete Chimeneas!

Pero sin entrar siquiera a considerar tales hipótesis, lo que mandaba ahora era el deseo. Y por Dios que deseaba escuchar lo que tuviera que decirle ese hombre. Y más aún verlo. Tenerlo delante.

Dobló la carta y la apretó en su mano. Miró por la ventana y entonces advirtió, surcando el cielo, una espesa humareda que le hizo levantarse para poder seguirla con atención. La observó detenidamente. Las siete chimeneas de la casa de Juan de Ledesma lanzaban al aire siete columnas de humo con tanta fuerza como el descaro que su dueño demostraba al utilizar tan llamativo recurso. La reina, queriendo entender su significado, sonrió. Era una pregunta y ella ya sabía cuál iba a ser su respuesta. Acababa de decidir que volvería a ver a ese hombre.

El rey, desde su despacho, también veía las chimeneas funcionando a pleno día, circunstancia que le sorprendió. En realidad, desde la muerte de Elena no habían vuelto a ser utilizadas con tanta regularidad como antes. Pensó que ya era hora de que el nuevo dueño recuperara los hábitos de antaño en la casa y permitió a su imaginación encaramarse a las columnas de humo acariciando el recuerdo de aquella mujer con la que tanto gozó bajo la estela otro tiempo. De aquel tiempo en que la vida dotaba a su cuerpo de sensaciones ilimitadas junto a ella. «Vos no sabéis lo que soy capaz de hacer», le dijo la joven en una de las primeras citas clandestinas en palacio, antes de que se mandara construir la Casa de las Siete Chimeneas. Se hallaba desnuda frente a él, arrodillada en la cama, con los largos cabellos cayéndole a ambos lados del rostro hasta casi rozarle los pechos. Lo miraba sonriente, sabedora del efecto que en el rey causaba su sola desnudez. Queriendo proponerle un mayor goce separó las rodillas dejando paso a un túnel cuyo camino se le ofrecía al rey como irresistible tentación en la que ella misma le animaba a caer acariciándose allí donde ya esperaba las manos del amante, que acudieron solícitas.

A partir de ese día, Felipe quiso saberlo todo sobre su intimidad. Quiso comprobar hasta dónde era capaz de llegar, cuál era la medida última de su reto. Elena había jurado al rey que sólo con él experimentaba aquel placer sin fronteras, porque era necesario que se lo dijera, y que con nadie más que con él compartía caricias y actos cargados de tanta obscenidad y pericia hasta el punto de colocarlo fuera de sí; a él, al rey de la templanza y del comedimiento.

Ahora, mirando la casa en el horizonte a través de los cristales de palacio, empañados de la tristeza que revoca la nostalgia, echaba de menos aquellos abrazos envueltos en deseo y aquellas manos que jamás volverían a alimentar sus anhelos pasionales. Tras la muerte de Elena, el rey no había vuelto a buscar otros brazos que sirvieran de consuelo, porque ninguna amante hubiera podido suplir lo vivido con ella.

Una repentina nube oscureció el cielo con una negra panza que al poco se rompió descargando a plomo sobre Madrid un agua torrencial, como si quisiera apagar el fuego de los recuerdos, tan difícil de sofocar. Fue una tormenta que hizo que el rey, sin mover un músculo de su cuerpo, se sumergiera en la memoria de aquellos tiempos.

La tormenta, aunque intensa, resultó breve. A su fin, Felipe se deleitó en la visión del arco iris. Siete eran los colores que cruzaban las siete chimeneas de la casa que ahora pertenecía a Juan de Ledesma. La casa donde —se dijo— dormirá por siempre el pecado oculto del rey. Nada podía hacerle imaginar que tal vez el suyo acabara no siendo el único pecado del que serían testigos los gruesos muros de piedra.

En la hora de los desafíos

Pasaban las tres de la tarde. A la reina le agradó el aspecto impecable con el que se presentó Juan de Ledesma. Igual que en la primera cita. Se quitó el sombrero para el saludo protocolario, tentando a ver si ella se dejaba besar la mano después de habérsela retirado en la anterior despedida. Ahora, en cambio, sí estaba dispuesta. De hecho, extendió el brazo complaciente a la espera de que el caballero le tomara la mano y se la acercara a los labios.

Al tomársela, Anna ocultó con dificultad el estremecimiento que sintió, deseando que el beso fuera rápido y que no causara sensaciones añadidas.

—No dispongo de demasiado tiempo —comenzó la reina, mintiendo—. Pero ante vuestra insistencia, que no me es del todo nueva, no he querido dejar pasar más días, no fuera que mi negativa a recibiros provoque una involuntaria catástrofe —manejaba la ironía con unas artes desconocidas en ella—. ¿Y bien…?

Se había propuesto mantener la situación bajo su dominio y, de momento, lo estaba consiguiendo. Quien tenía ahora un difícil papel que representar era el invitado.

—Las gracias os doy por la generosidad que demostráis al aceptar mi solicitud de veros.

—Más que de generosidad, se trata de poner término a esta reiterada demanda vuestra y de oír aquello que tengáis que decirme, de modo que os sintáis liberado de dicha carga y dejen de ser necesarias nuevas audiencias.

—Majestad... yo... —la miraba con premeditado arrebato—, no importa lo que este atrevimiento pueda traer consigo pero he de deciros lo que pienso... en realidad, lo que he de deciros es, más bien, lo que siento... —Hincó una rodilla en el suelo—. ¿Nunca os han dicho que vuestros ojos son de una belleza sin par?

Era más de lo que Anna hubiera podido imaginar, no tanto por el tenor de las palabras sino por el tono de deliberada galantería que el caballero se atrevía a emplear ante la excelsa figura de su reina, el mismo tono que hubiera podido usar para seducir a cualquier dama de menor rango. Ledesma había ido demasiado lejos. Si más allá de aquellas paredes alguien lo hubiera escuchado, el escándalo habría tenido fuelle para prolongarse por siglos. Osadía, audacia, arrojo. Temeridad al fin y al cabo era, y como tal provocó la inmediata reacción de la camarera mayor, que se alejó unos pasos, con discreción.

La reina, lanzando una feroz mirada al atrevido galán, le requirió con severidad desconocida en ella:

—¿De qué prerrogativas os creéis dotado para dirigiros a una reina como si de una dama cualquiera de la corte se tratara?

No quiso decir eso, pero se dio cuenta tarde, cuando ya las palabras no podían encontrar el camino de vuelta. Dicho estaba. Sonaba mal, y lo sabía. Ese comentario en su boca bordeaba el pantanoso terreno de los celos, el de los agravios comparativos, inadecuados e improcedentes en una reina. Viendo que el control de la situación se le escapaba entre las manos, decidió poner término a la visita, sin conceder la posibilidad de rectificar o desplegar excusas por parte de él.

—Os ruego que os marchéis al instante.

—Majestad, imploro vuestro perdón si os he ofendido —Juan agachaba la cabeza mientras colocaba su mano derecha sobre el pecho en actitud suplicante—, pero tenéis que dejar que os diga lo importante que puede ser para vos tener en cuenta mis palabras. Mil vidas que tuviera, mil que dedicaría a seguir suplicando vuestro perdón, pero no dejéis de escuchar lo que tengo que contaros.

Ledesma hablaba con rapidez pretendiendo decir de golpe todo cuanto quería, atropellada y desordenadamente. La vehemencia gobernaba sus palabras. Temiendo que fuera su última oportunidad, intentó sobreponerse a lo que parecía haber sido un error por su parte, para proponer a la desesperada:

—Mi señora, es importante que volváis de nuevo a la Casa de las Siete Chimeneas.

—¡Por el amor de Dios! No sólo sois temerario sino un loco, que es peor. ¡Alejaos de mi presencia! —ahora bajó su tono de voz conteniendo la rabia—. Don Juan, no esperéis a comprobar hasta dónde puede alcanzar el enfado de una soberana.

El carácter de Anna de Austria distaba mucho del comportamiento que estaba teniendo y que venía a corroborar el gran esfuerzo que le costaba imponer su autoridad para despachar al insolente Ledesma, cuyo descaro acababa de alcanzar la cumbre más alta. Y cuando se accede a tan elevadas cimas, la caída puede llegar a ser mortal. La reina quería impedir que él sobrepasara el límite, porque lo presumía capaz de hacerlo.

—Si denostáis mi presencia, al menos, no despreciéis mi casa.

—¿Pero es que nunca tenéis suficiente? Salid de esta estancia inmediatamente o acabaréis arrepintiéndoos de no haberlo hecho. Vuestra reina es poco amante de la insolencia, y vos la usáis en exceso. No creo que al rey le guste tener conocimiento de vuestra incómoda presencia. De este asalto tan poco digno de un caballero.

Puso contra las cuerdas a Ledesma, hombre de recursos y no dispuesto a la fácil rendición. Éste, realmente, hubiera querido utilizar otra estrategia, pero llegado a ese punto no vio otra salida posible que la de plantar cara, aun con las consecuencias que pudiera tener y que implicarían, sin pretenderlo, al secretario del rey, Antonio Pérez. No hubiera querido esgrimir la siguiente amenaza, pero lo hizo, como única salida:

—Seguramente le resulte de tan poco agrado como el saber de la visita de vuestra majestad a la Casa de las Siete Chimeneas.

Anna se dio cuenta de que había desdeñado la capacidad de ese hombre para ejecutar un chantaje de tamaña envergadura. Recordaba el cruce de miradas temerosas y de palabras concluyentes con las que se había sellado su casi fantasmagórica inspección de la antigua morada de los Zapata. Creía haber obtenido una firme garantía de silencio en el modo sumiso con el que el nuevo propietario de la residencia convenía en dar por nunca ocurrido aquel allanamiento de su morada. Por dos veces había requerido su conformidad para un pacto sustentado en la autoridad superior de la soberana y acordado en el inestable equilibrio entre la sorpresa de los acontecimientos y la urgencia por encontrar una salida airosa para todas las partes. ¿Eran la misma persona aquel caballero complaciente de la noche de autos y este insolente de quien no sabía ahora cómo desembarazarse?

—Sólo pienso en lo que es mejor para vuestra majestad —prosiguió Ledesma prolongando su osadía, a la par que calculaba cada una de las palabras que pronunciaba—. Ninguna otra intención me mueve. Estoy aquí porque creo que hay algo importante para vos en la que ahora es mi casa. Por eso me permito insistir.

La reina callaba. Ledesma insistía, si bien algo más tímidamente.

—Todo este entuerto se desharía si aceptárais volver a pisar aquel lugar —reiteró de nuevo.

La reina aguantaba por encima del límite de su paciencia. Dio varios pasos al frente para acercarse más a él con ánimo de intimidarle y dispuesta a utilizar las mismas armas con las que había sido amenazada.

—¿A dónde queréis llegar? ¿No teméis la furia del rey, o la cárcel, por ejemplo, destino natural de quienes contravienen las normas? —Acortó distancia aproximándose de lado al oído de Juan de Ledesma—. ¿En verdad consideráis de tan notable interés vuestra casa?

Se arrimó demasiado. Juan giró la cabeza de manera que los rostros se encontraron en exceso cercanos, y le dijo en un susurro:

—Sólo para vos… mi señora…

Anna pudo sentir su aliento. El hálito de un hombre.

Un hombre. No el rey, no su esposo. Un hombre causante de la tormenta que se había desencadenado en ella.

Ella. No una reina. Sino una mujer. Tragó saliva, a punto casi de rendirse, tan difícil le resultaba hacerse con el control de la situación provocada por ese hombre. O acaso había sido su actitud condescendiente el origen de los excesos que él se permitía, colocándola en situaciones extremas y confusas, haciéndole dudar una y otra vez sobre si debía actuar como mujer o como reina. Sumergida en estas sensaciones contradictorias, desprevenida aunque de manera no consciente, se percató de que Ledesma no sólo seguía allí impertérrito, sino que no cesaba de martillear sobre el mismo clavo.

—Venid, majestad… os lo ruego, os lo suplico… os lo imploro… como gustéis, no me importa si hubiera de arrastrarme, porque sabed que estaría dispuesto a hacerlo con tal de que viniérais para comprobar por vos misma que os aguarda la resolución a muchas de vuestras inquietudes o al menos a una muy importante. Me honra ser el dueño de dicha casa. Pero antes que yo tuvo otros dueños. Existen unos documentos, y tal vez os interese saber que…

Anna tomó aire y con la voz más rotunda y severa que jamás hubiera salido de su garganta añadió una sola palabra más:

—¡Fuera!

Las horas siguientes a la visita de Ledesma se convirtieron en una tortura para la reina. Temía que llegara a oídos del rey esta segunda audiencia. De la primera nunca tuvo reproche alguno por parte de su esposo, a pesar de que estaba convencida de que él debía de saberlo, pero sería demasiado extraño que pasara por alto que otra vez ese hombre se hubiera entrevistado con la reina.

Sin embargo, ése no era el tormento que la agitaba hasta el punto de no parar de dar vueltas de un aposento a otro sin encontrar ocupación que la liberara de los pensamientos que tenían que ver con Juan.

«Juan.» Ya comenzaba a considerarlo así en su mente. No era ni don Juan, ni señor de Ledesma. Atreverse… no se atrevía a verbalizarlo, pero el solo razonamiento ya representaba un problema. ¿Cómo era posible que un desconocido, otro hombre que no fuera su esposo, pudiera causarle esa extraña perturbación en sus sentimientos? Se lo preguntaba una y otra vez, dejando que se filtraran entre tales interrogantes las amargas sensaciones causadas por la infidelidad del rey, que, de pronto y sorprendentemente, comenzaban a cobrar una tonalidad diferente. Tal vez, y esto jamás lo había considerado, fuera más difícil de lo que ella creía resistirse a la tentación.

Solicitó apresurada la presencia de su confesor. Pero cuando se arrodilló ante él para exponerle el alcance de sus pecados y se dio cuenta de que no era capaz de referirle el que de verdad más le atormentaba, entendió que existía un hombre en el mundo más peligroso que el demonio. Y que tendría que ahuyentarlo como si de su mismísima personificación se tratara.

Recibió la bendición que lavaba los falsos pecados confesados y se encerró en su habitación para recrearse en el cuerpo de Cristo, aunque sin poder desgajar sus pensamientos de las ataduras terrenales que la devolvían una y otra vez al lado de lo prohibido.

Aquella noche, no bien acababa de caer por fin en un profundo sueño, el rey despertó sobresaltado por la imagen deslumbrante del espectro de mujer que se paseaba por el tejado de la Casa de las Siete Chimeneas. Sorteando los siete pecados capitales, de los que las chimeneas no habían librado a la casa. Aún hoy, Felipe seguía lamentándose de haber incurrido en el más capital de todos, la lujuria, que martirizaba su conciencia tendiéndole la mano, al tiempo, al recuerdo del placer perdido. Pero quien abraza lo prohibido no sale indemne. Él lo sabía mejor que nadie porque así había castigado a los herejes. Aquellos que elegían ofender con sus ideas a la Iglesia católica asumían el riesgo de que en cualquier momento sus creencias, junto con sus cuerpos, fueran devorados por el fuego. «Es imposible —comentó el rey en una ocasión a Mateo Vázquez— pretender ir en contra de lo que dicta la Santa Madre Iglesia y quedar exento del castigo.» Como imposible es caer de lleno en el pecado de la carne y librarse, después, de los remordimientos, del zarpazo que da en el alma el arrepentimiento, y del castigo de Dios, lo peor de todo.

Observó el cuadro de El Bosco. La figura de un hombre con los brazos y las piernas abiertos en forma de cruz, a punto de ser traspasado por una larguísima y afilada espada a manos de una suerte de diablo alado y de puntiagudas orejas. O la de otro boca abajo y sostenido por la cintura por una representación animal con alas, dispuesto para ser crucificado por la espalda. O una cama de sábanas rojas como la sangre, en la que una pareja desnuda estaba a punto de ser devorada por reptiles. Eran imágenes contenidas en el círculo del infierno que parecían querer escapar del cuadro para tomar posesión del mundo real.

De súbito, se vio impelido hacia la ventana. Pero desde su dormitorio no se alcanzaba a ver con nitidez la casa y se negó a correr hacia un lugar desde donde pudiera tener mejor vista porque no podía moverse. Su cuerpo, aterido de frío e inmovilizado por sus temores, no le respondía. Entonces se fijó en que, en medio de la oscuridad nocturna, un halo refulgente rodeaba el lugar donde estaba la casa de las chimeneas. Los destellos que emitía iluminaron el cielo y se desató un fuerte viento que barrió las ansias de Felipe de seguir aferrado al recuerdo de un pasado que le causaba martirio. Quería desprenderse de él, pero el resplandor se veía dispuesto a anclarle fuertemente a aquellas vivencias.

De repente, en el cielo raso se produjo un rayo sin atisbo de tormenta, uno solo, que dejó a la vista los tejados de la villa, como en las noches de luna llena.

Pero esa noche no había luna.

La noche. La peor aliada para un espíritu atormentado como el del rey Felipe. Una tras otra, seguían librándole del sueño y él notaba el flaqueo de sus fuerzas, con la esperanza puesta en que no tardara demasiado en llegar el día en que la paz regresara a su vida.

En esta ocasión maldita, la noche arremetía contra la madrugada. Estableció con ella el reto de ver cuál de las dos saldría más airosa del enfrentamiento entre el bien y el mal. Eran casi las dos de la mañana cuando Mateo Vázquez se despedía del rey en el alcázar, mientras en pleno centro de Madrid, sobre las casas del Cordón, plañía una luna preñada de presagios. Antonio Pérez se revolvía inquieto en su dormitorio entre los claroscuros que la amenazante tormenta dibujaba en las paredes. El sudor empapó sus sábanas. Luchaba contra la incomodidad del sueño que se rebela, pero sobre todo luchaba contra el miedo. Su mujer musitaba un credo encadenándolo con otro. Truenos que golpeaban las conciencias y rezos que las reconfortaban.

«Éstas son las pruebas», habían sido las últimas palabras que se escucharon en el despacho del rey. Mateo Vázquez le tendió unos papeles que debían de contener información de mucha importancia y compromiso, a juzgar por la rígida expresión de Felipe. Las manos del secretario sostuvieron los pliegos esperando que el rey se atreviera a cogerlos. Pero no lo hacía, tan sólo se limitaba a mirarlos. Sabía que no había vuelta atrás en el tiempo. El contenido incendiario de esos papeles suponía un grave problema para el rey e iba a complicar sus próximos años de reinado.

La traición tiene sus límites, como casi todo en la vida. Iluso es quien cree poder ambicionar sobreestimando la medida de sus posibilidades. Los documentos se acompañaban del perfume del engaño y de la felonía, materializados en la venta de secretos de Estado nada menos que al enemigo acérrimo de la Corona española.

Aún había más. Una mujer. El golpe más bajo propinado contra la fortaleza sentimental del rey. Su querida amiga, de la que, de hecho, ya hacía tiempo se venía apartando, había vendido su alma y también su cuerpo a la deslealtad. La princesa de Éboli no sólo compartía cama con Antonio Pérez, sino también la misma desmesurada ambición que la hizo cómplice de la venta de secretos de Estado a cambio de considerables sumas de dinero. Al menos eso era lo que clamaban los papeles que Mateo Vázquez fue depositando sobre la mesa de trabajo del rey al ver que éste se negaba a tocarlos como si fueran una mecha prendida, mostrándole en cada uno de ellos las partes que evidenciaban la alta traición cometida por Pérez y Ana de Mendoza. Respecto de la muerte de Juan de Escobedo, no había sido posible demostrar la implicación directa de ninguno de ellos, aunque sí se había dado con los autores materiales, que actuaron como asesinos a sueldo: Juan Díaz, el alférez Enríquez y un noble, García de Arce, señor de la casa de Guilar y Arce, visitante habitual de La Casilla de Antonio Pérez.

Felipe golpeó la mesa con el puño derecho y después apoyó en él la frente. Los ojos, cerrados. La ira, desatada y ligada a la amarga sensación de la podredumbre que representa el afán de poder, por el que se estaría dispuesto incluso a matar.

En realidad, no se trataba de nada que fuera demasiado ajeno a su propia manera de actuar en aquellas ocasiones en las que se había visto obligado a hacerlo. Con la gran diferencia de que él era el rey. Y a un rey jamás se le traiciona.

El Escorial, 24 de mayo de 1579

Oh, qué gélida sensación abraza el corazón ante la ausencia de un ser querido del que a punto estuvo de separarnos para siempre el veneno de los envidiosos. Tomar conciencia del error cometido, cuando se trata de sentimientos tan profundos, nos empuja sin remisión por la viscosa pendiente del arrepentimiento, a la que no llegamos a ver fin.

Lejos del invierno, aquella triste mañana de mayo, fría como el manto de escarcha de la madrugada, llevaba sobre sí la condena de permanecer alojada para siempre en la memoria de Felipe. Los restos de su hermano, Juan de Austria, habían llegado por fin de Namur y se iba a proceder a su entierro en El Escorial. La ceremonia tenía muy poco de sencilla y mucho de dolorosa. Impresionó que, siendo hijo natural del emperador, al que, además, Felipe no concedió demasiados privilegios en vida, hubiera dispuesto su enterramiento en un sensacional monumento independiente. Y es que en los siete meses transcurridos desde su muerte se habían sucedido numerosos hechos que acabaron por variar la visión equivocada que tenía el rey respecto de las verdaderas intenciones de su hermano.

El veneno de la maldad y la mentira había comenzado a circular por la corte con motivo del viaje de Escobedo a Madrid enviado por él para solicitar ayuda económica que permitiera al ejército español continuar en Flandes. Entonces quisieron hacer creer al monarca que lo que pretendía Juan de Austria era traicionarle para conseguir el gobierno de los Países Bajos y acceder, asimismo, al trono inglés a través de una complicada maniobra que incluía el matrimonio con la reina escocesa, María Estuardo, enemiga acérrima de la soberana inglesa, Isabel. Pero ahora las cosas habían cambiado. Comenzaba a ser mala época para los instigadores debido a que, precisamente porque arreciaban las intrigas en palacio, desde dentro se estaba más preparado para identificarlas y desbaratarlas. Es lo que llevaba tiempo haciendo Mateo Vázquez. Los primeros resultados eran ya conocidos por el rey y empañaban tanto la imagen de dos personas tan afines y cercanas a su persona que éste se resistió a aceptar que ninguno de los dos estuviera implicado en un posible caso de corrupción y de traición política. Sus manejos quedaban al descubierto por obra de su mayor enemigo. Vázquez ya no tenía dudas de que Antonio Pérez se había estado enriqueciendo a costa de vender a alto precio secretos de Estado. La implicación de la princesa de Éboli aparecía algo confusa, pero estaba seguro de que, aunque fuera como encubridora, difícilmente podría haber permanecido ajena a las corruptelas de Pérez cuando compartía cama con él. El golpe, por doble, fue muy duro para el rey. Pero peor resultó descubrir que uno de los delitos del traidor secretario había sido acusar en falso a Juan de Austria. Con su cadáver habían llegado también sus documentos y cartas personales, a través de los cuales quedaba bien claro que nada de todo aquello de lo que se le acusó era cierto. Felipe se sentía engañado donde más podía dolerle, y acusó el envite de los remordimientos intentando hacer ahora en su muerte lo que podía haber hecho, y no hizo, por su hermano mientras estaba vivo: rendirle respeto incondicional a los ojos del mundo. Sólo que el respeto, aplastado por el fin de la existencia, dejaba ya poco margen al resarcimiento.

Rindiéndole honores en su entierro consideró que al menos públicamente dejaba claro ante todos que don Juan de Austria merecía ser considerado como el miembro de pleno derecho de la familia real que era, además de un héroe que contaba en su haber con destacados triunfos para la monarquía de su hermano Felipe. Lo colocaba, así, a la altura que le correspondía.

Y ese día de pesadumbre en que lo estaban enterrando, sin que esta vez nadie lo viera, Felipe lloró amargamente, ya no la pérdida, sino su mal comportamiento con el hermano ausente.

Constató afligido que la vida no siempre está dispuesta a conceder una segunda oportunidad, sobre todo porque la muerte suele impedir que así sea.

No puede decirse que los hechos se precipitaran. Mateo Vázquez llevaba mucho tiempo dedicado a la investigación de una posible trama de corrupción política y el rey ya conocía los resultados más relevantes, que se vieron avalados, además, por los documentos personales de don Juan de Austria traídos desde Flandes.

Las horas se encadenaron unas con otras en un rosario de incertidumbres. El tiempo se acababa para los dos traidores. Hacía ya tiempo que las noches de Antonio Pérez andaban tan revueltas que hasta el carácter le cambió, lo que alteró igualmente sus encuentros con la princesa de Éboli. Vivía una contradicción que a ella le costaba entender. Mientras al principio era la princesa quien imponía sus reglas espaciando a su antojo las visitas de su amante, tiempo después ella se sentía morir al no tener noticias de él. El caso es que últimamente Antonio desaparecía sin dar razones, y ella lo tomaba como un agravio que le sumía en el mal humor. Ana acababa siempre discutiendo con su ama, doña Bernardina, y con sus hijos mayores, aunque con éstos las pendencias solían ser habituales. Hasta al rey Felipe se atrevió a hablarle en una ocasión reciente con unos modos muy pocos *reales*. Su férreo carácter, que a veces se exponía a ser duramente criticado, quedaba sometido al capricho de la relación que mantenía con Antonio Pérez. No es que le gustara vivir tal dependencia de un hombre, pero cuando se quiso dar cuenta de hasta qué punto lo amaba, ya lo amaba demasiado.

La eterna amiga del rey se había ido alejando poco a poco. Ambos habían puesto de su parte. Pero, a pesar de la voluntaria distancia, Felipe no pudo nunca pensar que la princesa fuera capaz, algún día, de traicionar sus intereses personales o políticos. El mero hecho de barajar la sola posibilidad de que estuviera involucrada en la trama de Pérez apesadumbró al rey. Cuánto se acordaba, en estos amargos momentos, de su padre, el emperador Carlos. De él heredó el imperio y a él debió las enseñanzas del gobierno de un Estado. Y a él querría ahora contarle lo difícil de la situación a la que se enfrentaba y recabar sus siempre provechosos consejos. De haberle podido socorrer, quizá el egregio padre le hubiera recordado que la grandeza del poder resulta indisociable de la terrible soledad en que han de tomarse las grandes decisiones.

Madrid, 28 de julio de 1579

El secretario del rey pasó en blanco aquella calurosa noche de julio. Había cenado frugalmente, su estómago no permitió más que dos lonchas de venado y una copa de vino. Juana de Coello, su esposa, también se encontraba alterada. Los rumores habían estado circulando por Madrid durante las últimas horas con la velocidad del viento que doblega los árboles más recios. Apuntaban contra Pérez y arrastraban en la acusación a la amante de su esposo. Juana, que no permaneció ajena en ningún momento a la doble vida que él estuvo manteniendo sin apenas ocultarse, estaba empeñada en guardarle lealtad pasara lo que pasara.

Y lo que había de pasar, pasó. Antes del alba los golpes en la puerta principal de la vivienda de Pérez, la casa de los condes de Puñonrostro, alertaron al servicio, aunque ni Juana ni Antonio dormían. Cada uno tenía sus propias estancias, pero esa noche la pasaron juntos en la cama de él, temiendo la llegada del amanecer.

Los hombres del rey no se anduvieron con miramientos al entrar en la casa. Llevaban la orden de ir a por Antonio Pérez sin pérdida de tiempo para no dar lugar a que pudiera él ser más rápido ocultando documentos o dándole consignas a su esposa. Juana lloraba sin cesar mientras llevaban arrestado al marido sin darle siquiera la posibilidad de despedirse de sus hijos. Clamó al cielo pidiendo amparo, pero no eran horas para la indulgencia. El rey lo había meditado mucho antes de ordenar la detención de su secretario. Ahora, una vez tomada la decisión, iba a mostrarse tajante e implacable al aplicar su innegociable concepto de la lealtad debida y del imperio de la ley.

A corta distancia de allí, en el palacio de los Éboli, doña Ana de Mendoza de la Cerda era despertada por un grupo de seis hombres al mando de Mateo Vázquez. Tampoco a ella le dejaron despedirse de sus hijos. «¿Qué dirá la pobre Anichu cuando no vea a su madre?», le lanzó a Vázquez como si le escupiera la pregunta en la cara, refiriéndose a su pequeña Ana.

—¿Es ésa la misericordia que os enseña Dios? ¿Es ésa? —añadió con furia.

Imperturbable, el clérigo hizo la señal de la cruz en el aire antes de decirle:

—Sírvase vestirse, princesa, y daos prisa. Quedáis arrestada en nombre de Su Majestad el rey don Felipe, que Dios guarde.

—¡Miradme bien, perro moro! —Sin apartar de él la provocadora mirada, abrió los botones de su camisa de dormir y la dejó caer al suelo, quedando al aire su cuerpo desnudo—. ¿Veis cómo cumplo vuestras órdenes…? Me pedíais que me vistiera, y procedo a hacerlo, desprendiéndome antes de la ropa de dormir.

—¡Tapáos, por Dios!

Mateo Vázquez se echó a un lado apartándose de la obscena visión de la desnudez de Ana.

—Si os ahorráis comportamientos improcedentes —dijo sin mirarla—, antes acabaremos.

La princesa de Éboli fue confinada en la Torre de Pinto, tres leguas al sur de Madrid. La edificación había sido erigida a mediados del siglo XIV al ceder el rey de Castilla, Pedro I El Cruel, el señorío de Pinto a Iñigo López de Orozco. Disponía de un recinto amurallado, de un foso y, en el interior, de dependencias en las que albergar un séquito real. Un pequeño palacio usado por la Corona como una gran prisión. Ésta era la cárcel que esperaba a los nobles, grandes, caballeros o damas de importancia a los que hubiera que apresar. No cabía esperar que la princesa, a partir de ese día prisionera entre sus muros, admirara la belleza de la llamativa piedra blanca de la fortificación.

Iba a echar de menos a sus hijos, en especial a la pequeña Anichu, que se había quedado al cargo del ama Bernardina.

A sus pensamientos acudió, nada más ser encerrada, su difunto esposo, Ruy, príncipe de Éboli, quien no merecía la vergüenza con la que iba a manchar su nombre. La primera noche en la Torre de Pinto resultó terrible para Ana de Mendoza. Una noche de inmensa soledad y tristeza, en la que la princesa dejó de sentirse como tal, hundida en la desesperación de verse sin apoyos. Ni siquiera pensó en Antonio Pérez. El Antonio de sus desdichas que hasta esa madrugada fue el de sus placeres y caprichos.

«¡Ay, Ruy!, ¿por qué tuviste que morir dejándome en el desamparo de otro amor?», se lamentaba. Nada había que pudiera servirle de consuelo ante el desventurado futuro que se le presentaba. Apretó los ojos y se recostó en el rudimentario catre que iba a ser su lecho en adelante. Dedicó sus rezos, que casi tenía olvidados, a su marido deseando no dañarle demasiado.

Oh, nudo que así juntáis
dos cosas tan desiguales,
no sé por qué os desatáis,
pues atado fuerza dais
a tener por bien los males.

TERESA DE JESÚS

Las oraciones de la reina, en cambio, no se encomendaban a una persona sino a una intención. Un deseo. Un anhelo tornado en pura necesidad.

Con la detención de la princesa de Éboli, la vida le ayudaba a saldar una cuenta pendiente sin tener que mover un dedo. Culpable o no de las graves acusaciones de colaborar en una traición, a la reina le interesaba más dilucidar la verdad sobre si había satisfecho los apetitos sexuales del rey. Nunca había querido dar pábulo a semejantes rumores, pero ahí estaban. Por si acaso, y por más noble que fuera, expiaría también esta culpa en la prisión. Sin duda, con ella encarcelada quedaba satisfecha esa cuenta a ojos de la reina. Ahora, alcanzar la paz le exigía liquidar la segunda deuda. Aunque para ello tuviera que volver a pisar un lugar prohibido.

La tentación

«Existen unos documentos…» Las palabras de Juan de Ledesma resonaban en la cabeza de la reina mientras se dirigía al convento de las Descalzas Reales para realizar una visita de rutina a su madre. Entró en el recinto con el corazón encogido pensando en la estancia que había servido como escenario para sus sesiones de flagelación. Sintió vergüenza, a pesar de que era más que difícil que nadie pudiera adivinar algo semejante. Bastaba con que la madre superiora lo supiera, para que ella se encontrara incómoda.

La sonrisa con que la emperatriz le obsequió nada más verla aplacó sus cuitas. Estaba sentada bajo un tilo, en el patio junto al claustro.

—¿Cómo os encontráis? —fue lo primero que quiso saber Anna.

—Me siento muy bien aquí —respondió María de Austria intentando transmitirle a su hija la tranquilidad que en verdad sentía en aquel lugar—. La vida dedicada a Nuestro Señor es dulce, como bien sabéis. Las horas transcurren como una bendición. Sois vos quien me preocupáis. ¿Estáis bien?

—Sí. No debéis tener cuidado.

—Me han llegado noticias de que la princesa de Éboli ha sido detenida.

—Así es, y también el secretario Antonio Pérez.

—Oh, santo Dios, imagino qué horas amargas estará pasando Su Majestad. —El cariño que la emperatriz le tenía a su hermano era recíproco, de manera que cualquier cosa que le pasara a uno de ellos era sentida por el otro como propia—. Debéis permanecer a su lado haciendo gala de vuestra fortaleza.

—Quedáos tranquila. Es lo que hago. Aunque ya le conocéis, ahora más que nunca está encerrado en sí mismo. Se hace difícil servirle de ayuda, pero os doy mi palabra de que lo intento.

—Y debéis seguir haciéndolo. Incluso si él no quisiera ayuda, vuestro deber es ofrecérsela. Supongo que ya no es necesario que os hable de las obligaciones que tiene una esposa para con su marido. Y, decidme, ¿os quitasteis de la cabeza aquellas extrañas historias de fantasmas que tanto perturbaban vuestra calma?

—Ellos mismos, los fantasmas, encontraron el camino de salida —respondió Anna ocultando que aún quedaba uno, pero que acababa de decidir acabar con él.

—Me interesa saber de vuestro corazón.

—Tranquilo está, madre. Vos mejor que nadie sabéis de la importancia de Dios para hallar la paz. Yo creo haberla encontrado.

—No es eso lo que parecía a mi llegada a Madrid.

—Desde vuestra llegada han ocurrido muchas cosas.

—Me alegra saber que ha sido para bien y que habéis conseguido el sosiego necesario, igual para vivir que para reinar.

—Mi vida es mi reino, no otra cosa.

A la emperatriz le gustó oír eso y así se lo hizo saber.

—No imagináis la satisfacción que me causa comprobar que mis oraciones por vos han tenido su fruto.

—¿Habéis rezado por mí? —respondió Anna sorprendida y, en el fondo, reconfortada porque su madre se preocupara por ella hasta ese punto—. ¿Tan necesitada me visteis como para interceder por mí ante Dios?

—Hija, me intranquilizasteis con vuestra desazón al hablarme de aquella mujer y de los fantasmas que, según decíais, traían la malsana intención de malograr vuestra unión con el rey. Llegué a hablarlo con nuestra superiora y fue ella quien me indicó las oraciones convenientes para ayudaros.

—¡Lo hablasteis con ella! ¿Por qué con ella?

Anna se alteró. La superiora de las Descalzas Reales era la última persona con quien hubiera querido que la emperatriz hablara de ninguno de sus asuntos íntimos. Era algo que temía desde que su madre ingresó en el convento para vivir retirada del mundo. La señora era depositaria de un importante secreto, y, aunque no desconfiaba de su discreción, pensar que el conocimiento de esa práctica prohibida pudiera cruzarse en el camino de su madre le llenaba de temores.

—¿Con quién, si no, podría hablar algo tan personal?

—Pues por esa misma razón, madre, porque es personal y atañe a la reina no entiendo que tenga que ser motivo de conversación con nadie.

A la emperatriz le pareció que a su hija se le había agriado el carácter en la corte española. Llevaba tiempo notándola extraña.

—Por lo que veo, aquello forma parte del pasado, y como tal debéis olvidarlo. No concedáis importancia a que nuestra superiora haya conocido la inquietud que os asaltaba, porque, además, gracias a ella he sabido encauzar mis rezos que en mucho os han beneficiado. Ahora me complace que hayáis encontrado el camino, la senda recta en la que dirigir vuestros pasos hacia la felicidad con vuestro esposo, dejando fuera de ella cualquier pecado.

—En realidad, luchar contra el pecado es tan difícil como hacerlo contra un fantasma —se lamentó Anna.

—Pues no dejéis que ni uno ni otro puedan con una soberana.

Conversaron largo rato y después la reina depositó una generosa limosna para la orden, que fue agradecida por la superiora, a quien dedicó una mirada que bien podría interpretarse como de súplica.

La despedida entre madre e hija resultó emotiva. La emperatriz la invitó a que la visitara con más frecuencia:

—Este lugar rezuma paz, ¿verdad? —comentó, aunque su hija tenía una visión muy diferente del convento en el que había tenido experiencias que podrían considerarse contrarias a la recta moral.

A la emperatriz María le asaltaba la nostalgia siempre que tenía que decirle adiós a Anna al finalizar cada una de sus visitas que, como bien se había quejado, le parecían insuficientes. Tenía tomada su mano al decirle la última palabra:

—Cuidaos mucho, majestad... querida hija...

«Existen unos documentos...» Al abandonar el convento, aquellas intrigantes palabras pronunciadas por Ledesma seguían revoloteando en su mente. Desconocía qué podía tener ese hombre que fuera tan importante para ella. Tal vez no se tratara más que de una burda estrategia para volver a verla. Claro que pensar que lo único que buscaba ese hombre era su cercanía podía resultar una vana presunción por su parte. Y si no fuera ése el motivo —«Dios quiera que no lo sea», pensaba ella—, para qué iba a arriesgarse tanto por una mentira.

Quizá se arrepintiera, pero resolvió hacerle caso y dispuso que la visita por la que Juan había suplicado de forma insistente tuviera lugar en el plazo de una semana. Seguramente iba a ser una de las más claras imprudencias que pudiera cometer una reina —tanto más siendo reincidente en la misma—, pero estaba decidida a arriesgarse porque sólo si lo hacía podría conocer alguna intimidad más de la Casa de las Siete Chimeneas. O lo que es lo mismo, acerca de la relación entre Elena Zapata y el rey. Y tal vez podría, en caso de que quedara algo importante por descubrir, entender, si es que era posible, los entresijos de aquella madeja de pasiones y pecado en la que acabó enredado su esposo. Había que armarse de mucho valor para ser capaz de semejante osadía y, también, muchas ganas de adueñarse del pasado en aras de poder disponer de un presente en paz que sembrara el camino para un futuro esperanzador.

O tal vez lo que guiara sus pasos fuera una intolerable atracción por ese hombre que había irrumpido en su vida con oscuras intenciones.

Estableció la tarde del siguiente domingo para llevar a cabo su plan. El rey tenía previsto pasar ese día cazando en los montes de El Pardo. Estaba empeñado en aprovechar lo que preveía como una breve tregua concedida por la gota. La montería estaba prácticamente organizada, así que, salvo que sufriera un repentino ataque durante la semana, el domingo saldría a cazar y no regresaría hasta tarde.

La reina hubiera podido escoger cualquier otro momento, ya que el rey no estaba pendiente de sus actividades, pero se sentía menos culpable, y sobre todo más a salvo, si sabía que su esposo no se hallaba en palacio, y ni siquiera en la Villa, mientras ella visitaba a solas a un hombre. Un caballero que vivía con la única compañía de sus criados y al que no se le conocía dama con la que anduviera de relaciones que hubieran podido servir de argumento frente a las posibles malas lenguas que en cualquier momento pudieran desatarse. Cuanto más lo pensaba, más temerario le resultaba, pero seguía decidida a dar el paso. Estaba metida en un círculo del que ya no podía salir porque tiraba de ella la curiosidad… pero también la tentación de volver a encontrarse con Juan.

«Juan.» Qué raro se le hacía ese nombre en su cabeza. Y más inusitado aún en su boca, a la que le espantaba que pudiera acudir esa palabra.

El sábado informó de sus intenciones a su camarera mayor y le pidió que ordenara preparar un amplio vestuario entre el que poder elegir, «mirad que no sean trajes demasiado ostentosos, ya me entendéis, no han de ser de celebración, pero tampoco de los más sencillos». Como era de esperar, la condesa de Paredes se escandalizó al sospechar sus planes e intentó hacer reflexionar a su señora acerca de lo que significaba volver a aquella casa.

—Está maldita. Esa casa está maldita y arrastrará a nuestra reina a… —comenzó a decir doña Francisca de Rojas, pero no se atrevió a acabar la frase.

—¿A dónde, condesa?

—Caer en lo prohibido es pecado, y el pecado sólo puede conducir a un único lugar: el infierno —nada más pronunciarlo, se santiguó con un gesto rápido, como si quisiera no haberlo dicho.

La reina suspiró ligeramente mareada. Fue un simple vahído provocado por la relación del infierno con la casa de Juan de Ledesma, y con él mismo.

—Veo que vuestras ideas son claras, condesa, y bien rápida que sois a la hora de exponerlas. Pero no paséis cuidado. Pecar no está en mis intenciones, y supongo que tampoco en las vuestras. —Hizo una pausa—. He de ir a esa casa en busca de algo que necesito, y vos me acompañaréis. Nada habrá de pasar después porque nadie se enterará de lo que hicimos… ¿no es así, doña Francisca…?

—Será como mande mi señora…

Mas no, dueño amado,
que es justo padezca,
que expíe mis yerros,
mis culpas inmensas.

TERESA DE JESÚS

Llegó el domingo. Anna se levantó de un humor extraño y con los nervios desatados en el estómago. Rezó para que no lloviera y se mantuviera sin contratiempos la cacería del rey. Al pensar en la montería y en la casa de los Zapata que se aprestaba a visitar en breve, se acordó del montero de Su Majestad, Francisco, el padre de Elena. Lo vio en su imaginación ahorcado en el jardín y el corazón se le hizo un nudo, considerando la fragilidad del ser humano que le lleva, a veces, a dar su vida por no soportar el mal en otra. Pasó el día distrayéndose con los niños y con banalidades que le ayudaran a sobrellevar el lento transcurrir de los minutos, consciente de lo mucho que le afectaba estar a punto de traspasar la puerta tras la cual no sabía qué se podía encontrar. Adentrarse en la Casa de las Siete Chimeneas tenía muchos significados. Ninguno de ellos bueno, ni bien visto.

Hubo otra circunstancia que le hizo ver claramente ese miedo. Fue un detalle que se produjo en el momento de vestirse. Las damas, bajo la atenta mirada de la camarera mayor, fueron trayendo un vestido tras otro para que la reina escogiera. Ese día mostraba dudas acerca de la indumentaria apropiada para salir. Se la veía inusualmente vacilante, y a ella le preocupó, porque salvo por su esposo, no se recordaba nerviosa por no encontrar la indumentaria apropiada para una ocasión. La ropa con la que gustar a un hombre. He ahí el problema. Después de estar a punto de decidirse por trajes de colores claros, acabó optando por uno negro, de marcada elegancia, con lechuguilla estrecha y alta, y mangas forradas en color oro que asomaba a través de un único acuchillado. Y en cada hombro, un lazo gris con brillo. Una cadena de oro adornaba la cintura y dos hermosas perlas pendían del tocado. Mientras la iban vistiendo, ella intentaba imaginar cómo sería esta nueva visita para la que había convenido con su camarera mayor un estricto silencio. Doña Francisca de Rojas sería su única compañía. Igual que la vez anterior.

A las cuatro de la tarde salieron a caballo hacia la zona del convento del Carmen. Por precaución, del mismo modo que solicitó una capa con capucha oscura a su camarera para que no pudieran identificarla por la calle debido a su indumentaria, también había dado la orden de que no prepararan al animal con su montura, ni luciera aderezo con ninguno de los símbolos habituales. Al llegar ante la puerta, la camarera descabalgó lo más rápido que pudo y golpeó dos veces, esperó y volvió a dar un tercer golpe, según le había explicado la reina que era lo convenido. La puerta se abrió rápidamente y Anna de Austria ya estaba preparada para entrar; todo fue muy rápido. Nadie las vio.

Las primeras sensaciones que experimentó la mantuvieron inmóvil una vez en el interior de la vivienda, que permanecía a oscuras. La única claridad que les alumbraba era un reflejo del sol que entraba por las ventanas del salón. La condesa de Paredes, un paso detrás de su señora, esperaba a que ésta hiciera algún movimiento que indicara cómo proceder. Percatándose del gesto de la criada que les había franqueado el acceso y que pretendía ahora guardar su capa, la reina desabrochó el botón del cuello y la mujer recogió solícita la prenda y se retiró, seguida de la camarera mayor. Todo parecía estudiado, a pesar de que la situación era de por sí tensa y nada habitual.

Al quedarse sola se vio como una flor en medio del desierto. Solitaria y sedienta. Disimulaba un ligero temblor que no era de frío. El dueño de la casa tardó sólo segundos en aparecer, pero a ella le parecieron un lapso eterno acentuado por el ansia de querer saber qué iba a ocurrir a partir de ese instante. Ledesma no había querido presentarse ante la reina bajo la mirada de las otras dos mujeres. Hubiera sido violento para todos. Aunque estar a solas con la reina fuera aún más grave. Pero eso ya no cabía pensarlo. Lo estaban. Anna de Austria y Juan de Ledesma permanecían enfrentados a la más corta distancia en la que se hubieran encontrado jamás, ella ante un hombre; él, ante la reina. Se inclinó para besarle la mano, que, huyendo del beso, fue de inmediato retirada.

—Majestad, sed bienvenida a esta humilde casa.

Sin demora, entraron al salón donde la enorme chimenea principal ardía con vigor. La reina creyó percibir distinto el ambiente. No supo explicarse a sí misma qué podía ser esa evocación que aparecía suspendida en el aire sin dejarse atrapar. El fuego atrajo su mirada, hechizándola. El anfitrión, haciendo gala de los más refinados modales, le ofreció una copa de vino, que ella declinó.

—Vayamos a lo que nos concierne, no dispongo de mucho tiempo —advirtió como si pretendiera justificar su visita en el solo aliciente de saber qué había en esa casa que fuera de su interés. Aunque sabía que no era la razón por la que estaba allí, al menos no la única.

—Como disponga vuestra majestad. Aunque mi mayor preocupación es que os sintáis a gusto en mi casa.

—Agradezco vuestra gentileza, pero lo que realmente deseo es que resolvamos esta cuestión lo antes posible.

—Al menos tomad asiento, mi señora.

—¿Será necesario que insista en que no he venido a pasar la tarde, don Juan, sino a conocer lo que de tan alto interés para mí se guarda en esta casa? —dijo, y permaneció en pie.

—La casa en sí misma creo que tiene para vos mucha ganancia, ¿no lo creéis, majestad? —Ledesma no había tardado en empezar a tirar de un hilo peligroso con el que podría ahogarse si lo estiraba demasiado; pero era hombre capaz de envalentonarse.

—Confío en que no me hayáis hecho venir para una visita de cortesía, porque con ello me ocasionaríais algo más que un gran enfado, como bien podréis imaginar.

Pero Ledesma no imaginaba nada, precisamente debido a su carácter temerario. Refrenó su ímpetu porque vio peligrar el gran logro conseguido. La reina había salido de palacio para visitarlo a solas en su propia casa. Era lo que importaba. Ese hecho ya significaba, en sí mismo, una confidencia compartida con la reina.

—Seguramente no quede ningún rincón de Madrid en el que no se haya hablado, o incluso aún hoy día se hable, de las muertes acontecidas en esta casa. De la primera de ellas, la de doña Elena Zapata, se erigieron castillos de murmuraciones y conjeturas, sobre todo al no haberse encontrado su cadáver. Y después vino lo de su padre. Dos tragedias inmensas de las que se ha pretendido dar una versión que me guardaré de comentar. Así como tampoco entraré en lo que se murmuraba respecto de la vida personal de la viuda del capitán Zapata…

—Le agradezco a vuestra merced que se mantenga en ese proceder —la reina le cortó el paso enseguida para que cambiara de rumbo—. Podéis proseguir…

—Gracias, majestad. Hace tiempo ya que, como es del conocimiento de todos, compré esta casa que no podía pasar a los herederos de Zapata puesto que no los había, y en ella me siento muy cómodo. Aunque os confieso que hay todavía algún lugar que no frecuento, como es el caso de la estancia privada de doña Elena, que mantengo tal cual la encontré a mi llegada. Sin embargo, recientemente me decidí a revisar lo que en ella había, para cambiar algunos muebles y por si hubiera pertenencias personales de las que, por supuesto, pensaba deshacerme.

Anna de Austria se estaba impacientando pero prefirió no intervenir y dejar que Ledesma llegara al meollo de sus intenciones.

—Sin embargo, he aquí mi sorpresa cuando, de entre las posesiones de doña Elena apareció… bueno… veréis, se trata de un asunto muy delicado que podría tener consecuencias graves en caso de que fuera del dominio de cualquier desalmado.

—¿Sería posible que os dejarais de tanto rodeo? ¿Qué es eso de tanta gravedad?

—Son papeles, majestad.

—¿Papeles? —se sorprendió la reina.

—Escritos de la viuda de Zapata. ¿Cómo imaginar que esa mujer se dedicara a redactar una suerte de memorias privadas?

—¿Unas memorias? ¿Es eso cierto?

Anna sintió un mareo y tuvo que sentarse atendida por Juan de Ledesma. Se recompuso a duras penas, doblemente debilitada por el impacto de la noticia que acababa de caer sobre ella con la fuerza de un cañonazo y por el estrecho contacto con Juan de Ledesma a que había conducido su amago de desvanecimiento. Sin levantarse de la silla, irguió su espalda e hizo lo necesario para desasirse de los brazos que la sostenían con inusitado empeño.

—Gracias, no ha sido nada.

Ciertamente el incidente le sirvió a Ledesma como oportunísimo pretexto para una aproximación física a la reina. Quiso ser rápido en valerse de tal proximidad intentando acercarse tanto a ella como para poder oler su piel, pero Anna lo fue más, porque desde que había entrado en la casa advirtió el peligro rondando los rincones y estaba, desde entonces, en guardia. Por eso no le permitió estrechar el cerco, y menos aún que se aprovechara de una debilidad suya. No tuvo que hacer más que un gesto para que Ledesma se detuviera y se incorporase, volviendo a dejar espacio entre ambos.

—Más no pretendía que atenderos, majestad. ¿Os encontráis mejor?

—Ya os he dicho que no ha sido nada. —La reina se quedó mirando fijamente el fuego, cuyo crepitar aumentó en aquel momento y, en esa postura, siguió hablándole—. ¿Dónde están esos papeles?

Juan se dirigió hacia una mesa de escritorio colocada en el lado opuesto a la chimenea, al otro extremo de la estancia, y extrajo de un cajón un delgado legajo que sostuvo entre sus manos mientras daba las siguientes explicaciones a la reina:

—Quería entregároslos a vos en persona sin que salieran de aquí, y evitar así el peligro de que cayeran en manos indebidas. Vuestra majestad sabrá qué hacer con ellos. Supongo que destruirlos, no sería buena cosa que siguieran intactos.

—Podíais haberlo hecho vos mismo.

—¿Y arrebataros, majestad, el placer de hacerlo…?

La reina tomó los papeles que él le entregaba atados con una fina cuerda y agradeció su decisión.

—Ya veis que no os miento. Soy hombre de palabra y leal servidor de mi reina. Majestad, he sido tan sincero pidiéndoos que vinierais a mi casa como mostrando mis sentimientos hacia vos.

—Don Juan, las gracias merecéis por entregar estos documentos a las manos de quien mejor los puede guardar, pero tal vez habría sido más sencillo haberlos llevado a palacio. —Anna se levantó del sillón.

—¿Y salir con ellos a la calle, exponiéndome a cualquier percance, quién sabe si intencionado? Es de vuestro conocimiento que en las calles de Madrid acechan todo género de peligros. Consideré más oportuno que no salieran de la casa si no era en vuestras excelsas manos. Majestad… —avanzó dos pasos hacia ella— es tan alto el privilegio de teneros aquí… —Se hincó de rodillas—. Permitid que os bese la mano.

La reina se incomodó, preguntándose hasta dónde sería capaz de llevar su gesto, en apariencia ritual, el osado anfitrión de la casa de los pecados.

—Está bien. Si hay algo más que debáis decirme, hacedlo ya, porque he de dar por terminada esta visita.

Ledesma se puso en pie y le dijo muy serio, avanzando otro paso más hasta quedar a un escaso palmo de la reina:

—Majestad… mi reina… poco importan las consecuencias que esto pueda acarrearme, si es castigo lo consideraré merecido, pero no puedo vivir sin deciros que no existe mujer en el mundo que me haya causado tan honda impresión como vuestra majestad.

Ella se giró bruscamente hacia la chimenea, quedando de espaldas a él, y agachó la cabeza apretando el legajo contra su pecho. Juan, apenas rozándola, posó la yema de los dedos en su nuca y ella sintió un estremecimiento que le recorrió la espalda hasta golpear en su cabeza, fallándole entonces las piernas y faltándole la respiración. Él apartó la mano como si la piel le hubiera quemado, al tiempo que la reina se daba la vuelta, quedando demasiado expuesta a él, sus caras frente a frente, a punto de rozarse. Tan cerca, que representaban un infernal peligro. Un abismo de perdición. La agitación, y la extrema suavidad con que Juan actuaba, le impidió a la reina darse cuenta de que él posaba las manos en su cintura, haciendo parecer que nada más que el roce pretendiera, mientras ella veía acercarse su boca, temiéndola. Fue un movimiento dilatado, como si el tiempo quisiera permitirles prolongar cada uno de los gestos que realizaban. Instintivamente, la reina entornó los párpados y entreabrió su boca, y cuando los labios de ambos estaban a punto de encontrarse, como si despertara de un largo sueño, Anna se desasió bruscamente y se apartó. Creyó haber visto al demonio; soltó los documentos, que cayeron a sus pies, y se tapó durante unos segundos el rostro con las manos antes de correr hacia la salida llamando a su camarera mayor.

Como despedida, no lo miró a él sino que dirigió la vista hacia la planta superior. Vio entornada la puerta del que había sido dormitorio de Elena. La entrada al santuario del pecado al que podía haberse visto encaminada ella misma si un destello de su conciencia no lo hubiera impedido casi al borde del precipicio. Un destello que iluminó su cordura sin aplacar el íntimo temblor que todavía embargaba su entraña de mujer.

La condesa de Paredes acudió solícita con la capa para salir.

—Majestad, olvidáis esto…

Juan de Ledesma sostenía los documentos atados con la cuerda.

—¡Dádmelos! —ordenó la reina.

Entonces comenzó a andar lentamente hacia ella, abusando de su impaciencia, y le entregó los papeles con una sonrisa de impreciso significado. El tacto ligero de las manos selló el final del encuentro que le había permitido conocer de cerca la tentación. Muy de cerca. Tanto, que con un solo paso más que hubiera dado, uno solo, habría podido caer en ella.

La tentación. Nos puede vencer sólo con mirarnos. Anna lo había considerado así más de una vez en sus profundas meditaciones sobre el pecado y la perdición ajenas, en especial las que con la persistencia de una pesadilla le devolvían una y otra vez la imagen del rey entregado a los favores de su amante, pero nunca lo había experimentado tan a flor de piel.

La casa tenía siete chimeneas, sí. Y demostraba poder albergar más de un pecado.

Ya en la cama, escuchó el toque de las ánimas, que le sonó a música de terror. Así de mal sentía su alma. Así de alterada por los últimos acontecimientos de los que, en ese momento de recogimiento y soledad, no sabía si arrepentirse o recrearse en ellos; si deplorar o regocijarse en la impertinente cercanía de los labios de Juan de Ledesma. En sus manos. En aquel olor del que no había conseguido librarse y que le recordaba lo cerca que había estado de quebrantar sus principios morales. Y todo, por un hombre.

Con ese mismo último toque de ánimas, el rey se apostó frente a la casa, acompañado por un solo lacayo. Le extrañó ver luz en la alcoba que había sido de Elena. No sabía que el actual dueño de la casa dispusiera de dicha estancia.

275

Pero se equivocó. En el interior del dormitorio, Juan de Ledesma, yendo más lejos que los pensamientos del rey, hacía uso del lecho que, por no considerar suyo, había respetado hasta entonces. Destapó las sábanas buscando el rastro, la huella de la ausencia de la reina, para dejarse abrazar por la evocación del cuerpo solamente presentido. Estaba desnudo. Su propio cuerpo se entregó al acto egoísta de pretender a quien no se puede alcanzar, procurándose oscuro deleite con la mera sombra del recuerdo de la efímera presencia de su objeto del deseo. No imaginaba que el rey, desde la calle, contemplaba el movimiento de su perfil por la habitación, hasta que dejó de verlo, aunque permanecía la luz de las velas.

Entonces apareció el fantasma. El caballo del monarca se asustó. Él mismo sufrió el puñetazo del miedo. La silueta de mujer caminaba por el filo del tejado sorteando las chimeneas, antorcha en mano y vestida de blanco. Pero daba la impresión de que ocurría algo distinto. Se detuvo antes de llegar al final y… no era posible… El rey, con el corazón encogido, se restregó los ojos para observar cómo el espectro se giraba tan lentamente que le causó un pánico atroz y miraba hacia abajo. Esa vez, Felipe creyó reconocer la fisonomía de aquel fantasmal rostro que clavó su agónica mirada en él.

No más de tres noches habían transcurrido cuando las puertas del monasterio de las Descalzas Reales volvían a abrirse a horas poco católicas. Anna de Austria entró ocultándose el rostro, acompañada de la condesa de Paredes, quien, sabiendo cuáles eran sus propósitos, se retiró discretamente a esperar el regreso de su señora, compadeciéndose del dolor que se disponían a sufrir esas carnes.

Mateo Vázquez y el confesor del rey, fray Diego de Chaves, lo atendían entrada ya la madrugada. Llevaba toda la noche entre sudores y delirios como consecuencia de la fiebre. Los médicos se quedaron a las puertas del dormitorio al haberles prohibido el paso. «No son los doctores los que pueden curarme del terror de este fantasma», les había dicho a fray Diego y a Vázquez. Ambos se esforzaban por reducir ese grave desasosiego, aunque sólo el secretario conocía el verdadero origen de los males del monarca.

Era difícil que Felipe sospechara que sus temores acabarían encontrándose con los de la reina, quien, por primera vez, comenzaba a comprender a su esposo, convenciéndose, ahora como nunca, de que el rey era una víctima involuntaria de la tentación, igual que se sentía ella. Las extrañas circunstancias de la vida acababan poniendo en los labios de Anna el mismo elixir que el rey conocía bien al haberlo degustado hasta la saciedad. Ahora se hallaba prisionera de su propia renuncia. Su rígida moral católica le impedía estimar a Ledesma de una forma que no fuera más que la debida a un sencillo y llano súbdito, pero no podía dejar de sentir que había traicionado sus creencias piadosas con su visita a la casa de ese hombre.

La reina se enfrentó con muchos reparos y enorme zozobra a los documentos conseguidos en la Casa de las Siete Chimeneas. Decidió leerlos una tarde en que la lluvia atenazaba la alegría en los pasillos de palacio. Después de jugar durante un rato con sus hijos intentó bordar, pero viendo que no conseguía concentrarse en la costura porque su pensamiento campaba por el contenido de esas páginas que reposaban en su cómoda privada del dormitorio, hacia él se dirigió. Siguiendo lo que interpretó como llamada de las palabras de Elena, abandonó la tela para acudir a la búsqueda de respuestas que llevaban tiempo esperando ser conocidas.

Con los papeles en el regazo, Anna tiró del nudo de la cuerda que los ataba. Respiró hondo. Pasó una página tras otra con rapidez, sin leer todavía, atisbando su olor, recreándose en el rugoso tacto del papel y en la insinuación inquietante de la caligrafía que se albergaba al calor del secreto. Sopesó lo que podría suponer para ella y para su relación con el rey averiguar lo que la amante de éste dejó escrito, y decidió que sería capaz de aceptar el efecto que seguro iban a causarle los misterios que estaba a punto de desvelar.

El cielo se estaba oscureciendo. Y renunció, en el último momento, a la pérfida lectura al sentir una penetrante punzada en su vientre.

En cambio decidió mandar a llamar a Juan de Ledesma. No entraba ello dentro del orden lógico de las cosas, pero a veces el orden lógico deja de serlo cuando lo que está en juego es la estabilidad de las emociones. Así debió entenderlo la reina, ya que no vaciló en dar la orden ante la necesidad de saber si existía alguien más que conociera los secretos de Elena y el rey Felipe, ya que, en caso de existir, ese alguien no podía ser otro que Juan de Ledesma. Necesitaba averiguarlo cuanto antes.

Después de la última escena vivida en la Casa de las Siete Chimeneas, a él le extrañó que lo llamaran a palacio. Lo tomó como un triunfo, aunque no supiera bien de qué se trataba. Se hizo el firme propósito de comportarse con más comedimiento que en ocasiones anteriores. Recelaba de la razón que había movido a la reina a llamarlo. Mejor era ser prudente, siquiera por una vez.

—Ahora soy yo quien requiere de vos algo. Sólo me mueve, al llamaros, el pretender saber qué conocéis del documento que me habéis entregado —le informó la reina nada más presentarse ante ella, sin darle pie, así, a que iniciara una de sus habituales maniobras que tan molestas le resultaban.

—¿Qué habría de conocer… majestad?

—Vos lo sabréis. Pensadlo bien, don Juan, antes de responder, porque habréis de hacerlo guiado por la verdad.

—Así, y no de otra manera, me dirijo siempre a vuestra majestad.

—Pues así tendrá que ser, ahora más que nunca. Debo saber de una forma muy clara si vuestra merced conoce el contenido de los documentos.

Tras un silencio que resultó eterno y desafiante para la reina, Ledesma respondió:

—Entiendo que no es buena cosa inmiscuirse en la intimidad ajena. Se trata de un asunto de vuestra sola incumbencia, y como tal lo he respetado. Nada de lo que hay en él es de mi interés, os lo aseguro —se detuvo—. Aunque…

—¿Aunque… qué, don Juan? —inquirió con preocupación la reina.

—He de reconocer que comencé a leerlos sin imaginar a qué podían estar referidos, pero al constatar la dimensión de lo escrito en esos papeles… os doy mi palabra, jugándome mi honor en ello si no fuera cierto, que até presto el legajo y no seguí leyendo porque me quemaba participar de un posible pecado. Preferí no conocer el contenido de lo que parecían ser unas memorias… muy personales e íntimas…

Anna, ligeramente sofocada por las primeras palabras, se conmovió al comprobar la alta responsabilidad de que era capaz Juan de Ledesma y también de su sentido del deber. De todos modos, el pecado, puesto en su boca, le produjo una visible alteración, desagradable pero a la vez atrayente.

—¿Cómo puedo saber que es eso cierto? —insistió la reina.

—No tengo otra manera de convenceros mas que pidiéndoos que creáis en mi palabra. Majestad… espero que confiéis en mí.

Ella se abstuvo de responder, porque cualquier respuesta habría sido comprometida.

—Creedme si os digo que nada hay en este mundo que me interese más que el bienestar y la seguridad de mi reina. —A Ledesma le gustaba referirse así a Anna de Austria, en lugar de «vuestra majestad», como era más protocolario, pero también más lejano—. No encontraréis un servidor más leal

279

que mi persona, ni tampoco más… decidido a una entrega plena.

—Es la entrega que se le supone a un súbdito para con sus soberanos.

—Como hombre os hablo y no como súbdito. Y vos, majestad, me haréis la gracia de perdonarme por ello, pero os juro que evitarlo no puedo, por más que quisiera. Así siento y así os entrego mi sentimiento.

Aunque debería carecer de importancia que lo fuera, Anna no sabía si Ledesma era sincero al hablarle de ese modo. Pero el caso es que, en el fondo, le complacía. Él, por su parte, abandonó con prontitud la intención de actuar con mesura.

—Os ruego que aceptéis estos sentimientos míos que a vos están dirigidos. Sólo a vos se entregan.

—Jamás he conocido a nadie con tanta vanidad como la que vos gastáis, don Juan.

—No es la vanidad, sino el corazón, lo que me mueve a hablaros así.

Por esta vez, la reina contuvo una sonrisa que estaba a punto de escapársele.

—Id con Dios, que de la Providencia bien que os sabéis encargar.

Al poco, en la corte, la Providencia iba a manifestarse en modo y materia bien distinto, ni más ni menos que con el anuncio del quinto embarazo de la reina. Un gran regocijo recorrió los pasillos de palacio y permitió a la soberana refugiarse en una reconfortante y justificada tregua frente a los últimos episodios que habían desencadenado lacerantes sospechas respecto de los misterios de la casa de los pecados. El humo había cesado de delatar, por un breve período, el fuego de las maledicencias populares, pero ahí seguían enhiestas sus siete chimeneas como una amenaza dentada, podría ser que del mismísimo Satanás.

Entre el nacer y el morir

La letra resultaba tan clara como lo eran su forma de hablar, y, más aún, sus intenciones:

> Majestad
>
> Bendito sea ese nuevo hijo que esperáis y que al pueblo llena de alegría. Permitid que me una a las felicitaciones que habréis de recibir por la buena nueva. Y también que os recuerde que en mi persona tenéis a un humilde servidor vuestro que desea, más que nadie, la felicidad de su reina, y que os sigue aguardando...

Juan de Ledesma, lejos de mantenerse apartado de Anna de Austria —tal y como establecían las rígidas normas protocolarias, y también la tradición para cualquier hombre que no fuera el rey— se apresuró tanto en felicitarla por su embarazo que fue uno de los primeros en hacerlo. El billete había llegado a palacio temprano, cuando ella todavía no estaba levantada. La reina amaneció, pues, aquella mañana liberada de la pesada carga que supone para el corazón presentir que se acerca una tormenta que agitará las aguas de la serenidad. Y no tuvo conocimiento del cumplido hasta llegada la hora del repaso rutinario de despachos. Al ser informada de que, entre las cartas del día, había una del caballero don Juan de Ledesma quiso leerla la primera. Después la dobló en cuatro partes y la puso a buen recaudo, asegurándose de que nadie de forma accidental pudiera enterarse del contenido.

La última frase, «os sigue aguardando», se clavó certera en sus ansias no satisfechas de abandonarse a la tentación de unos brazos desconocidos y unas manos que ya había empezado a conocer, aunque someramente, cuando tomaron su cintura, o que sintió en las suyas propias mientras intentaban aliviarla del desmayo sufrido en aquella casa en la que había visto entreverarse los sentimientos más destructivos y las pasiones más insospechadas. Aquella casa en la que, por primera vez, estuvo a punto de sentir los besos de otros labios en su boca. Cuando se consiente el pecado, ¡qué más da su magnitud! concluyó, olvidando los enérgicos propósitos de enmienda con los que había tratado de enjugar su culpa y conjurar el asedio del mal.

«Os sigue aguardando...» Tales palabras la incitaron a rescatar los documentos que dejó escritos Elena Zapata, ocultos en la Casa de las Siete Chimeneas. Se sentó con ellos en el regazo y dio el paso que, aunque inevitable, había estado aplazando. En su estado, no era aconsejable que leyera el diario de la que a todas luces había sido la amante de su marido. Con el paso del tiempo, y todo lo que en su transcurso había vivido, no albergaba dudas sobre la verosimilitud de tal relación. Sin embargo, cierto es que hay hechos y circunstancias a los que se preferiría no dar crédito, hasta que surgen ante los ojos un indicio, una evidencia, por nimios que sean, que demuestren la autenticidad de aquello que, en el fondo, nos hemos estado negando a nosotros mismos. Para la reina había llegado la hora de mirar de frente las temidas evidencias.

Tiró del nudo y, por segunda vez, la cuerda cedió liberando el montón de papeles; ahí quedaron expuestos sin ambages a su mirada usurpadora. Porque leer las confesiones de otra persona no puede ser más que una usurpación, una apropiación de sentimientos que no deberían ser dominio de nadie más que de quien los siente. Sin embargo, a la reina poco le importaba el estigma de lo indebido si se trataba de indagar la vida que su esposo hubiera podido compartir como amante.

El principal hallazgo, curiosamente, no estaba en las letras escritas. Leyó, pero en realidad imaginó mucho más allá de las palabras, y la imaginación se reveló el peor aliado para su confianza como esposa. Elena Zapata se había preocupado de describir lo que ocurría bajo las sábanas de su lecho. Pero no detalles del juego de los cuerpos, sino de lo que sentía gracias a esos juegos y de lo que suponía ella que eran, por su parte, los sentimientos del rey.

Las lágrimas emborronaron aquellas páginas de desconsolada tristeza. Ya nunca más podría ampararse en la ignorancia sobre lo sucedido tiempo atrás entre Elena y su esposo; ya no tendría que prestar oídos al rumor todavía envenenado de las calles; ya no precisaría interpretar las insinuaciones de sus colaboradoras más próximas o de las sirvientas, ni podría tampoco dar cabida a los bienintencionados consejos de su madre. A partir de ahora tendría que convivir con la verdad, la pura y dura verdad escrita de puño y letra por una mujer joven y dotada del poder que otorga la pasión compartida, sobre todo si su amante es el mismísimo rey. Él, en cuerpo, revolcándose en el lecho de otra mujer. En cuerpo, sí; ¿también en alma? Ésa era la pregunta que Anna se empeñaba ahora en descifrar de entre las palabras legadas por la infiel viuda del capitán Zapata y rescatadas del secreto que tal vez nunca hubieran debido abandonar. La reina decidió no seguir leyendo, convencida de que la verdad no iba a ser más verdad porque hiciera más grande su herida. Ahora le tocaba levantar la vista y tantear de nuevo el suelo que pisaba. Tenía que resolver su batalla con los recuerdos que aquellos papeles acababan de transferirle; elegir entre el lastre de ese pasado, de repente tan próximo, y el futuro que le requería y le invitaba a liberarse de inútiles resentimientos.

Elena, recuperada en toda su verdad a través de las palabras escritas por su mano, dejó de ser para la reina un fantasma.

Pero seguía siéndolo para el rey.

Durante los siguientes nueve meses del embarazo, Ledesma no cejó en su empeño de hacerse presente en la vida de la reina. Por más que ella no quisiera darse por enterada, la permanente maniobra del súbdito calaba en su ánimo, que se arrastraba destemplado de mucho tiempo atrás; seguramente desde que acudió por segunda vez a la que fue morada de los Zapata. Desde entonces Anna experimentaba frecuentes episodios de nerviosismo. Pero los vaivenes de la voluntad acababan resultando incontrolables.

Su inquietud era doble, porque a la situación en que se encontraba desde que conoció a Ledesma, se unía el intenso anhelo de que la nueva criatura no sufriera mal alguno. Las prematuras muertes de su dos hijos la habían llenado de desdicha, y la inminencia del siguiente parto no hizo sino aumentar sus miedos.

Éstos quedaron despejados el 14 de febrero de aquel año de 1580. Ese día vino al mundo una niña, la primera de cinco hijos en el matrimonio de Anna y el rey Felipe, a la que llamaron María. El monarca, después de haber experimentado la enorme felicidad que las dos niñas tenidas con Isabel de Valois le habían proporcionado, y colmada la necesidad de un heredero pese a las dos pérdidas sufridas, se alegró al saber que se trataba de una hembra. Encargó a fray Diego, antes del bautizo, una misa de celebración del nuevo nacimiento, en la que se bendeciría con creces a la nueva criatura para que no corriera la suerte de sus hermanos, Carlos Lorenzo y Fernando, el primogénito.

El parto de María se produjo sin complicaciones, como los del resto de sus hermanos. Esta vez fue la madre quien peor lo pasó. Las emociones amontonadas en desorden y la excesiva preocupación porque a la recién nacida no le ocurriera nada malo, pudieron con su templanza, sumiéndola en la tristeza. El rey se mantuvo a su lado ofreciéndole toda la comprensión de la que era capaz, pero, desde que había comenzado a leer las confesiones de Elena, a ella le costaba no pensar en la relación de su esposo con aquella mujer cada vez que lo tenía cerca. «Es una niña preciosa, como su madre», le comentó Felipe para intentar arrancar de su boca una sonrisa. A duras penas lo consiguió. Su mirada estaba ausente. Era una pesadumbre sin motivo aparente, de la que no tenía que rendir cuentas, la que ocupaba la estancia de la reina en todas las ocasiones en que la dejaban sola en aquellos días.

La segunda mañana tras el parto, la camarera mayor le informó de la llegada de una nueva carta de Ledesma. Ese hombre no tenía medida. Nunca se cansaba, pensó la reina, quien hacía cábalas acerca de si su insistencia llegaría algún día a tener fin. De momento no daba la impresión de que así fuera. Accedió a leer lo que quisiera contarle esta vez. O lo que quisiera decirle al oído, que era, en definitiva, casi lo mismo que escribirle en silencio para que ella lo leyera en privado. Con este río de cartas se estaba generando entre ellos una relación perversa que no podría ser criticada a los ojos de la Iglesia, ni de nadie, pero que era capaz de causar turbación en mayor medida que si se hablaran en persona.

Lo que Ledesma le decía ya le era conocido. En esta ocasión, además de transmitirle su felicitación por el nacimiento de su hija, le reiteraba lo mucho que necesitaba verla, «en el lugar donde ninguna otra mujer, después de vos, majestad, podrá ya entrar. No me condenéis, pues, a esta soledad...». El desasosiego le estalló en el pecho. Las intenciones de ese hombre sólo consiguieron aumentar su tristeza, que fue empeorando hasta desencadenar una grave crisis que requirió la pronta intervención de los médicos. La reina miraba a su recién nacida como si no tuviera que ver con ella. Probaron, sin éxito, a que pasara largos ratos con sus otros hijos a fin de que recuperara la alegría, de la que tampoco habitualmente solía andar demasiado sobrada. El doctor Francisco Vallés de Covarrubias, médico de cámara del rey, estuvo tratándola con grandes dificultades. A los pocos días del alumbramiento la reina se negó a comer, alegando que sentía profundos ahogos en el momento de ingerir alimento. En su minuciosa exploración, Vallés no encontró ningún síntoma que pudiera explicar el porqué de ese desarreglo.

Las fuerzas se le iban yendo a la reina. Se le escapaban del mismo modo que el agua se filtra en la tierra. Poco a poco. Lentamente. Hasta que su vida se puso en peligro, acercándose con gran riesgo a la antesala de la muerte. Una noche, el rey se quedó con ella, sin testigos. Le tomó la mano con el único propósito de que ella sintiera que estaba a su lado, y así pasaron horas, sin hablarse, con la mano de Anna retenida entre las suyas. Así, como hizo con Isabel, su anterior y amada esposa, en su lecho de muerte. Se emocionó al recordarla ahora que agonizaba la mujer que le había sucedido en el trono y en su corazón. Le apretó fuerte queriendo transmitirle el vigor que necesitaba para recuperarse, por más imposible que pareciera su restablecimiento, puesto que su estado era extremadamente delicado.

Sentía en propia carne la impotencia de no poder intervenir para detener la llegada de la muerte. E impotente, asimismo, por no ver la manera de transmitirle a Anna lo mucho que lamentaba todo el daño que le había causado por desatenderla cada vez que salía en busca de otro cuerpo, otras manos, otra boca, que esperaban en el lecho indebido. El tálamo no bendecido por Dios. Sentía el dolor de los rumores desatados en todo Madrid sobre sus visitas a la Casa de las Siete Chimeneas, que durante años fueron tan difíciles de contener. Su cuarta esposa, sangre de su propia sangre, jamás mereció semejante destino por su culpa. O más bien por su debilidad.

Ese conocimiento del sentir humano lo tenía Felipe. Ya sabía que cuando un ser a quien se quiere, o a quien se debería querer —que ésa y no otra era la naturaleza de su relación con Anna: el esfuerzo permanente por amarla—, está a punto de abandonar la vida, entonces su deudor se rebela clamando al cielo que no se lo lleve. Y menos tan pronto. La reina tenía treinta años. Y cinco hijos que criar. Lo que Felipe sentía por ella resultaba difícil de explicar. Tras la muerte de Isabel, su anterior esposa, su corazón quedó yermo. La necesidad de un heredero, que la francesa no había conseguido darle, le llevó a los brazos de su sobrina Anna, por la que desde niña sintió un gran afecto. Pero el amor, ese sentimiento patrimonio de espíritus osados como el de Elena, a la que no importaba entregar su cuerpo sin trabas al amante, o el de la propia Isabel, la reina más atractiva que había conocido la corte española, ese amor Felipe no conseguía sentirlo por Anna de Austria. Aunque ella era quien le ofrecía el matrimonio más tranquilo de los cuatro, la esposa más devota y piadosa, la mejor compañera para comprender el sentido religioso y trascendente de la existencia. Él la amaba a su manera. Una manera que, aunque no se mezclaba con la pasión, hubiera podido proporcionarles una suerte de felicidad a ambos, Felipe y Anna, de no haber sido por el extravío que supuso para él la joven Elena.

El rey se resistía a ser castigado de nuevo con la prematura muerte de una esposa. Le habló quedamente al oído. «No os vayáis aún, Anna… no queráis hacerlo tan pronto», le dijo, reconociendo con tales palabras su sospecha de que se estuviera dejando morir. Si un galeno de la talla de Francisco Vallés, a quien él apodaba «el divino Vallés» por sus conocimientos y su tino para acertar en el diagnóstico de los males, no encontraba el origen de los graves trastornos de su cuerpo, entonces no le quedaba otro remedio que pensar en que era su voluntad dejarse ir.

Y como veían que, en efecto, se les iba, al confesor del rey, fray Diego, se le ocurrió que buena cosa sería llamar al padre

Alonso de Orozco, como así hicieron. El clérigo toledano de la
Orden de San Agustín, nacido en Oropesa, era venerado por
la nobleza, clase social con la que se entendía muy bien al ser él
también de noble cuna, y admirado por el rey, que llegó a nom-
brarlo predicador real y confesor, como ya antes hiciera su padre,
el emperador. Hombre ascético, formado en la Universidad de
Salamanca, Orozco alternaba con humildad y discreción sus capacidades intelectuales, que cultivaba en sus importantes escritos,
con la entrega a los más necesitados. Entre visitas a cárceles, hos-
pitales y conventos, aprovechaba para predicar dando ejemplo
con su vida y sencillas costumbres. Los muchos años que llevaba
en Madrid le habían servido para forjarse la fama de ser el mejor
hombre de Dios recuperando almas. Porque fray Diego, como ya
presentía el rey, estaba convencido de que no era el cuerpo, sino
el alma de la reina lo que andaba necesitado de ayuda.

—Esto es lo que me urge.

El octogenario padre Alonso, sin haber examinado previamente a la reina, extendió al rey un papel donde traía unas bre-
ves anotaciones apenas legibles que le sorprendieron. No indicaba oraciones, ni piadosas encomiendas como era de esperar.
Lo que el padre Orozco había escrito era que prepararan una
perdiz entera y una loncha de tocino que habrían de asarse lo
más cerca posible de la reina.

—Que dispongan los avíos de la lumbre para trasladarlos a
la alcoba de la reina, palos para ensartar las carnes, ajo macha-
cado, grasa de cerdo, unas ramas de perejil y hojas de albahaca
—el padre se mostraba resuelto y convencido de su petición.

—Pero… padre, ¿no creéis que todo eso causará gran malestar a la reina? —le preguntó escéptico el rey.

—Veamos, majestad, me habéis llamado para salvarla, ¿no es
así…? Entonces no os preocupéis por el método. Os aseguro
que es lo de menos.

El rey dio la orden para que lo arreglaran todo de inmediato, y mientras esperaban mantuvo una charla con el sacerdote

en la antecámara de la reina. Orozco rezumaba amabilidad en cada uno de sus gestos. Sentado en un regio sillón, porque la edad lo cansaba, le habló al rey de las desavenencias en las que a veces se enzarzan el cuerpo y el alma.

—¿Sabéis de las razones que pueda tener la reina para haber llegado a este lamentable trance que me habéis descrito?

Felipe callaba. No estaba dispuesto a confesar sus padecimientos a nadie más. Contaba con los apoyos que podía permitirse un hombre desconfiado por naturaleza como él: su secretario Mateo Vázquez y su confesor fray Diego le bastaban. No era necesario dar entrada a nadie más al recinto privado de su alma. Por tanto, resolvió responder con una evasiva que no avivara la suspicacia del agustino:

—Se hace tan difícil conocer las dudas que asaltan el espíritu… ¿verdad, padre?

—Cuánta razón tenéis, majestad…

El rey guió después la conversación hacia asuntos terrenales de más ligereza y se interesó por la salud del clérigo, intentando no tener que darle demasiadas explicaciones sobre sus asuntos íntimos, pues no estaba dispuesto a arriesgarse a que sus secretos volvieran a extenderse por Madrid.

Un nutrido grupo de sirvientes y ayudantes de cocina se presentaron con los preparativos ordenados por el rey. Incluso se excedieron, con la mejor de las intenciones, aportando en la comanda algunas frutas que sabían que eran del agrado de la reina, así como dulces y unas almendras, pero todo ello fue retirado por quien se erigía ya como el salvador. Orozco insistió en que tan sólo necesitaba la perdiz entera, la loncha de tocino y las hierbas.

—¿Es ése el lenitivo con el que pretendéis curar a la reina? —preguntó el rey no pudiendo contener por más tiempo su extrañeza.

—Majestad, esto podría levantar a un muerto —comentó el padre con gracejo.

Mostrándose animoso, se dispuso a entrar a la alcoba de la reina con la única compañía que iba a permitir: la de una criada que se encargara de asar las carnes y que después le ayudara a administrar los alimentos a la enferma.

—Entonces, mejor que sea una ayudante de cocina quien os acompañe —propuso el rey.

—¡Que sea! —respondió con decisión el padre, mientras ya caminaba hacia el interior del dormitorio.

Al encontrar a la reina postrada en la cama, exánime, se conmovió. El aspecto que presentaba era de un debilidad extrema. Su piel, de natural blancura, parecía invisible y había perdido el esplendor de la juvenil tersura. Lo primero que hizo fue apiadarse de su alma, pero no se demoró en actuar, sabiendo lo importante que era para salvarla no perder ni un solo momento.

La joven sirvienta, afectada por la visión de la reina tan maltrecha, preparó la comida siguiendo las indicaciones del clérigo. Untó la perdiz con la grasa y extendió el mejunje de hierbas por todos los resquicios del ave. Después encendió la lumbre y comenzó a asarla. Al cabo de un buen rato, puso al fuego la loncha de tocino, que tardaría poco en hacerse.

Mientras el asado seguía su curso, Alonso de Orozco tomó un vaso de agua y, ayudado por la muchacha, se esforzó en hacer beber unos sorbos a la reina. Por fin lo consiguió. Ya era un primer paso, tras el cual se presentaba lo más difícil. Una vez cocinadas las viandas, el penetrante olor del tocino asado y de carne de la perdiz se extendieron profusamente por los alre-
'ores del lecho de la reina, quien torció el gesto.

Dadle una oportunidad a estas carnes, majestad. No he
'o a nadie capaz de resistirse a estos dos manjares.

'argo rato en conseguir un mínimo logro, que, gracias
ía, se produjo. La reina probó primero un bocado
nsó. Taparon la comida con un paño hasta el si-
'n el que la porción fue algo mayor. Respon-

diendo a la insistencia del sacerdote, la reina acabó tomando también la loncha entera de tocino, mientras el hombre recitaba versos del *Magníficat* que, a través de la puerta, llegaron a oídos del rey. Sólo entonces marchó tranquilo. Como si hubiera adivinado lo que adentro estaba sucediendo.

El padre Alonso pasó el resto del día junto a ella, sin salir de la habitación, aferrados ambos al silencio como a una antorcha que ha de guiar en el camino a la salvación. Al anochecer, la reina consiguió articular varias palabras; tristes, como era de esperar, pero al menos algo dijo.

—¿Vos, padre, creéis que aún pueda conservar la parte reservada para mí en el corazón de mi esposo?

Era una pregunta delicada y del todo inesperada. Anna de Austria se había expresado en términos de total y absoluta intimidad ante un hombre al que apenas conocía. Sin embargo, se trataba de quien acababa de conseguir que su cuerpo volviera a ponerse en marcha y, así, poder rescatar su vida de las fauces de la muerte. Él, entendiendo que era ésa la razón por la que le hablaba de sus íntimos desvelos, le respondió:

—¿Esa circunstancia os preocupa?

—Como a cualquier esposa… supongo —añadió esto último con aires de lamento.

—Pues no debéis pensar más en ello. El rey es hombre tan entregado al deber que le impone el santo sacramento que le une a vos, como a la causa de Estado. Podéis y debéis estar tranquila, y disfrutar de lo que la vida os regala, que mucho es y así lo merecéis, majestad.

—¿Y qué ocurriría, padre, si la vida nos pusiera delante un fruto prohibido cuyo sabor se intuye dulce aunque tomarlo pueda matar?

Anna no estaba acostumbrada a expresarse en tales términos, como tampoco lo estaba a sentir las alteraciones, el desasosiego, de la tentación que anuncia un oscuro final del camino.

—Jesucristo nos ayuda a apartarnos de la tentación; a huir del diablo. Nada temáis, majestad. El ángel de la guarda os protege siempre. Nunca baja la guardia con ninguno de sus protegidos.

Las palabras de Orozco le hicieron recordar a la reina el ángel ante el que rezó en la Puerta de Guadalajara, aquel 26 de noviembre en que Madrid le dispensó un inolvidable recibimiento. El padre le dio su bendición y Anna, reconfortada, sonrió bebiéndose sus lágrimas y cerrando los ojos para descansar un rato. Era lo que más falta le hacía en aquel momento.

Le costó semanas recuperarse pero, a pesar de los lentos progresos, todos hablaron de que fue un milagro del padre Orozco lo que la salvó. Porque lo importante es que estaba restablecida, sin que se tuviera en cuenta el tiempo que le hubiera costado.

La reina, aunque piadosa y fervorosa creyente, confiaba poco en los milagros. Porque si existieran, ya habría apelado ella a uno para que le librara de los males que invadían su espíritu.

Anna plegó la carta que acababa de escribir, estampó el sello real sobre el lacre bermellón y le echó encima arenilla para secarlo. Advirtió que el color de la tarde viraba hacia un añil con tonalidades violáceas muy agradable de contemplar. Quiso imaginar cómo sería esa misma tarde observada desde la Casa de las Siete Chimeneas y sintió una rara nostalgia de lo no sucedido. Sabía que la decisión que acababa de tomar la sentaría en el confesionario, pero le merecía la pena, así que siguió abrazada a la idea de pisar de nuevo la casa. En realidad ya estaba pecando de pensamiento, porque el contenido de la carta la dirigía por un camino recto e inequívoco hacia un posible pecado de obra. Le había escrito a Juan de Ledesma accediendo a verse por tercera vez con él en la casa, aunque la primera no contaba al no haber sido premeditada. En rigor, ésta sería la segunda cita. Entregar la misiva al emisario le produjo la excitación de quien da un salto en el vacío, una mezcla de vértigo y de fascinación.

Pero como no siempre la vida está decidida a esperar que se tome una decisión a la que cuesta llegar, cuando por fin se hace puede ser demasiado tarde, sin importar el esfuerzo que se haya realizado. Anna se estaba lanzando de lleno a los brazos de la perdición, dando por supuesta que la gravedad de sus acciones se lavaría en el agua purificadora de la penitencia. Se sintió como un árbol que se hubiera cansado de soportar múltiples ramas de mucho peso y pidiera a gritos que las cortaran para hacer más fuerte el tronco. Había soportado demasiadas penas de signos muy distintos. Había penado por la infidelidad de su marido; por su posible implicación en un crimen, que, por cierto, se había ido diluyendo en el tiempo, sobre todo después del ahorcamiento del padre de su amante; también había penado por haber deseado la muerte a esa mujer; por visitar a solas la casa de un hombre; por caer en la impureza de la flagelación, cometida, además, entre los muros sagrados de un monasterio. Y el remordimiento que peor toleraba de todos los posibles: el de haber conocido el deseo y estar dispuesta a dejarse cautivar por él. La tentación. La turbia atracción de lo prohibido. Porque, en efecto, estaba dispuesta y así se lo hacía saber a Juan de Ledesma en su misiva que ya viajaba camino de la casa.

Pero aquella tarde en que la decisión estaba tomada y la fecha del nuevo encuentro fijada por ella, Felipe le anunció que adelantaban el viaje a Portugal.

A principios de año había fallecido el anciano rey don Enrique, tío carnal de Felipe y sucesor del desgraciado sobrino de éste, don Sebastián, muerto en la cruenta batalla de Alcazarquivir y de cuyo cadáver se seguía sin tener noticias. Desde entonces, el monarca español estuvo preparando la estrategia para hacer valer su derecho al trono lusitano, sirviéndose, como ya ocurriera con el conflicto flamenco, del fiel duque de Alba, jefe del ejército desplazado al reino vecino.

El hecho de que Felipe apareciera como el candidato con más derechos a ocupar el trono no significaba que el terreno fuera propicio para que lo consiguiera con facilidad. Muy al contrario, los descendientes de don Enrique pugnaron por él como si tuvieran el mismo rango que el monarca español, y no era así. Para empezar, dos de los sobrinos en liza por la sucesión eran ilegítimos: Catalina y Antonio, prior de Crato, hijos naturales, respectivamente, de los hermanos del rey, don Eduardo y don Luis. Mientras que el duque de Saboya, nieto de la infanta Beatriz de Portugal, hermana menor del rey fallecido, difícilmente podía competir en la línea sucesoria con Felipe, cuyo lazo de sangre era el más directo, al tratarse del primogénito de la emperatriz Isabel, también hermana de don Enrique. Los Saboya se retiraron pronto de la lucha al trono; no les interesaba enemistarse con Felipe y poner en peligro su pequeño y tranquilo Estado italiano en el que hacían y deshacían a su antojo, sin injerencias. Así que la contienda se reducía a los dos bastardos de la Casa Real portuguesa y al único descendiente legítimo de la misma, Felipe II. De modo que el derecho era incuestionable, estaba claro, pero parecía que sólo para el español, dispuesto a ceñirse la corona portuguesa a toda costa. Tan claro lo tenía él que ya desde meses atrás se iniciaron los preparativos para la expedición a Portugal. Esa maniobra afectaba a la familia real. El rey, feliz como no lo estaba desde hacía tiempo, pidió a Anna que le acompañara en este viaje, junto con los niños. La reina valoró en su justa medida el gesto de su esposo, si bien era cierto que hubiera preferido que un ofrecimiento semejante se hubiera producido mucho antes. Pero las cosas no ocurren siempre, o más bien casi nunca, cuando sería bueno que ocurrieran; cuando con más razón podrían colmar anhelos. Los de Felipe distaban ya muy poco de ser alcanzados, y deseaba llegar a ellos acompañado de toda su familia.

En el campo de batalla, la situación evolucionaba ajustándose bastante a los planes elaborados por los hombres de Felipe, hasta que en las últimas horas los acontecimientos se vieron alterados en favor de los españoles. Y es que las tropas del duque habían avanzado posiciones con una rapidez sólo comparable al afán del monarca de verse ocupando, por fin, el trono luso. Dispuso, entonces, que partieran antes de lo previsto, porque no había razón para demorarse teniendo ya, como tenían, el camino libre y los preparativos a punto. Saldrían en dos días.

A pesar de que el viaje estaba organizado hacía tiempo, las horas previas fueron apresuradas. El incesante movimiento de todas las categorías de la corte semejaba un hormiguero humano. El entusiasmo de ver cumplido uno de los mayores sueños del rey se extendió por palacio contagiando a todos. Sin embargo, el cambio de planes empañó la alegría de la reina. La cita en la Casa de las Siete Chimeneas estaba prevista para un día después de la que ahora iba a ser la fecha de partida de la expedición lusitana. Y, por otro lado, era impensable adelantar dicho encuentro. En medio del caos natural de un viaje de esa envergadura, no se justificaría una ausencia suya de palacio. Llegó a sentir la culpa de lo que no iba a suceder. Bastaba con la intención; ella la había tenido y él lo sabía. Había estado tan dispuesta a verse con Juan que selló por escrito la confirmación de la cita, y ahora no sabía cómo salir del complicado contratiempo. Aunque ya no distinguía; no sabía si era peor ser prisionera de ese deseo o no volver a ver a Ledesma. Tendría que luchar contra el desasosiego que le provocaba que fuera el destino el que rectificara la senda por ella decidida. Se debatía entre la piadosa aceptación de los designios divinos, como correspondía a su hondo sentir religioso, y la lucha por gobernar su vida hasta en los más recónditos espacios del alma, aquellos a que los impulsos irracionales le habían arrastrado debido a la deslealtad de su bienamado esposo.

El día de la partida iniciaron viaje muy temprano. No hacía frío y, sin embargo, a lo lejos se distinguían siete columnas de humo procedentes de la casa de Juan de Ledesma. Las chimeneas estaban ya funcionando, a horas tan tempranas en las que el sueño todavía no había abandonado a los habitantes de la Villa. Anna entendió que era la manera que tenía Juan de decirle adiós. O tal vez algo más. Pero no podía saberlo.

«Yo no muero, entro en la vida»

A mediados de junio, la corte se instaló en Badajoz, última parada antes de penetrar en Portugal, esperando a que el reino estuviera totalmente bajo el poder de las tropas españolas y los ánimos de los nobles y aristócratas del país vecino se hubieran calmado. Por fin había llegado la hora de ver cumplidas las aspiraciones de Felipe acerca de la unidad de sus reinos. Estaba convencido de poder conseguir la incorporación de Portugal a la Corona española.

Llegaron a Badajoz con un largo séquito en el que se incluían los hijos habidos en el matrimonio, así como las dos hijas que el rey tuvo con su anterior esposa. Alberto, hermano de Anna de Austria, también viajó con ellos. El regio campamento se instaló a las afueras de la población extremeña, aguardando la señal de avance que les tenía que dar el duque de Alba.

En la espera sufrieron un grave revés. A pesar de las medidas de precaución que habían tomado antes de asentar el campamento, la gripe estuvo a punto de acabar con una de las mayores ilusiones en la vida de Felipe, como era hacerse con el trono de Portugal. La enfermedad causó estragos entre la comitiva. Resultó ser la misma gripe que, extendiéndose por gran parte de Europa, asoló previamente los tercios de Flandes. Al duque de Alba se le había ordenado desplazarse con sus tropas desde allí hasta Badajoz para intervenir en la campaña portuguesa, por lo que no era de descartar que, además de las ganas de vencer, se hubiera traído la implacable enfermedad anidada en alguno de sus hombres. Al tiempo que la letal dolencia se extendía por el campamento, llegaban noticias poco alentadoras desde El Escorial, donde prácticamente no quedaba monje que no la hubiera contraído.

Los peores momentos estaban por llegar. Lo que sucedió en el campamento pudo haber cambiado el curso de los acontecimientos en la historia del reinado de Felipe II. A pesar de la cuarentena ordenada para evitar la entrada de la epidemia que ya estaba causando numerosísimas bajas, el rey se contagió. Sus fiebres llegaron a ser tan altas que lo colocaron más del lado de la muerte que de la vida. Y, sabido es que, cuando el ser humano cree estar pasando a la otra orilla, tiende a aferrarse al recuerdo, incluso, de lo que quiso olvidar. Aquellos días en los que las altas temperaturas del cuerpo arrastraron a Felipe a los extremos del delirio, el fantasma de Elena regresó del espacio donde permanecía confinado para asaetear su conciencia, que anduvo perdida peligrosamente durante dos interminables jornadas. Entre sudores y ausencias, blancos fogonazos que nacían del cielo de Madrid nublaban sus sueños. El espectro que tantas veces había visto pasearse por el tejado de la Casa de las Siete Chimeneas anidaba allí donde no parecía posible su presencia: en la misma muerte. Tiraba de la vida del rey y éste se resistía. Pero los brazos de la espectral Elena eran fuertes y poderosos como para poner en serias dificultades el futuro de la Corona.

El médico de cámara, testigo de la gravedad de su estado, decidió dedicarse sólo al monarca, dejando bajo la vigilancia de sus colegas a otros enfermos del séquito. Felipe no quería más manos ni otra doctrina que la de Vallés. Estaba acostumbrado a él y tenía una gran fe en sus capacidades. En franca correspondencia con la confianza real, Francisco Vallés se desvivía por atender cualquier mínima indisposición del rey.

Nacido en Covarrubias, «el Divino Vallés» se había preparado en las más prestigiosas universidades europeas y ejercido magisterio en una de las mejores: la de Alcalá de Henares, fundada por el cardenal Cisneros. Vallés era un tipo curioso, un humanista que, no conformándose con el estudio de la medicina, hizo de la filosofía una de sus grandes pasiones. Se dedicaba a traducir con gran acierto textos de Hipócrates y de Galeno, amén del notable peso que tenía en la ciencia. Se hablaba de él por sus interesantes disecciones de cadáveres que complementaban los avances del gran maestro belga Andrés Vesalio, no sólo en el estudio de la anatomía, sino en el descubrimiento de las lesiones que ocasionaban las enfermedades en el cuerpo humano. Hacía treinta y siete años que Vesalio había publicado con éxito la primera edición de su polémica y monumental obra *De humani corporis fabrica*, en la que se asentaban los principios definitivos de la anatomía humana. Aquel tratado de seiscientas páginas supuso una revolución que lo enfrentaba a Galeno. Mientras éste investigaba diseccionando animales, Vesalio lo hacía con cadáveres humanos, lo que estableció la anatomía como base de la medicina.

Aunque excelente seguidor de tales enseñanzas, lo que seguramente ayudó a Francisco Vallés a ser elegido como médico de cámara de Su Majestad fue su completa preparación en humanidades. Aplicaba en el trato con los enfermos el resultado de esa amplia formación humanística. Ningún otro habría sido mejor que él para atender a los reyes en tan grave trance, empeorado por las incomodidades del desplazamiento fuera de Madrid.

En conjunción con la luna llena, purgó a Su Majestad y le aplicó ventosas en el pecho y en la espalda. Felipe, notando poca mejoría, quiso hacer testamento. Su hombre de confianza, Mateo Vázquez, estuvo presente mientras lo dictaba al letrado Antonio de Padilla. Ambos y Vallés fueron los únicos presentes en el dictado, que se prolongó más de una jornada, ya que no era tarea fácil para el rey en sus condiciones. Cuando hubo concluido, la reina volvió a su lado para cuidarlo personalmente, velándolo, incluso, en aquellas largas noches en que la fiebre no estaba dispuesta a abandonar el cuerpo de su esposo. En una de ellas se creyó llegado el final y Anna, aunque agotada de las infinitas horas en vela, se postró ante su lecho entregándose a una fervorosa oración en la que, entre lágrimas, ofreció a Dios su vida si es que tan necesitado estaba de llevarse una, «que sea a mí a quien llevéis, no libréis a nuestro reino y a la Iglesia de Su Majestad, a quien tanto necesitan». Tras la plegaria, Vázquez le ayudó a ponerse en pie. Fue un gesto espontáneo, conmovido al comprobar de lo que era capaz la reina llevada por el desconsuelo.

Milagro divino o fortaleza humana, el caso es que el rey revivió cuando todo se daba por perdido. El inmenso alborozo que se extendió por el campamento tuvo que ser contenido por el equipo médico, dado que todavía quedaban muchos convalecientes y alguno, en el verdadero umbral de la muerte.

La reina dio gracias al cielo convencida, sin importarle lo que los demás pensaran, de la misericordia de Dios al atender sus ruegos elevados a Él a través de sus rezos.

Sólo el rey sabía que si se había salvado era gracias a que acababa de ganarle otra partida al fantasma de sus remordimientos, confiando en que ésta fuera la última en la que se batiera con él.

Los días transcurrían lentos en el campamento, tan lenta como estaba resultando la completa mejoría del rey. Lo que menos imaginaba el monarca era que la paz conseguida tras haber superado la muerte y creer que tenía, si no exterminada, al menos controlada la acechante sombra de Elena, iba a verse perturbada por un hecho imprevisto. La cara desencajada de la reina hacía prever lo peor, pero por preocupante que fuera su expresión, no anunciaba la verdadera dimensión de la tempestad que se avecinaba.

—¿Cómo habéis podido… Felipe? ¿Por qué habéis hecho algo así?

La reina había entrado arrolladora, visiblemente alterada, a la estancia donde el rey descansaba en la penumbra del atardecer.

—Calmáos… —respondió Felipe convaleciente—, pero sobre todo decidme qué es lo que os exalta de esa manera.

—¿No podéis imaginarlo? Informada estoy de que no consto en vuestro testamento —Anna se mostraba firme—. ¿Por qué, amado esposo, por qué…?

Felipe, que no se sentía aún con fuerzas, se lamentó de que, sin pretenderlo, una disposición suya hubiera causado tal consternación en su esposa. Pero lo que más le contrarió fue el hecho de que ella se hubiera enterado de su decisión. No era el testamento de un rey documento que pudiera estar al alcance de cualquiera, ni siquiera de su propia esposa, y por lo cual tendría que pedir explicaciones. Ahora, sin embargo, lo más perentorio era aplacar los ánimos de Anna.

—Es cierto. Así lo he dispuesto, pero no veáis en ello ninguna oscura razón.

—Entonces explicádmelo para que pueda salir de la incertidumbre en la que me tiene sumida vuestra decisión.

—Anna… lo he hecho por vuestro bien. Si hubiera delegado la regencia en vos, en caso de que a mí me ocurriera una desgracia, no haría más que causaros un problema. Vuestra tranquilidad, y el amor que os tengo, bien merecen que no recaiga sobre vuestros hombros tamaña responsabilidad.

La reina tenía razón al pronunciar su queja ya que lo lógico hubiera sido que la nombrara gobernadora del reino en su ausencia, como era práctica habitual en las monarquías, en lugar de disponer un Consejo de Regencia que la excluía. Tal mandato generaba suspicacias. Y ahora le correspondía al rey despejarlas, aunque se preveía difícil, ya que Anna en esos momentos sólo veía con ojos de esposa, no de reina.

—Peor aún me resulta que pretendáis convencerme con argumentos que se refieren a mi propio beneficio —comenzó diciendo la reina—. El beneficio de una mujer, como vos decís, es saberse amada por su esposo, y no parece precisamente un acto de amor que el rey no incluya en su testamento a la reina. Se me pide que acepte la circunstancia de que un Estado prevalezca por encima de un matrimonio. En ese precepto he sido educada. Y ahora vos decís que nuestro matrimonio, y mi propio interés y bienestar personal, importan más que las razones de Estado. ¿Esperáis, acaso, que lo crea? Señor... en el papel que me corresponde representar me mantengo, no paséis cuidado. Pero no olvidéis que vuestra esposa soy. Una esposa incapaz de comprender una decisión que me excluye, no ya del gobierno, sino de vuestros deseos e intenciones.

Había estado conteniendo las lágrimas por orgullo, pero ya casi le vencían. Aun así, llegó hasta el final de lo que quería decir, hiriéndose a sí misma al pronunciar las siguientes palabras:

—Vos... vos no me amáis, ¿verdad? —contuvo, antes de que brotara, la última lágrima que venía empujando e insistió en su afirmación, al borde ya de la cólera—: ¡Vos no me amáis!, ¡no me amáis, Felipe!

El rey, todavía muy debilitado, intentó incorporarse del lecho sin conseguirlo.

—Acercáos, ¡vamos! —le apremió—, venid a mi lado, os lo ruego.

La reina, en un estado de elevada agitación, se resistía a acudir a la llamada.

—Por favor... Anna... —El rey le tendió la mano.

Al fin, ella aceptó. Se postró a su lado y él la atrajo hacia sí para intentar convencerla, lo más cerca posible, de la verdad de sus palabras.

—Amor, y no otra cosa, es lo que siempre he sentido por vos, y lo que sigo sintiendo. Habéis conseguido para la Corona unos hijos que habrán de gobernarla y hacerla inmortal, y eso os honra. No consideréis este gesto mío como una afrenta o conspiración que os aparte de mí, porque sería un error que siempre lamentaríamos ambos. Debéis creerme si os digo que lo único que me ha movido a determinarlo de ese modo es haceros la vida más fácil y no cargaros con sufrimientos innecesarios. No hay más verdad que ésta. Os doy mi palabra.

Anna, seguramente tan cansada como él, recostó la cabeza en el pecho del rey para llorar —entonces sí— por lo que consideraba una causa perdida.

Perdida porque no había conseguido creer en la palabra real.

Nada más marcharse su esposa, lo que más preocupaba al rey era averiguar la identidad del responsable del desliz que le acababa de costar la peor discusión de su matrimonio. Convencido de su autoría, mandó llamar a Mateo Vázquez para pedirle explicaciones. Sin embargo, el secretario, además de poder demostrar su inocencia, apuntó un posible culpable que le resultó bastante lógico a Su Majestad.

La gélida mirada con la que escudriñó el rostro del letrado Antonio de Padilla bastó para que el pobre hombre reconociera su lamentable indiscreción.

—Vos no sois consciente de lo que supone comentar cualquier documento privado del rey. —Su tono era tan exageradamente severo, que por sí solo, al margen incluso del contenido de las palabras, debería atemorizar al apocado Padilla—. Habéis quebrantado una norma básica de lealtad, cuyas consecuencias no tenéis capacidad de imaginar. Espero que no se repita. Me obligáis a pensar en qué hacer para evitar errores de esta envergadura.

Padilla, a quien no le salía la voz del cuerpo, apenas si pudo expresar balbuciente una excusa insignificante que en nada le eximía de la torpeza de haberle comentado a la reina detalles del testamento del rey. En su defensa cabría haber alegado que en ningún momento obró de mala fe, pero ni él mismo fue capaz de aducir motivo alguno. Se fue cabizbajo, soportando sobre sus espaldas el enorme peso de saber de por vida que la falta cometida era del todo imperdonable.

Aunque no imaginara, ni él ni nadie, que la vida que le quedaba fuera poca. Sería mucho aventurar si alguien relacionó la caída en picado de su salud con el altercado de los reyes y la posterior y terrible reprimenda recibida, pero el caso es que, hombre de delicado corazón como era, a las pocas horas de su entrevista con el monarca comenzó a sentirse mal. Los latidos se aceleraron y le costaba respirar. A oídos de Felipe llegó lo que estaba sucediendo y, sin pensarlo dos veces, ordenó que fuera atendido por Francisco Vallés.

Cuando acudió a su dormitorio, el médico lo encontró tirado en el suelo con el rostro violáceo y asfixiándose. Sólo tuvo tiempo de asistirle en los últimos y penosos estertores cuyos ecos se esparcieron por todo el campamento convirtiendo a Padilla en la imagen de un lamento arrepentido.

Aquella noche, al acostarse, Felipe rezó más tiempo que de costumbre.

Los niños recobraron la alegría al saber que su padre se había salvado —aunque para recuperarse habían sido necesarios más de dos meses— y pidieron permiso para visitarlo. Lo hicieron acompañados de la reina, quien, para entonces y respetando la presencia de ellos, se mostró más cariñosa con su esposo. Anna sostenía a la pequeña María en brazos cuando comenzó a sudar y a sentirse mareada. Llevaba todo el día notando molestias en el vientre. La garganta le dolía y acusaba un calor que no se correspondía con el calendario. La camarera mayor le cogió a la niña para entregarla al aya y dedicarse a atender a su señora. Llamaron al médico y éste ordenó encamarla sin dilación, al tiempo que encargaba como primera medida una jofaina con agua fresca y gran cantidad de paños. Pronto se confirmó la fatalidad: la reina también había contraído la gripe. Haber permanecido tan cerca del rey durante el tiempo en que él luchó contra la enfermedad propició el contagio. Los médicos ya le advirtieron del peligro, pero a ella no pareció importarle entonces. Es más, llegó a confesarle a don Diego Gómez de la Madrid, obispo de Badajoz, que esperaba contraer la dolencia si así conseguía desgajarla del cuerpo de su esposo, confesándole el contenido de sus rezos. Se lo había dicho una mañana presa de un escalofrío que anticipaba un posible fatal desenlace. Anna lo sintió y fue entonces cuando pidió que el mal saliera de las entrañas de Felipe para ocupar las suyas. Don Diego corrió a contárselo al doctor Vallés para que le insistiera en las precauciones que debía tomar, y a las que ella no atendió.

Las purgas y ventosas que hicieron bien al rey —o que quisieron creer que lo habían hecho—, de nada sirvieron con la reina. Los días pasaban y el empeoramiento, adherido a ellos. Felipe no podía acompañarla como hubiera deseado porque aún estaba débil y también porque el riesgo de una recaída amenazaba como un buitre alrededor de una muerte que se huele. Finalmente, la acabaron sangrando, aunque Vallés no era demasiado partidario de esa cruenta práctica, un remedio que, lejos de curar, terminaba matando en muchos de los casos.

> *Yo quiero ver a Dios y para verlo es necesario morir.*
> *Yo no muero, entro en la vida.*

La crueldad de las sangrías médicas acentuaba la conciencia que tenía el enfermo de que la muerte se acercaba. El cuerpo se va destruyendo mientras la mente lo va notando. La reina, de complexión delicada, poca talla y muy delgada, no estaba preparada para tamaña pérdida de sangre. Circunstancia de sobra sabida por los doctores, pero no contaban con ningún otro medio a su alcance con el que atajar la devastadora gripe. Entre los malos humores de la sangre, como afirmaban los médicos, se escurrieron las pocas fuerzas que asistían a la reina. Vallés, en pleno conocimiento de lo que significaba, se sentó a rezar. Y ése era el peor síntoma descrito por un galeno.

Badajoz, convento de Santa Ana, 26 de octubre de 1580

En efecto, el estado de la reina se agravó, por lo que el doctor recomendó que la sacaran del campamento y fuera trasladada a un lugar más recogido donde pudiera gozar de un entorno tranquilo para pasar el tránsito. Porque el médico del rey ya no albergaba esperanzas sobre un posible restablecimiento, y de tal manera se lo comunicó a Su Majestad. Lo único que podía hacer la medicina por la reina era paliar la agonía con ayudas que nada tenían que ver con la ciencia. Y de entre esas ayudas, las referidas a Dios resultaban imprescindibles para una mujer de espíritu tan pío como era Anna de Austria.

> *Porque si es dulce el amor,*
> *no lo es la esperanza larga;*
> *quíteme Dios esta carga,*
> *más pesada que el acero,*
> *que muero porque no muero.*

Así, se convino en que el mejor lugar para el traslado sería el convento de las franciscanas de Santa Ana, donde estaría atendida espiritualmente, que era ya más importante que lo que la medicina pudiera hacer por ella. Había sido fundado sesenta y dos años atrás por doña Leonor de la Vega y Figueroa, hija de Lorenzo Suárez de Figueroa y Mendoza, miembro de un insigne linaje muy ligado a Badajoz y embajador en Italia durante el reinado de los reyes Isabel y Fernando el Católico. La iglesia, que la reina lamentó no poder visitar, la presidía una excepcional talla de la Virgen de las Virtudes y Buen Suceso, patrona de la villa.

Instalada en el convento, dejó de recibir visitas. No le importaba, agotado como estaba su cuerpo, pero sí echó de menos a sus hijos durante todas y cada una de las horas que le restaron de vida. Se despidió de Felipe y de Diego, al que auguró grandes responsabilidades como príncipe de Asturias, y también de las hijas de su marido, Isabel Clara Eugenia y Catalina Micaela, a las que había aceptado como si fueran el fruto de su propia carne. Ya eran unas jovencitas de trece y catorce años. De hecho, la pequeña tenía exactamente la misma edad que su madre, Isabel, cuando ésta se casó con el rey. Ambas criaturas le profesaban a su madrastra una grandísima estima. A Felipe le llenó de orgullo comprobar cómo les invadía a ellas el mismo dolor que a él. Era el signo del gran corazón que había demostrado Anna de Austria queriéndolas por ser hijas del rey, pero también de que él no había errado al educarlas en el respeto y el cariño hacia quien a ellas entregó su vida.

El beso más sentido lo dedicó la reina a su pequeña María, de la que más costaba separarse, recién cumplidos sus ocho meses de vida. Y mientras se fue despidiendo de sus hijos vivos, saludaba a sus pequeños Fernando y Carlos, junto a quienes corría a reunirse en el espacio en el que las almas, purificadas por la muerte y la comunión eterna con el Altísimo, se encuentran para abrazarse y no separarse ya nunca más.

¡Ay, qué larga es esta vida!
¡Qué duros estos destierros,
esta cárcel, estos hierros
en que el alma está metida!
Sólo esperar la salida
me causa dolor tan fiero,
que muero porque no muero.

El obispo don Diego Gómez de la Madrid atendía la petición de la reina de que leyera para ella pasajes de las obras de la madre Teresa en voz alta. Don Diego tenía sobradas razones para ser complaciente con la reina y estarle agradecido. Años atrás, cuando era arzobispo electo de Lima, después de decir una misa en la capilla del alcázar, le agradó tanto su talante a la reina, que le preguntó al rey cómo había podido enviar a Perú a persona tan honorable y de tantos méritos. Felipe atendió la petición de su esposa e, invalidando su propia orden, envió al prelado a ocupar la sede de Badajoz en sustitución de don Diego Simancas Bretón, a quien se trasladó a Zamora. De aquello hacía dos años. No podían sospechar, ni él ni la reina, que acabarían por reencontrarse, y menos en una situación tan luctuosa como ésta por la que estaban atravesando. Parecía que Dios no quisiera darles tregua. Primero, el trance de la gripe del rey, que a punto estuvo de matarlo; después, el contagio de la reina, y ahora, su agonía. El obispo se desvivía por atenderla. A cada rato en que ella parecía estabilizar su grave estado, él aprovechaba para recitar aunque fueran tan sólo un par de versos de los sabios escritos de Teresa de Jesús. Él conocía cuánto reconfortan las palabras cuando son lo único que nos queda.

El rey habría invertido toda su fortuna con tal de averiguar los pensamientos de su esposa en esa hora inequívoca del adiós que ella misma percibía. Elucubró sobre las inquietudes que pudieran estar asaltándola y le martirizó la idea de que no le permitieran el descanso en paz, como merecía. Pero por mucho que imaginara, no podría alcanzar al pensamiento que rondaba las preocupaciones de Anna, y que estaba dedicado a Juan de Ledesma. La cita pendiente que jamás podría ser resuelta. Ella ni siquiera sabía distinguir lo que sentía por él. Sin embargo, sí tenía claro que no la dejaba inalterada y que iba a morir con la condena de haber conocido aquello que tanto reprochó a su esposo: la tentación del pecado carnal.

Lejos se hallaba de la casa de sus pesadillas… pero también de la casa de sus sueños; los de conocer hasta dónde la hubiera podido llevar el sentimiento de estremecerse ante un hombre. Su mente, instruida en el rigor de las normas más estrictas, le alertaba del peligro de esos impulsos; mientras, su corazón, sin dejar de abarcar la noción del bien y la del deber aprendidos desde su más tierna infancia, le alentaba a explorar pliegues inéditos de la relación amorosa. ¿Era sólo una prueba de fuego o era el fuego mismo arrasando a llamaradas su hasta entonces férrea voluntad? Al leer a su admirada madre Teresa había reconocido similares contornos de la duda que nubla el alma culpándola de la ceguera del cuerpo, entregado a abrasadoras pasiones. No era su caso, pero podía haberlo sido y seguía sin hallar el alivio que le exculpara del pecado mismo de haber estado tentada de flaquear. Oh, qué insoportable pesadumbre, el más grave pecado incluso antes de serlo. Así se concatenaban sus febriles pensamientos, mientras la vida se le iba sin dejarle otro asidero al alma que el del perdón divino que invocaba en el remanso final de su agotamiento físico.

Aquella tarde, en el mismo instante en que la reina recobró brevemente la consciencia, Madrid era acariciado por una llovizna que caló los hombros del caballero apostado ante el alcázar. Un hombre solo, una figura sin sombra, en la inmensa explanada, pero no la del suelo de piedra, sino la explanada de los sentimientos baldíos. Juan de Ledesma se quitó el sombrero y expuso la cara a la lluvia que comenzó a arreciar, contemplando la majestuosidad de la entrada de palacio y pensando en su reina. El dueño de la casa construida en la trasera del convento del Carmen, allá donde las huertas del Barquillo, en un tiempo que se hacía recóndito, permanecía a las puertas del símbolo de la monarquía, mientras en su morada las siete chimeneas, a pleno rendimiento, lanzaban al aire el humo de sus pecados. Quien conociera el secreto que compartían Ledesma y Anna de Austria, y hubiera querido juzgarlo a él, se estaría equivocando. Ni siquiera el propio Juan se preocupaba de si era amor, o no, lo que sentía. Daba igual. El hecho, lo verdaderamente relevante, era que aquel 26 de octubre se hallaba frente a la residencia de la familia real con la misma actitud que quien aguarda una señal que pudiera cambiar el curso de su vida. O, por el contrario, de quien se compadece por no haber podido probar un bocado único e irrepetible: el de la intimidad de una reina. Rara circunstancia es que vengan a confluir pensamientos simultáneos en dos personas situadas a tanta distancia. Aquel día estaba ocurriendo.

Por primera vez, y puede que fuera la única, Ledesma tuvo en cuenta que si la reina empeoraba, tal y como se desprendía de las novedades que llegaban de Badajoz, él se libraría de la carga de arruinarle la vida, que era lo que previsiblemente habría ocurrido de haber seguido adelante con la cita. En la Casa de las Siete Chimeneas cabían culpas para todos aquellos que, de una manera o de otra, tuvieran que ver con ella. Definitivamente, se dijo empapado bajo la lluvia, era una casa maldita.

> *Mira que el amor es fuerte;*
> *vida, no me seas molesta,*
> *mira que sólo me resta,*
> *para ganarte perderte.*

El último respiro de la reina llegó ligero y discreto, como ella misma había sido. Su vida se detuvo justo cuando el obispo Gómez de la Madrid le impartía la extremaunción. Dándose cuenta de que la muerte llegaba, don Diego se apresuró para dejar al rey el protagonismo que sólo suyo era. El momento postrero de la vida de una reina, a su rey y esposo pertenecen. A nadie más. La privacidad de la muerte era, por desgracia, tan familiar para Felipe, que había dejado de impresionarle, que no de dolerle. El obispo y el resto de los testigos del tránsito de Anna de Austria se retiraron en silencio, permitiéndole al rey el doloroso privilegio de quedarse completamente a solas con ella. La encontraba tan bella en momento tan aciago, que pensó que quizá la muerte le sentara mejor que la vida, y que, en ese caso, se atribuía a sí mismo la responsabilidad de que así fuera. Demasiado tarde intentó convencerla del amor que sentía, como demasiado tarde se dio cuenta de lo mucho que Anna debió de haber sufrido por el egoísmo de un esposo que buscaba la satisfacción de sus bajas pasiones siendo el más grande gobernante, dueño de amplios y ricos reinos que ahora completaba con Portugal, la tierra de la emperatriz Isabel, su madre. Demasiado tarde para eso, y para todo. En la confianza de que no fuera tarde al menos para dedicarse en cuerpo y alma a sus hijos y para combatir a los fantasmas que creyó que pretendían acabar con su vida, se despidió de Anna brindándole el mayor acto de contrición del que era capaz. Porque la ofensa de su comportamiento no solamente era contra Dios, sino que también lo había sido contra la reina, y esta ofensa le dolía incluso más que la primera.

Posó la mano en la frente del cadáver de su cuarta esposa y después, emulando el liviano tacto de una pluma, la pasó por encima de los ojos y descendió por el perfil de su pequeña nariz hasta los labios. En ellos, tras la lenta caricia dibujada por las yemas de sus dedos, depositó el último beso de su vida.

> *Venga ya la dulce muerte,*
> *el morir venga ligero*
> *que muero porque no muero.*

Las siete chimeneas se detuvieron y el cielo de Madrid quedó libre del humo que ya, desde ese preciso momento, la villa empezó a echar de menos.

> *Estando ausente de ti,*
> *¿qué vida puedo tener,*
> *sino muerte padecer*
> *la mayor que nunca vi?*

Las garras del olvido

Esta noche, el cuerpo de F. ardía al contacto con el mío. Nos hemos enredado el uno en el otro devorando a bocados los contornos de la larga espera. Han sido tantos días aguardando una nueva visita suya, que creí volverme loca. Por suerte, mi paciencia suele tener su recompensa. Hoy ha sido más generoso que nunca al colmar mis ansias. Y es que esta noche no era como cualquier otra. F. ha querido compartir la dicha que siente porque volverá a tener otro hijo. Envidio a la mujer que lleva en su vientre su fruto. Pero no me quejo porque es en mi lecho donde lo celebra.

Otra luna transcurrida sin tener a Anna a su lado. Otra luna —«la segunda ya, cómo corre el tiempo»— de viudez estrenada. Desde que levantaron la cuarentena en el campamento, había visitado su tumba en el monasterio de Santa Ana a diario. Todo estaba dispuesto para partir hacia los límites territoriales de Portugal, donde la situación ya parecía encontrarse bajo control español. Fue la tarde antes de emprender viaje cuando el rey, haciéndose cargo de los enseres más privados de su esposa, encontró unos extraños documentos atados con una fina cuerda, de la que casi sin querer tiró. Al abrirse el paquete, cayeron descolocadas algunas hojas que escupieron fuego contra la mirada de Felipe. Si su cuerpo ardía entonces, tal como describían los escritos hallados por él, ahora era su conciencia la que se abrasaba en el fuego, primero de los temores, y después, una vez confirmados éstos, entre las llamas del arrepentimiento inútil, que se muestra estéril.

Recogió del suelo los papeles cuya letra había reconocido al instante, sin creerse lo que estaba viendo. Era impensable, siquiera por un momento, que Elena Zapata pudiera haber escrito unas confesiones. De haberlo sabido, se lo habría prohibido tajantemente, por algo era el rey. Eso fue lo primero que pensó. Después llegó el desorden de los sentimientos. Rabia, desazón, impotencia. Pesadumbre, compunción. Y planeando sobre todos ellos, y algunos más que seguramente lo azotaban, la torturante conciencia de lo irreversible del hecho. Su amante había dejado constancia escrita de sus encuentros, pero mucho peor que eso, infinitamente peor, era que hubiera llegado a manos de la reina. Dios… Resultaba imposible abarcar con el pensamiento lo mucho que seguramente debió de sufrir su esposa al leer tales papeles. No tenía claro cómo se le pudo ocurrir a la reina viajar con unos documentos de tamaña delicadeza. Desconocía que precisamente por la naturaleza de los escritos no quiso ella arriesgarse a dejarlos en Madrid o en El Escorial. Necesitaba saberlos bajo su control, aunque de él escaparon cuando la muerte se encaprichó de la vida de la reina.

Todo lo vivido por el rey con aquella mujer fuera de su matrimonio, todo el pecado acumulado de una vez para otra, en los sucesivos encuentros clandestinos, había quedado estampado en tinta, como si con ello se pretendiera evitar que cayera en las garras del olvido.

Olvidar. Ojalá ese diario no existiera. Pedía a Dios que el olvido abrazara ese episodio de su vida sabiendo que difícilmente Dios ignora los yerros capitales.

Felipe fue desgranando frases que pormenorizaban situaciones perfectamente reconocibles y recordadas. Aunque Elena lo mencionaba siempre por su inicial, lo que allí se contaba no dejaba margen a ninguna duda acerca de que se refería a él, ya que se aportaban detalles de la familia real, de situaciones vividas de primera mano que difícilmente hubieran podido trascender los muros de palacio. Salvo que fueran dichos en confesión, pero no ante un hombre de Dios, sino ante la que ahora imaginaba el rey como una vulgar Eva puesta en el mundo por el demonio para cambiar su Paraíso por el Infierno.

Esa clara acusación, demostrada y palpable en forma de diario, figuraba entre las pertenencias de la reina. Ella lo había leído y había callado. Era justo y merecido que le hubiera pedido explicaciones, aunque eso no procediera con un rey. Que su esposa hubiera conocido con detalle sus andanzas amorosas golpeaba más la conciencia que cualquier fantasma que lo persiguiera por los tejados de Madrid recordándole su mal proceder. Felipe se admiró en silencio de la extraordinaria talla moral de su esposa.

Guardó el diario a buen recaudo donde tuvo la seguridad de que no corriera el peligro de ser encontrado accidentalmente. Al echar la llave en la cerradura del relicario, la mano le temblaba. Encerró en la pequeña urna el documento que certificaba el lado más oscuro de su vida, aquel que en algunos momentos había vivido como el derecho natural de un hombre, y del que, por el contrario, abominaba desde su condición de paladín de la recta moral. Rehuyó el verdadero sentido del mal, pero eso no significaba que quedara borrado. Se sentía perdido. El gran hombre de Estado no sabía cómo proceder para eliminar el daño infligido a su alrededor, para rendir cuentas por él y para, finalmente, librarse del castigo que le correspondería. Él solo no podría hacerlo. Necesitaba ayuda, y quién mejor para proporcionársela que la única persona que ya había demostrado servirle con una más que leal entrega.

Mateo Vázquez entró en la zona privada de Su Majestad, en la que no había rastro alguno de la confesión. Sólo tuvo constancia de la misma por lo que le contó el rey. La relación entre el monarca y su secretario ya no necesitaba peticiones expresas de confidencialidad ni pactos de silencio. Todo lo relacionado con su señor devenía para Vázquez materia privada, de la que era consciente de tener conocimiento gracias, precisamente, a su demostrada prudencia y discreción. Esta vez se enfrentaba de nuevo a uno de los asuntos más delicados que pudieran concernir al rey. Nada más comenzar a explicarle de lo que se trataba, el secretario se hizo cargo y, presuroso, le recordó que nada debía temer.

—La confianza que depositáis en mí, majestad, ha de ser en sí misma el primer paso hacia vuestra tranquilidad.

Buenas palabras eran ésas para un hombre como Felipe, temeroso y de escasa valentía para afrontar de forma templada los espinosos lances del corazón. Un hombre que, faltando a sus principios y necesidades que jamás le llevaban a hacerlo, quiso desahogarse esta vez.

—Ah… qué golpe tan duro el de la muerte de mi querida esposa, que en gloria de Nuestro Señor esté, y ahora esto… Y los fantasmas, don Mateo, los fantasmas… que hasta lejos de Madrid me persiguen. No ha habido noche en que se hayan tomado un respiro. Ni siquiera han respetado la agonía de la reina —el rey hablaba con voz queda—, como tampoco respetaron la mía cuando todos creyeron que mi vida se apagaba como se apagan las velas gastadas. ¿Sabe vuestra merced qué creo…? Que el Altísimo me pone demasiadas pruebas en la vida. Pero ya no sé qué pensar, no entiendo por qué tantas y tan crueles. He sobrevivido a la muerte de tres hijos, dos hermanos y cuatro esposas. Sé que no aprobaréis esto que voy a deciros, pero sólo las dos últimas han dejado en mí la huella perpetua de una ausencia dolorosa… tremendamente dolorosa…, don Mateo, y aquí me veis. ¿Qué más pruebas necesito? ¿Qué más impedimentos? Sacar adelante unos dominios que heredé de la gran persona que era mi padre, y multiplicarlos. También a eso he respondido. Y ahora he de soportar la vergüenza escrita de mis pecados y la pesadumbre de haberle llevado la desgracia a mi última esposa.

Tras un prolongado silencio que respetó el secretario le dijo, hablándole igualmente en voz baja y mostrándose comprensivo:

—Majestad, vos sois un elegido desde vuestra cuna y bien que lo sabéis. Cierto es lo que contáis, aunque muchos reparos le pongo a esto último. He aprendido de vuestra majestad que lo importante es lo que se tiene en el presente y que no debemos volver la vista atrás. Pues bien, eso es lo que, si vos me permitís, os pido que os apliquéis. Miremos, pues, qué debemos hacer ahora, y no penséis más en lo que hicisteis en un tiempo pasado.

—Un tiempo que me duele.

—¿Y qué hay en este mundo que nos importe sin que nos cause dolor? No desfallezcáis, majestad, os lo ruego en mi nombre y en el de vuestro reino. Dejadme pensar a mí lo que más convenga hacer.

—Lo que más conviene ahora es descansar, don Mateo. Mañana será un gran día. Portugal nos espera.

Lo dijo sin entusiasmo ante el hecho consumado con el que llevaba soñando largos años.

La estrategia del humo

La campaña portuguesa fue un gran éxito para el rey español. La Corona del reino en que su madre había nacido y que su padre soñaba ver bajo su dominio ya lucía, para culminar las aspiraciones de Felipe.

Regresó a Madrid mucho antes de lo que en un principio tuvo previsto; tan honda era la pena que lo embargaba y que le procuraba un sentimiento de extrañeza por estar lejos, no ya de la Villa, sino más aún de El Escorial. La corte se puso en marcha a un ritmo calmoso e impregnado de la tristeza de haber vuelto sin la compañía de la reina. El doliente viudo acusó la soledad. Su querida hermana Juana le habría hecho más llevadero estar en palacio con sus hijos aunque sin su esposa. Pero Juana tampoco se encontraba ya entre ellos. Eran demasiadas muertes, todas muy sentidas, como le había confesado a Mateo Vázquez en Badajoz. Demasiada desolación para ser soportada por un hombre sin más compañía que la de sus propios pensamientos. Y la de sus miedos.

Al territorio de los miedos acudía precisamente ahora un cabo suelto. Un peligroso hilo desgajado de alguna incierta madeja. En la búsqueda del origen de tal incertidumbre, el interés del rey se iba a centrar en el actual propietario de la Casa de las

Siete Chimeneas, por tratarse de la única persona que podía haber hecho que el diario de Elena fuese a parar a la reina. Nadie más que él tenía acceso a los enseres de la casa. El rey se dio cuenta del error de no haber mandado registrarla antes de que saliera a la venta. Claro que jamás llegó a esbozarse en su mente la posibilidad de que una amante del rey se atreviera a dejar constancia escrita de sus secretos de alcoba. Era necesario, por tanto, llamar a ese hombre. Juan de Ledesma, el secretario personal de su traidor secretario de Estado, Antonio Pérez. Toda una madeja, sí, de secretos y traiciones. ¿Acaso ésta era la última que le reservaba el destino en horas tan amargas?

Para entonces se había desplazado con sus hijos y el resto de la corte a El Escorial. Desde hacía tiempo prefería la tranquilidad de esta residencia al ajetreo de Madrid. Los bosques y la caza mayor de aquellos lugares le resultaban de mayor atractivo que las intrigas palaciegas. Y como reducto de soledad, la aldea a siete leguas de la capital, en las estribaciones de Guadarrama, apropiándose de un recodo de la sierra Carpetana, donde se erigía el monasterio en honor a San Lorenzo y su residencia privada, no tenía comparación con ningún otro lugar del mundo para el rey. En aquellos montes de intenso verde, Felipe reencontró esos días la paz extraviada. Una paz que, por expresa voluntad, él mismo alteró al hacer llamar ante sí a Ledesma, para lo cual regresó a Madrid por unos días; los necesarios para resolver un importante problema antes incluso de que se destapara como tal.

—Os doy la bienvenida —lo recibió como recibe el animal a la presa sobre la que aguarda saltar, imaginándola ya entre sus fauces—, tomad asiento, don Juan.

Tener tan cerca a aquel intrigante personaje le removió los lamentables recuerdos de la detención de Pérez y de quien había sido su amiga desde su juventud: la princesa de Éboli, esposa de su buen y leal servidor Ruy Gómez de Silva. Le trajo, igualmente, la imagen vívida de su esposa Anna, de cuya ausencia quería pedirle explicaciones a la vida. Y también la de su hermano Juan partiendo hacia el lugar donde hallaría la muerte en la mayor de las soledades. El secretario de éste, Escobedo, apuñalado bajo las tenebrosas sombras callejeras de una cerrada noche, tampoco escapaba a su memoria. Todos se agitaron en su cabeza como un navío en mitad de una tormenta en el océano. Qué inmensidad inabarcable le supuso pensar en los hechos recientes que estaban trastornando su existencia. Ledesma llevaba años al servicio de Antonio Pérez pero, aunque fue investigado en profundidad, no se halló nada que lo relacionara con la trama de corrupción política de la que fue acusado su señor.

El rey, nada más verlo, adivinó en él un oculto recelo que no pudo evitar relacionar con la memoria de la reina. Tenía que averiguar qué se escondía en ese hombre, al que no había prestado atención hasta encontrar los escritos de Elena. De pronto comenzó a fantasear a ciegas, al no tener ningún elemento de juicio, con su posible relación con Anna de Austria. Un vínculo que se le antojaba oscuro, ya que desconocía su carácter. Ella nunca lo había mencionado. Ni tampoco llegó a sus oídos la constancia de visita alguna de ese hombre a la corte tras el arresto de Pérez. Aunque sí… ahora le venía a la memoria vagamente que, hace tiempo, había solicitado una audiencia con ella, según fue informado, pero no le dio importancia. Sin embargo, si un documento tan delicado como el diario de la amante del rey obraba en poder de la reina, sería porque alguien se lo había proporcionado. Y la relación de ese alguien con la Casa de las Siete Chimeneas, el hogar de los Zapata, inevitablemente apuntaba a Juan de Ledesma. Era la razón por la que estaba allí esa tarde, en presencia del monarca, y también de Mateo Vázquez.

—Majestad, debo felicitaros como nuevo rey de Portugal, aunque también os expreso mi condolencia por la muerte de la reina, que tan honda tristeza ha causado en el pueblo, sin excepciones.

Así comenzó el hombre listo que era Ledesma, presintiendo el motivo del insólito encuentro con el rey, que difícilmente se habría producido de no ser por el motivo que sospechaba.

—Os lo agradezco —respondió Felipe con sobria amabilidad, sin concesiones que indujeran a hacerle creer que pudiera gozar de ningún trato de favor—. Vos sabréis que no soy amigo de dar mucho rodeo a una idea, así que voy a deciros sin más demora para qué os he mandado llamar. Como dueño que sois de la Casa de las Siete Chimeneas, todo lo que en ella se encuentre es de vuestra propiedad.

Ledesma inició un gesto de asentimiento que quedó detenido como una simple mueca ante la consciencia de adónde apuntaba el rey.

—Por tanto —prosiguió el monarca—, ¿cómo se entiende que documentos considerados de extrema delicadeza hayan podido escapar a vuestro control?

—Ignoro a qué pueda referirse su majestad —disimulaba ahora un Ledesma atrapado en la encrucijada dialéctica que suponía tener que dar una respuesta verosímil al rey y, al tiempo, dejar a salvo su honorabilidad—, más aún si de tan delicados documentos se trata. Me cuido bien de todo lo referente a mi morada.

El rey dio un sonoro golpe en la mesa con la palma de la mano. Todo se paralizó en derredor. No era habitual contemplar tan de cerca y con tal ímpetu la cólera de Felipe. Era su corazón —herido por tantas traiciones— el que había enviado a su puño ese mandato inequívoco de decir «basta ya», que, acto seguido, iba a rectificar la mente del estadista bregado en la resolución de conflictos y en el difícil arte de domeñar los impulsos primarios. Así, en un movimiento que denotaba tanta firmeza como contención, el rey optó por ponerse en pie y, expresándose con calma y aparentando ser comprensivo con su súbdito, continuó hablando mientras avanzaba hacia él a fin de intimidarlo y de que entendiera la gravedad de la acusación:

—Vamos... don Juan... sabéis perfectamente de qué estamos hablando y no admitiré circunloquios verbales. A manos de la reina llegaron unos papeles que jamás deberían haber llegado, al margen de que jamás debieron ser escritos. Y salieron de vuestra casa, señor de Ledesma. De vuestra casa —lo repitió con marcada intención—, así que no podemos por menos que inferir que vos estabais al tanto de su contenido. ¿Sabéis lo que os jugáis por ello? —Ambos mantuvieron la mirada, lo que podría haber sido una afrenta intolerable si Ledesma no hubiera reaccionado como debía, inclinando enseguida la cabeza—. Mirad, señor de Ledesma, escuchad bien: no caben mentiras sobre las verdades, ni disimulos sobre los hechos consumados. Daos por muy afortunado al no tener que responder a otro juicio que el de vuestra conciencia y porque, en memoria de la reina cuyo recuerdo jamás consentiré sea mancillado, vamos a cerrar este asunto para siempre con el silencio. Por lo demás, no temáis, sabré recompensar vuestra discreción.

Un silencio y una discreción que parecían haber llegado ya. El dueño de la casa de tanta desventura permanecía mudo porque callando, otorgaba la razón al rey, que era la única salida posible, y a la vez evitaba tener que buscar razones que remediaran su mal proceder. Sabía que era inútil intentar aducir cualquier género de excusas ante el hecho evidente de que el rey había descubierto la existencia del diario de su amante. La situación en que la trama lo colocaba resultaba tan extraordinariamente delicada que no le quedaba más que ponerse en manos del rey y de su generosa clemencia.

—Se os otorgará una sustanciosa pensión vitalicia —le informó el monarca—. Y seréis nombrado para el cargo de corregidor de la villa de Olmedo, en tierras de Valladolid.

—Es mucho lo que me pedís, majestad, no lo esperaba. ¿Cómo podré vivir alejado de Madrid? Permitidme expresaros que no entraba en mis planes alejarme de este Madrid en el que… tan feliz he sido. No concibo que se acabe tan pronto mi cometido en esta villa.

—Aumentaré vuestra asignación —respondió el rey en tono imperativo sin otorgar ninguna importancia a las consideraciones de Ledesma—. Eso os aliviará de la lejanía que parece resultaros intolerable. Buscaos una buena esposa y disfrutad de lo que tendréis.

—Si es lo que vuestra majestad dispone… —Hizo una genuflexión con la que acataba una orden que sabía inapelable.

—Quien señor de Castilla quiera ser, a Olmedo de su parte ha de tener —Mateo Vázquez ironizó con un dicho popular que maldita la gracia que le hizo a Ledesma pero que, sin embargo, arrancó una sonrisa al monarca.

Felipe, que era un pozo inacabable de manías y de supersticiones, había elegido para el «voluntario» destierro de Ledesma una importante villa a la que se llamaba «de los siete sietes». Curiosamente poseía ese mismo número de plazas, fuentes, iglesias, conventos, puertas de entrada y pueblos de su alfoz. Le pareció un interesante destino para tener bajo su control, a la vez que lejos de la corte, al hombre que podía haber llegado a convertirse en un peligro para él. De ese modo, con un cargo tan importante a muchas leguas de Madrid, y un buen dinero asegurado de por vida, Ledesma pasaba a ser un borrón de tinta que con el tiempo se difumina.

—A vuestras órdenes tendréis una villa que perteneció a mi bisabuela, la reina Isabel la Católica —le dijo al perplejo Ledesma como si lo estuviera enviando a un viaje de placer, en lugar de un castigo, que era de lo que en verdad se trataba.

El súbdito no sabía qué responderle, y permaneció callado.

—Hay algo más… —añadió el rey.

Hizo un gesto a su secretario para que interviniera, y éste, que estaba esperando la señal, dio entonces un paso adelante para aclararle lo siguiente:

—Será dentro de diez días cuando deberéis tener todo en orden y dispuesto para abandonar Madrid.

—Pero ¿cómo piensa, vuestra merced, que voy a poder...? —la inmediata réplica de Ledesma fue atajada sin miramientos por Mateo Vázquez.

—No hay nada que pensar. Os exijo, en nombre de Su Majestad, que de aquí a diez días desalojéis la totalidad de vuestras pertenencias de la Casa de las Siete Chimeneas. Procederéis de la siguiente manera: el día señalado vos marcharéis después del almuerzo, dejando dentro únicamente a la más vieja de vuestras criadas. A la caída de la tarde, ella depositará las llaves en el interior del cajón derecho del escritorio que vuestra merced tiene en la estancia donde se halla la chimenea de mayor tamaño, junto a una de las ventanas. Después, dejará abierta, sin cerrojos, la entrada principal, y saldrá por la puerta trasera. Y a partir de ese momento os olvidaréis de la casa.

—No puedo olvidarme. Entenderéis que, aunque sea en la distancia, tendré que ocuparme de venderla. —Ledesma se rebelaba contra la impunidad con la que estaba actuando Vázquez, sorprendido de la exactitud con que conocía el interior de su morada.

—Con lo que se os pagará y con los emolumentos del cargo de corregidor, no vais a necesitar preocuparos de su venta. Aquí tenéis la renuncia. —Le extendió el documento para que lo firmara.

Mientras Mateo Vázquez y el antiguo secretario de Antonio Pérez discutían, el rey miraba embelesado las siete chimeneas cruzando el horizonte. Pronto quedarían cubiertos sus desvelos. Le embargó una mezcla de inquietud porque el momento llegara y de melancolía al estar a punto de borrar el pasado. Tenía muy meditado lo que pensaba hacer y nada podría detenerlo. Al contrario, era por él, en primer lugar, por quien iba a hacerlo, pero también en honor a Anna.

—Vaya, veo que estaba todo preparado —dijo Ledesma a Vázquez con asombro ante el documento listo para la rúbrica.

—Ya fuisteis advertido de que este asunto debe quedar liquidado con prontitud. A vos sólo os resta firmar y olvidaros de la casa, como bien se os ha dicho.

—Mi firma tendréis, pero no mi olvido.

Al escuchar lo que acababa de decir, el rey se dio a sí mismo la orden de hacer justo lo opuesto a lo que clamaba Ledesma. Consideró que lo más necesario en su vida era el olvido, y que sólo podría acceder a él a través del perdón. La absolución de sus pecados le haría olvidar, y, olvidando, tal vez el alma de su esposa Anna, a quien tanto daño causó con sus pecados, conseguiría el verdadero descanso eterno hasta que Dios quisiera enviarlo junto a ella.

Las voces de la discusión le sonaban difusas, enfrascado en sus pensamientos. Hacía rato que había perdido el hilo de la conversación entre su secretario y Juan de Ledesma.

—Por último, y esto es importante, escuchadlo bien —Vázquez concluía sus instrucciones a quien iba a dejar de ser dueño de la casa—, antes de marcharse, vuestra criada dejará encendidas todas las chimeneas de la casa, asegurándose de que estén bien cargadas de leña.

El eslabón que inopinadamente había enlazado el secreto póstumo de la última amante del rey y el silencio de la reina, acababa de ser cercenado. Quedaba tan sólo destruir la prueba material, aquel manuscrito que de no haber sido descubierto por el propio rey hubiera podido resultar un arma letal en su contra, la confirmación escrita de las habladurías populares y de las murmuraciones de la corte acerca de las andanzas amorosas de Felipe. Disolver ese amenazante estigma estaba, al fin, al alcance de sus manos. Un profundo suspiro hizo ostensible el alivio del rey ante esa nueva perspectiva.

Los diez días transcurrieron en El Escorial con la misma pesadumbre que si fueran meses, o incluso años, de tan largos como le resultaron al rey. Trasladado de nuevo a Madrid, se ocupó de asuntos pendientes que no requerían una toma de decisiones de envergadura, pero sobre todo despachó con Mateo Vázquez, y no precisamente sobre cuestiones de Estado. En esos días previos se había hecho acompañar por él para dar largos paseos por los jardines de la residencia, venciendo incluso las dificultades ocasionadas por la gota y desafiando al frío, hasta caer rendido. Cuando esto ocurría, Vázquez le sugería la conveniencia de entrar en palacio para el necesario descanso, pero él se empeñaba en permanecer sentado en cualquier banco de piedra hasta que el sol marchara del horizonte. Ni siquiera al secretario Vázquez le contaba que lo hacía así por necesidad de dar constantes gracias por haber vivido un día más. Cada jornada transcurrida era una menos que faltaba para la ansiada y cada más cercana hora de la verdad.

Si los días se alargaron pareciendo eternos, no fueron distintas las noches. El crepúsculo se convertía a diario en el anuncio de un puñado de horas que se habían confabulado para torturar al rey manteniéndolo en vela. Y así una noche tras otra. A veces conseguía sumirse en una modorra ligera y reconfortante pero que solía ser cortada de raíz por los demonios que lo reconcomían por dentro. Contra ellos luchaba sin tregua, visitando más que nunca en su vida el oratorio privado. Varias fueron las ocasiones en que su confesor tuvo que acudir en su ayuda a deshoras, sin que se encontrara remedio divino para sus males. El rey sólo veía el horizonte del día en que, por fin, entrara en la casa cuando la hubiera abandonado, siguiendo sus instrucciones al pie de la letra, su dueño.

Su dueño. ¿Tenía, realmente, un solo dueño la Casa de las Siete Chimeneas? ¿Era atribuible a una sola persona todo cuanto en ella había estado sucediendo; aquello que se ocultó entre sus muros? A esas alturas, la casa era de nadie y de muchos a la vez. Poseía tantos perfiles distintos, tantas aristas amenazadoras e hirientes, que un mismo hecho podía tener diferentes explicaciones, o acabar siendo lo contrario de su apariencia. Cuando la reina acudió a ella por primera vez para intentar conjurar los fantasmas de la tentación vivida por su marido, no había sospechado que ella misma pudiera llegar a ser también su presa y a sufrirla en sus carnes. La condena del fuego eterno, el del infierno, poseía largos brazos, y a partir de ese día temió que la alcanzaran a ella. Es más, presintió que podían hacerlo en cualquier momento.

Tampoco Juan de Ledesma podía maliciar, en el momento de adquirir la vivienda del capitán Zapata, que su vida fuera a entrelazarse con la de los reyes, ni mucho menos a convertirse en el origen de las amargas turbaciones morales de Anna de Austria, de sus angustias y de su increíble tormento.

Ahora que estaba a punto de salir por última vez de aquella casa a la que jamás regresaría, Juan revivió, segundo a segundo, su primer encuentro con la reina —encontronazo, más bien— y el sofoco que a ella le produjo verse sorprendida en un acto de dudosa inocencia. Le pareció delicioso el rubor de sus mejillas, y le gustó el carácter que demostró entonces al intentar imponer su autoridad, cuando nadie, más que él, podía atestiguar sobre aquellos momentos. Después vinieron las audiencias concedidas sin demasiado interés aparente por parte de la reina, hasta que se produjo su segunda visita a la casa. Aquella ocasión sí supuso un paso adelante en la relación entre ambos, y habría de permanecer así considerada. El solo roce de su piel la puso en alerta sobre lo que podría llegar a sentir por él, y Juan supo aprovecharlo insistiéndole hasta conseguir lo que parecía inalcanzable: acordar una nueva cita. Iban a estar solos. Nadie más que ellos, en un inusitado cuerpo a cuerpo.

Pero ese día nunca llegó.

Ahora, a las puertas de una nueva vida, Juan de Ledesma apretaba en el puño cerrado la carta, arrugada, en la que la reina aceptaba una cita sobre cuyas consecuencias ya no cabía elucubrar. Una cita que los hubiera podido colar en el umbral de lo que para ella podría haber sido una mortificación, y para él… qué más daba ya lo que pudiera haber significado. Sentía no haber podido sentir. Añoraba el sentimiento que jamás sería posible tener. El pasado dejaba de ser importante, encaminándose, como estaba haciendo, hacia un futuro que lo alejaba para siempre de la corte pero, sobre todo, de una ilusión que se desvanecería como el humo en el momento en que saliera por vez postrera por aquella puerta abierta de par en par. La puerta que por primera vez simbolizaba el umbral de un camino sin retorno. La miró y, a punto de marchar hacia ella, se detuvo para volver, inmediatamente, sobre sus pasos. La chimenea principal de la casa rugía a esas horas. La criada, cumpliendo con desmedido celo la encomienda de su señor, había comenzado a preparar los fuegos con mucha anticipación, de manera que por todas las estancias se esparcía un agradable olor a leña que entristeció a Ledesma. No siendo un hombre proclive a sentimentalismos, le resultó imposible resistirse a la emoción de estar viviendo un instante único y definitivo. En cuanto abandonara la casa, sabía que ésta pasaría a formar parte del ayer y tendría que hacer como si la olvidara, aunque presentía que no le sería posible conseguirlo.

Caminó unos pasos en dirección a la gran chimenea que presidía la estancia, manteniendo apretado el puño con todas sus fuerzas. Miró las llamas, que bramaban un nombre: Anna. Podía oírlo con claridad. Alguien, o algo, lo pronunciaba. Y quiso responder acercando la mano y abriéndola para dejar caer el papel sobre la lumbre en la que desapareció en cuestión de segundos, ofrendando así a la lumbre la última prenda que conservaba de la reina, el secreto vínculo que la muerte de ella había convertido en quimera y que ahora el fuego iba a transformar en volátil evocación, apenas una brizna engullida por la voracidad de las llamas. Un velo de ceniza lanzado al cielo por una de las siete chimeneas, a punto de desvanecerse en el aire para siempre. Ése era el negro pañuelo de su adiós.

Adiós a Anna. A la casa. A la corte. Al tiempo en el que se atrevió a soñar con ser feliz y poderoso.

Adiós, repetía el humo con su implacable lenguaje mudo.

La noche de aquel décimo día una fina niebla emborronaba el perfil de Madrid. El rey observaba el cielo desde su despacho, intentando distinguir entre las brumas las siete chimeneas. Las de los siete pecados.

Felipe accedió al interior de la casa mientras Mateo Vázquez se quedaba en la calle por expreso deseo suyo para vigilar que afuera todo estuviera en orden. Por otro lado, lo que iba a hacer no daba cabida a ningún otro testigo. Era intención del rey vivir en soledad un momento trascendente como ése.

Velas repartidas por todos los rincones alumbraban el camino que tantas veces antes había recorrido para poseer el objeto de su irrefrenable deseo. En aquel entonces no imaginaba lo mucho que, con el tiempo, habría de pesarle. Se soltó la capa y depositó sobre una mesa los papeles que traía guardados. Miró hacia el dormitorio de su amante, la estancia donde ahora la casa se ensombrecía. Decidió subir las escaleras, con la misma parsimonia, y casi con la misma prevención que su esposa la primera vez que pisó aquella morada. Aferrándose fuertemente al pasamanos llegó al final y dudó sobre si volver a adentrarse en el espacio que había compartido tantas horas de tantos días y noches en brazos de la más entregada de cuantas amantes había tenido, la que con mayor pericia le había conseguido enredar en su inacabable ovillo de caricias y besos hasta hacerle olvidar su condición de rey.

Decidió empujar la puerta pero sin traspasar el acceso. La intensidad del silencio le perforaba los oídos. Estuvo tentado de dar un paso más pero rectificó a tiempo para no ser torturado inútilmente por aquello que pretendía borrar de su pasado, de su vida, de la memoria de los días habitados junto a la última de sus amantes.

Cerró la puerta de un tirón seco y contuvo la respiración mientras mantenía sujeto el tirador como si una fuerza sobrenatural lo retuviera por imposición junto al dormitorio de Elena. El mismo que cierta noche se iluminó extrañamente, cuando todo el mundo sabía que el nuevo propietario de la casa, Juan de Ledesma, había hecho gala de mantener intacta la estancia más privada de la anterior dueña, la viuda de Zapata. Tuvo en aquella ocasión la certeza del fantasma, creyendo que era la explicación de que hubiera luz en la alcoba que ahora permanecía a oscuras, como siempre había permanecido. La única claridad se conseguía gracias al reflejo de las velas del pasillo y le había permitido vislumbrar, entre sombras, algunos pliegues de la cama, testigo taciturno de la despedida del rey.

Despedirse. Eso sentía Felipe que estaba haciendo. Sobre todo porque confiaba en librarse, al fin, de las presencias fantasmales que lo llevaban persiguiendo desde la muerte de Elena. ¿Quién puede vivir siendo pasto permanente de la amenaza de la muerte? No de la que pone fin al sufrimiento terrenal, sino la que comparece con ánimo de castigo y hechura de desafiantes espectros. El rey consideraba llegada la hora de librarse de ellos.

Por el vaho de su memoria desfilaron las trágicas desapariciones ocurridas, algunas de ellas, con la participación de una mano invisible que él siempre escondía. El aguerrido, y al cabo infeliz, capitán Fernando Zapata. La esposa y amante, Elena. El padre de ésta, su montero, cuya muerte por ahorcamiento en el patio de la casa el rey interpretó como una bofetada a su inocencia; como una afrenta pública, tan irremisible que no dejaba oportunidad de respuesta. Recordó las hazañas de su hermano, el bastardo don Juan de Austria, nacido de los amores de su padre, el emperador, con la cortesana burguesa Bárbara Blomberg, siendo ya viudo. Don Juan tenía valía y hubiera merecido mayor reconocimiento por parte de Felipe. Y en caso de que no lo mereciera, que el rey sí lo creyera bastaba para añadir otro motivo en la hora del arrepentimiento.

Cuánto le atenazaba la posible debilidad de su monarquía, que tenía a pesar de la reciente incorporación del trono portugués. Desde que Escobedo fue asesinado, algo había comenzado a cambiar. Algo que le hacía presagiar momentos difíciles para la Corona. Y para afrontarlos era necesario liberarse de la pesada carga que arrastraba su espíritu.

Se apartó de la puerta con dolor y bajó las escaleras lentamente para dirigirse hacia la mesa, donde las memorias de Elena Zapata reposaban a la espera del destino que el rey tenía pensado para ellas. Las tomó con delicadeza y se acercó a la chimenea.

Fue leyendo, una por una, recreándose en las imágenes que le evocaban las palabras, cada hoja que, una vez leída, arrojaba al fuego. Cuarenta páginas. Cuarenta papeles que las llamas consumieron en medio del silencio cómplice de aquellas estancias, entre el crepitar de la leña y el discreto estruendo de los secretos al extinguirse en las fauces del fuego.

Desde el exterior, Mateo Vázquez observaba el furor con el que las chimeneas escupían humo, ajeno a que mezcladas entre las vaharadas salían expulsados los recuerdos de otras mujeres que ocuparon indebidamente el lecho del rey desposado. Mientras eso estuvo ocurriendo, en el estallido del goce carnal,

Felipe no consideró que fuera algo indebido yacer con ellas. Ahora, en cambio, todo lo veía distinto. Le parecían, más que mujeres, oscuras sombras que acompañarían por siempre el discurrir de su vida. Borrando con la furia de las llamas lo que Elena se había atrevido a escribir, quemaba el recuerdo de todas, o siquiera el cada vez más insoportable peso que su rememoración causaba en la convulsa conciencia de Felipe.

Ardieron, pues, los pecados en el fuego.

Sobrevolaron certeros los sentimientos de Felipe sobre la imagen atrapada de la esposa muerta. A ella le dedicaba la hoguera de tantos excesos. De tanta soberbia y vanidad. La pereza era el único pecado de los capitales en el que no se reconocía, salvo si por ella se entendía la indolencia con la que se había mantenido en la práctica de las relaciones extraconyugales. Y, sobre todo, el modo en que se había entregado a ellas y que no podía escapar a la categoría de lujuria. Y no se suponía doble, sino triple, la carga que le adjudicaba a esa grave falta lujuriosa, a la que Felipe sumaba ahora la gula, pues no era otra la sensación que le embargaba al devorar con fruición el cuerpo de sus amantes, en particular el de Elena, cuya geografía carnal había llegado a explorar sin límites y sin hartura.

La avaricia le remitía, igualmente, a la adquisición de riquezas terrenales, sin duda, y de territorios con los que engrosar sus ya vastos estados, pero por encima de ellas y una vez más, al espacio de los goces prohibidos, a la desordenada codicia de satisfacer sin recato sus instintos. De Elena, la más presente a pesar de todos sus esfuerzos por olvidar, había querido tenerlo todo, como si estuviera poseído por un deseo insaciable. Y —obligado era reconocerlo— llegó a tener celos hasta del fugaz esposo que él mismo buscó para ella. Celos que, a fin de cuentas, no eran sino una morbosa manifestación de la envidia, actitud impropia de un rey, pero que pasó a engrosar el fardo de los pecados llamados a torturarle. Ni siquiera de la ira se consideraba exento, pues con ira, investida de autoridad real, había resuelto erradicar la estela de sus pecados públicos.

El aire de la noche olía a madera. En la calle, desierta y sobrecogida por el lacerante silencio, un resplandor repentino inundó de deslumbradora claridad los aledaños de la casa, extendiéndose por el jardín, las huertas del convento del Carmen y las estrechas callejuelas circundantes. Mateo, oculto frente a la entrada principal, lo presenció todo asombrado y hasta con cierto temor por no saber de qué podría tratarse. El caballo se asustó, aunque no menos que su amo. El secretario del rey, aferrado al animal, abrió cuanto pudo los ojos para contemplar el hecho insólito y desconcertante que estaba teniendo lugar en el punto más alto del tejado. Coincidiendo con el toque de ánimas, una sombra blanquecina cruzó de lado a lado hasta detenerse en el borde que miraba a Oriente. Portaba un objeto en la mano, con toda probabilidad una antorcha, pues de ella emanaba una luz vivaz. Densas nubes se cruzaron justo cuando la silueta se arrodillaba, o eso parecía, dándose golpes en el pecho. La escena se convirtió en un torbellino de imágenes extrañas que no eran de este mundo. Imágenes que cegaron momentáneamente a Vázquez, de la misma manera que una suerte de ahogados gemidos lo ensordecieron.

No lo distinguía con detalle, pero Mateo hubiera jurado que aquel espectro tenía el rostro de Elena Zapata. Más hermosa que en vida, vestida con cendal blanco, desapareció tras un fogonazo de luz. Él se llevó las manos a la cara protegiéndose de la dantesca visión. Al abrir los ojos, durante segundos perdió la noción de dónde estaba. Miró de nuevo hacia arriba. Pero sobre el tejado de la casa sólo quedaban restos nebulosos, intangibles e inútiles para demostrar la existencia de un fantasma.

Corrió hacia la puerta de la casa aterrorizado y con preocupación porque al rey pudiera estar ocurriéndole en el interior algo inesperado. Fue entonces cuando el secretario de Su Majestad distinguió en el suelo un objeto extraño. Quiso cogerlo pero quemaba. No podía creerlo. Era imposible que hubiera llegado hasta allí. Nadie había pasado por el lugar. Sin embargo, no había ninguna duda de que se trataba de una antorcha que acababa de ser usada.

Mateo Vázquez se hincó en el suelo besando repetidamente el crucifijo que llevaba colgado al cuello mientras hacía la señal de la cruz en el aire para conjurar al Maligno.

Si el rey fue testigo de algo o de todo lo que los espantados ojos de su confidente acababan de presenciar, nunca se sabría. Su complicidad con él era mayor que la de ninguno de los hombres que habían rodeado hasta ese momento al monarca. Vázquez acabó siendo el único en estar al tanto del más delicado y espinoso de los asuntos que afectaban a la figura real. Pero ni siquiera eso le confería la especial prerrogativa de abordar directamente con él un entredicho de tamaña envergadura, más aún conocedor como era del efecto perturbador que las supersticiones ejercían sobre el rey. Quedaría únicamente alojado en la zona oscura de lo que se pretende borrar.

Felipe, entretanto, había culminado con minuciosa laboriosidad su propósito. La crepitante lumbre desprendía en forma de mínimos copos, a punto de convertirse en ceniza, restos de aquellos papeles que casi llegaron a precipitarle hacia el pasado del que quería zafarse. El fuego había sido su aliado para impedir ese fatal retroceso y para, a cambio, abrir un espacio nuevo en su atormentada conciencia. Había tenido su infierno en la tierra, pero ahora se sentía capaz de mirar otra vez al cielo. Pensó en Anna y a ella dedicó un sentimiento de sereno y profundo arrepentimiento. Y pensó también en Elena, libre ya de remordimientos, pero inexorablemente envuelto en una tibia nostalgia.

Ciertamente, los siete pecados se resumían para él en uno solo: el de la lujuria; deshecho, aniquilado, borrado para siempre jamás, al menos a los ojos de los hombres, por obra y gracia de la estrategia del humo.

Nota de la autora

Entrar por primera vez en la Casa de las Siete Chimeneas; atravesar aquel umbral imaginado de tan diferentes maneras —aun sabiendo que el actual no coincide con el de su construcción hace casi cuatrocientos cuarenta años—; caminar con la conciencia de estar pisando sobre la invisible superficie de un misterio centenario que nos transporta irremisiblemente hasta la figura de Felipe II; subir las escaleras que debían conducir a los aposentos privados donde el monarca mantenía sus citas clandestinas con la dueña de la casa, Elena Zapata... comporta sensaciones que traspasan el papel de estas páginas escritas.

Es la fuerza de lo intangible, capaz de sacudir nuestro espíritu y de golpear nuestros sentidos, no sabría decir si desde dentro hacia fuera o al revés. El resultado es a la vez una emoción y una conmoción. Porque ¿qué hay más impalpable, más incorpóreo e inmaterial, que una leyenda? Según la Real Academia Española, leyenda es una «relación de sucesos que tienen más de tradicionales o maravillosos que de históricos o verdaderos». Pues bien, puedo asegurar al lector que las leyendas que circulan en torno a la madrileña Casa de las Siete Chimeneas son, en efecto, maravillosas. Y hablo en plural porque la ficción —y una leyenda está claro que lo es— puede llegar a abarcar tanto, a multiplicarse tantas veces, como infinitas son sus posibles interpretaciones. Desde que la joven viuda del capitán Zapata era hija de un montero de Carlos I y amante del hijo de éste, el entonces príncipe Felipe —o bien que el montero en realidad de quien estaba a las órdenes era de Felipe pero siendo ya rey— hasta que acaso se trataba de un médico del mismo, en lugar de su ayudante de caza… En fin, he querido creer en la verosimilitud de que Elena, dama de la corte —hay quien se aventura a concretar que estuvo al servicio de Isabel de Valois, tercera esposa del rey—, fuera amante de Felipe II y que al convertirse en un estorbo para él cuando intentaba conseguir un heredero de su matrimonio con Anna de Austria, acabó casándola con un capitán de los tercios de Flandes perteneciente al noble linaje de los Zapata. Al fin y al cabo era lo que habitualmente hacía con sus amantes.

De la casa se cuenta una segunda leyenda, según la cual, años más tarde de la muerte de la viuda de Zapata, la adquirió un viejo comerciante antes de casarse con una joven que no lo amaba. La misma noche de bodas, la muchacha se quitó la vida en el sótano clavándose una daga. Curiosamente, y como la imaginación es libre de volar tan alto como las alas de lo infinito le permitan, también a ella se le adjudica un romance clandestino con el rey Felipe II. Lo cual, a mi entender, es un exceso si tenemos en cuenta que, a la edad a la que le correspondería haber vivido dicha relación, el monarca ya no estaba para mucho lío sentimental, aquejado gravemente de la gota que le perseguiría hasta su muerte el 13 de septiembre de 1598. Si seguimos alimentando el estómago de la leyenda negra de Felipe II puede que algún día acabe reventando ante nuestros ojos.

En aras de cumplir, en este caso no con hechos legendarios sino demostrables históricamente, aclararé que para escribir la secuencia del recibimiento que Segovia le obsequió a la reina Anna de Austria me he basado en el siguiente texto original:

Historia de la insigne ciudad de Segovia y compendio de las historias de Castilla, capítulo XVIV: «Recibimiento que Segovia hizo a la señora doña Ana de Austria. Y celebración de las bodas con el rey Felipe II» (Segovia, 1633); la recepción en Madrid se encuentra consignada en *Real aparato y sumptuoso recibimiento con que Madrid (como casa y morada de S.M.) recibió a la serenísima reina doña Ana de Austria viniendo a ella nuevamente, después de celebradas sus felicísimas bodas. Compuesto por el maestro Juan López de Hoyos, catedrático del Estudio de esta felice y coronada villa de Madrid. Con privilegio impreso en la coronada villa de Madrid por Juan Gracián, 1572*, conseguido a través de la Biblioteca Virtual Miguel de Cervantes, organismo adscrito a la Universidad de Alicante. El Consejo Científico de la Fundación que lleva su mismo nombre está presidido por don Mario Vargas Llosa.

En el capítulo «Noticias del más allá», el manuscrito en el que el rey describe la visión fantasmagórica de la que cree haber sido testigo toma como referencia «La Casa de las Siete Chimeneas», de Ricardo Sepúlveda (*La Ilustración Española y Americana*, Madrid, octubre–noviembre 1882).

Quiero puntualizar, asimismo, que en beneficio de la trama se han adelantado las fechas de dos hechos reales: la emperatriz María de Austria, madre de la reina Anna, no llegó a España, acompañada de su hija Margarita, hasta marzo de 1582 —y no en 1577, como sucede en la novela—, seis años después de fallecer su esposo, el emperador Maximiliano II. Por su parte, Felipe II abandonó Lisboa el 13 de febrero de 1583. Tras un viaje que duró apenas cuarenta días, el rey llegó directamente a El Escorial el 24 de marzo de aquel año. No se dio, pues, tanta prisa en la realidad como en la ficción. En ésta, *adelantó* su viaje a finales de 1581 debido a que era muy arriesgado dejar sin control en Madrid a un personaje como Juan de Ledesma, portador de un gran secreto del rey.

Y hablando de secretos…

«El título más importante que puede exhibir —la Casa de las Siete Chimeneas— es el de que constituye el único ejemplo que nos queda en Madrid de arquitectura civil del reinado de Felipe II. Su importancia crece tratándose de una villa que fue elevada precisamente por este rey al lugar que ocupa.» Así lo afirmaban los arquitectos Fernando Chueca Goitia y José Antonio Domínguez Salazar en su *Memoria* del proyecto de restauración, con fecha de noviembre de 1957, para acondicionar el edificio como sede del Banco Urquijo.

Aunque en la novela ya se la llama de esta manera, en realidad la primera vez que se usó la denominación Casa de las Siete Chimeneas en una escritura pública data de 1636, cuando María Sande, hija del editor madrileño Francisco Sande y Mesa, tomó posesión del mayorazgo que incluía la tal edificación. Fue con motivo de contraer matrimonio con el marqués de Guadalcázar, virrey de México y de Perú. En el azaroso historial de esta edificación hay que añadir la insurrección popular conocida como motín de Esquilache, en 1766, aunque esos ya eran tiempos muy «modernos» para lo que aquí nos ocupa.

Actualmente, la Casa de las Siete Chimeneas, declarada Monumento Histórico Artístico en julio de 1948, alberga la sede del Ministerio de Cultura. La modernidad convive con el pasado. Con un denso pasado —me atrevería a decir—, abigarrado de estelas de vidas que entre sus muros se extinguieron, al parecer de forma misteriosa. Ninguna base testimonial avala la veracidad de la leyenda de Elena Zapata, ni de la vida ni de la muerte de dicha dama, como tampoco de la desaparición de su cadáver. Igual ocurre con el supuesto ahorcamiento de su padre. Sin embargo, a falta de documentos del siglo XVI, lo que sí recogen las crónicas de siglos posteriores es el hallazgo del cadáver de una mujer durante las obras que se realizaron en 1882 con el objetivo de acondicionar el edificio para uso de oficinas del Banco de Castilla y del Crédito General de Ferrocarriles, tal como se narra en el comienzo de esta novela. Hay quien sostiene que a principios del siglo XX aparecieron otros restos: los de un hombre emparedado entre los muros de la casa, que podrían corresponder al padre de Elena. Eso ya es mucho aventurar. Pero, de todos modos, si alguien dispone de algún dato que sustente esta hipótesis, haría mucho bien dándolo a conocer. En tanto eso no ocurra, nos tendremos que quedar con la idea de que por Madrid circula desde hace siglos una de las mejores leyendas urbanas que jamás se hayan contado. Una historia de fantasmas y de reyes, de misterios y pasiones envueltas en un halo de misterio, convertida en fuente de inspiración de *La Casa de los Siete Pecados*.

Navegar entre aguas de leyenda te hace creer, por momentos, que puedas estar ahogándote. Aunque lo que más se teme es la posibilidad de un naufragio. Así ocurre cuando crees haber dado con un dato certero y entonces aparecen otros que lo desmontan de arriba abajo. Y vuelta a empezar. Es difícil fijar con precisión el origen de esta casa cuando los propios documentos oficiales no coinciden en sus datos. Mientras unos papeles intentan demostrar que la construcción se dio por concluida en 1570, otros la prolongan hasta siete años más tarde. De la misma manera, la versión por mí elegida de que la arquitectura fue ideada por el maestro Juan Bautista de Toledo, tras cuya muerte se encargó de la obra su discípulo Juan de Herrera, artífice del monasterio de El Escorial, con ayuda de Antonio Sillero, es defendida por una mayoría de autores e instituciones pero tajantemente rebatida por otros. De hecho, el arquitecto Chueca Goitia echa por tierra las argumentaciones del cronista de Madrid Mariano García Cortés (autor de *Historia de 7 chimeneas y una casa*), y éste, a su vez, hace lo propio con las de Ricardo Sepúlveda, narrador de la historia de la casa en ocho capítulos en *La Ilustración Española y Americana* durante los meses de octubre y noviembre de 1882, precisamente cuando estaban finalizando las obras de remodelación del edificio para convertirlo en sede del Banco de Castilla, del que era secretario. Pero reconoce, a favor de este último, lo siguiente: «A Ricardo Sepúlveda es a quien se debe la popularidad de que goza hoy este vetusto edificio, y que ha hecho por su conservación mucho más de lo que hubieran logrado centenares de informes y estudios eruditos, llenos de sabiduría y ahítos de documentación. Es el privilegio que tiene la leyenda como incubadora de la historia». No se me ocurre mejor manera para explicar el proceso de conversión de una leyenda en realidad en la mente de un escritor.

Argumentaba con tintes de sentencia don Mariano García Cortés: «Al escritor de novela histórica, cuando no es propiamente historiador responsable, sino más bien novelista, autor teatral o cuentista, y mucho más siendo ameno, es prudente ponerlo *en cuarentena* y no aceptar como realidad sucedida lo que no es más que arbitrio ingenioso de su imaginación». Pues bien, siguiendo su consejo, esta novelista, autora o cuentista, que se hace responsable de cuanto aparece en estas páginas, sólo espera haber conseguido ser tan amena como para que el lector tenga a bien ponerla en cuarentena, si ese es el precio que hubiera de pagarse. Pero, eso sí, permitiéndole compartir con él tal «arbitrio ingenioso de su imaginación» a la espera de la próxima aventura, que quién sabe si será un nuevo secreto que aguarda entre otras piedras centenarias.

Agradecimientos

Deseo dejar constancia de mi infinita gratitud por la comprensión y el apoyo de mi familia durante los largos meses en los que el mundo real ha permanecido desdibujado a mi alrededor mientras me recluía voluntaria y gozosamente en el siglo XVI español. Un tiempo de tinieblas. Pero también de deslumbrantes leyendas. Sin duda, es uno de los períodos históricos que mejor se deja abrazar por la literatura, como he podido comprobar durante el proceso de la escritura. Y ahora llega el ansiado instante de rodear con los brazos del agradecimiento la entrega incondicional de quienes han hecho que mi vida fuera más fácil en estos últimos tiempos.

Gracias también a mi agente literaria, Silvia Bastos. Cambia tanto el trabajo cuando se cuenta con entusiasmos como el que ella demostró nada más conocer este texto, que contó posteriormente con el voto unánime de todos los miembros del jurado del I Premio CajaGranada de Novela Histórica: José Calvo Poyato como presidente del jurado, Juan Eslava Galán, Ana Liarás, Isabel Margarit y José Morenodávila. Mi más sincero agradecimiento a todos ellos por abrirme la puerta de los sueños. Pero unos sueños que se sustentan en la incansable responsabilidad del trabajo y el esfuerzo a que noblemente obliga un reconocimiento como éste.

Gracias a Belén Martínez, directora general de Archivos,

Museos y Bibliotecas de Madrid, por mostrarme uno de los caminos que se destapó como imprescindible para comenzar a andar hacia el incierto pasado de este edificio, y que me llevó a la Hemeroteca Municipal de Madrid. Allí, María Concejo rescató textos magníficos como los de Ricardo Sepúlveda, cuya lectura es un puro deleite, sobre todo para espíritus excesivos.

En los mismos archivos municipales fue localizado, entre otros documentos de principios del siglo XX, igualmente interesantes, la visión que sobre la historia y la leyenda de la casa tuvo Pedro de Répide —autor del popular «Las calles de Madrid»— reflejada en la revista *La Esfera*, en enero de 1916.

Gracias a Blanca Torralba, subdirectora general de la Oficialía Mayor del Ministerio de Cultura, por su inestimable ayuda en la ardua tarea de esclarecer los datos —palpablemente confusos— que rodean el origen de la Casa de las Siete Chimeneas, tan enigmático como lo que después ocurriría en ella. Los colaboradores de Blanca pusieron en mis manos otro tesoro documental: el libro *Historia de 7 Chimeneas y una casa*, escrito por don Mariano García Cortés tras la investigación llevada a cabo con verdadero fervor en sus últimos años de vida y que vio la luz a título póstumo gracias a que su familia lo publicó como tributo a su persona en 1949, un año después de su fallecimiento.

Gracias también a otro de los actuales moradores de la casa, Guillermo Alonso, jefe de la Sección de Archivos, del Archivo Central del Ministerio de Cultura, y a su equipo, por guardar, como el verdadero tesoro que son, las copias de cuantos documentos referidos a la Casa de las Siete Chimeneas han ido apareciendo. En verdad, no creo que exista el fantasma de la dama Elena Zapata, porque si así fuera seguramente él lo tendría guardado en los sótanos del edificio, almacenado entre la oscuridad de los archivos dormidos.

Es igualmente de agradecer las pistas que me ofreció Isabel

Gea, *Mayrit*, conocedora como nadie, y gran apasionada, del Viejo Madrid.

Interesantes fueron también las útiles aportaciones de Diego Gracia, catedrático de Historia de la Medicina y Bioética de la Universidad Complutense de Madrid, al igual que interesantes resultan siempre mis conversaciones médicas con el profesor Arturo Fernández Cruz, en esta ocasión sin fronteras de ningún siglo.

Finalmente, gracias a la Fundación Lázaro Galdiano, y a Carmen Espinosa, conservadora del museo, por permitirme privilegiados momentos de contemplación del que seguramente sea el retrato más maravilloso que existe de Anna de Austria, obra del maestro Alonso Sánchez Coello. Gracias, en definitiva, por permitirme el codiciado acceso a la intimidad de una reina.

Bibliografía

Alonso Fernández, Francisco, *Estigmas, levitaciones y éxtasis. De sor Magdalena a El Palmar de Troya*, Temas de Hoy, Madrid, 1993.

Bouza, Fernando, *Locos, enanos y hombres de placer en la corte de los Austrias*, Temas de Hoy, Madrid, 1991.

Chueca Goitia, Fernando, *Memoria proyecto de restauración de la Casa de las Siete Chimeneas*, Madrid, noviembre 1957.

Colmenares, Diego de, *Historia de la insigne ciudad de Segovia y compendio de las historias de Castilla. Capítulo XLIV. Recibimiento que Segovia hizo a la reina doña Ana de Austria. Y celebración de sus bodas con el rey don Felipe segundo*, Segovia, 1633. Edición digital basada en la de Segovia, Academia de Historia y Arte de San Quirce, 1982, Biblioteca Virtual Miguel de Cervantes, Alicante, 1999.

Corral, José del, *El Madrid de los Austrias*, Editorial El Avapiés, Madrid, 1983.

Duby, Georges y Perrot, Michelle (coord.), *Historia de las mujeres*, vol. III, «Del Renacimiento a la Edad Moderna», Taurus, Madrid, 1993.

Fernández Álvarez, Manuel, *Felipe II y su tiempo*, Espasa Calpe, Madrid, 1998.

Fúster Sabater, M.ª Dolores, *El retrato de Ana de Austria, por Sánchez Coello, en el Museo Lázaro, nueva visión tras su restaura-*

ción, revista *Goya*, publicación bimestral de la Fundación Lázaro Galdiano, Madrid, n.º 289-290, julio-octubre 2002, pp. 198-216.

Gala, Antonio, *Granada de los nazaríes*, Planeta, Barcelona, 1992.

García Cortés, Mariano, *Historia de 7 chimeneas y una casa*, Madrid, 1948.

Gargantilla, doctor Pedro, *Enfermedades de los reyes de España. Los Austrias: de la locura de Juana a la impotencia de Carlos II el Hechizado*, La Esfera de los Libros, Madrid, 2005.

Gea Ortigas, M.ª Isabel, *El plano de Texeira*, Ediciones La Librería, Madrid, 2001.

Gea Ortigas, Mª Isabel, *Guía del plano de Texeira (1656)*, Ediciones La Librería, Madrid, 2006.

Gómez López, Consuelo, «El gran teatro de la Corte: naturaleza y artificio en las fiestas de los siglos XVI y XVII», *Espacio, Tiempo y Forma*, Serie VII, «Historia del Arte», Facultad de Geografía e Historia, UNED, vol. XII, 1999, pp. 199-220.

González Cremona, Juan Manuel, *El trono amargo. Austrias y Borbones, dos dinastías desdichadas*, Planeta, Barcelona, 1992.

González Cremona, Juan Manuel, *La cara oculta de los grandes de la Historia*, Planeta, Barcelona, 1993.

González-Doria, Fernando, *Las reinas de España*, Trigo Ediciones, Madrid, 1978.

Habsburgo, Catalina de, *Las Austrias. Matrimonio y razón de Estado en la monarquía española*, La Esfera de los Libros, Madrid, 2005.

Hernández Sánchez-Barba, Mario, *Monjas ilustres en la historia de España*, Temas de Hoy, Madrid, 1993.

Horcajo Palomero, Natalia, «Sobre ciertas joyas del siglo XVI y su relación con fuentes documentales y retratos», *Espacio, Tiempo y Forma*, serie VII, «Historia del Arte», vol. VI, Facultad de Geografía e Historia, UNED, 1993, pp. 209-220.

Hurtado de Mendoza, Diego, *Guerra de Granada hecha por el Rey de España don Felipe II contra los moriscos de aquel reino, sus re-*

beldes: *historia escrita en cuatro libros*. Edición digital a partir de la «Biblioteca de Autores Españoles: historiadores de sucesos particulares», vol. I, M. Rivadeneyra, Madrid, 1852, pp. 65-122. Biblioteca Virtual Miguel de Cervantes, Alicante, 1999.

Junceda Avello, Enrique, *Ginecología y vida íntima de las reinas de España (2 tomos)*, Temas de Hoy, Madrid, 1992.

Kamen, Henry, *Felipe de España*, Siglo XXI, Madrid, 1997.

Lacarta, Manuel, *Felipe II. La intimidad del Rey Prudente*, Aldebarán, Madrid, 1997.

Laver, James, *Breve historia del traje y la moda*, Cátedra, Madrid, 1995.

Le Flem, Jean-Paul; Pérez, Joseph; Pelorson, Jean-Marc; López Piñero, José M.ª, y Fayard, Janine, *La frustración de un imperio (1476-1714)*, en Tuñón de Lara, Manuel, *Historia de España*, vol. V, Labor, Barcelona, 1984.

López-Cordón Cortezo, M. Victoria, «Entre damas anda el juego: las camareras mayores de Palacio en la edad moderna», *Cuadernos de Historia Moderna*, Universidad Complutense, Madrid, 2003, pp. 123-152.

López de Hoyos, Juan, *Real aparato y suntuoso recibimiento con que Madrid (como casa y morada de S.M.) recibió a la serenísima reina doña Ana de Austria viniendo a ella nuevamente, después de celebradas sus felicísimas bodas*. Transcripción del texto original de 1572, incluida por Ramón de Mesonero Romanos en *El antiguo Madrid: paseos históricos-anecdóticos por las calles y casas de esta villa*, Biblioteca Virtual Miguel de Cervantes, Alicante 1999.

Maqueda, Consuelo y Martínez Ruiz, Enrique (coord.), *Atlas Histórico de España I*, Istmo, Madrid, 2003.

Mármol Carvajal, Luis del, *Historia de la rebelión y castigo de los moriscos del Reino de Granada, dirigida a don Juan de Cárdenas y Zúñiga, conde de Miranda, marqués de la Bañeza, del Consejo de Estado del Rey N.S. y su Presidente en los dos reales consejos de Castilla y de Italia*. Edición digital a partir de la «Biblioteca de Autores Españoles: historiadores de sucesos particulares», vol. I, M. Rivadeneyra, Madrid, 1852, pp. 123-365, Biblioteca General de la Universidad de Alicante, Biblioteca Virtual Miguel de Cervantes, Alicante, 2001.

Mesonero Romanos, Ramón de, *El antiguo Madrid: paseos históricos-anecdóticos por las calles y casas de esta villa.* Edición digital basada en la de Madrid, Oficinas de *La Ilustración Española y Americana*, 1881), Biblioteca Virtual Miguel de Cervantes, Alicante, 1999.

Montero Vallejo, Manuel, *Origen de las calles de Madrid. Una introducción a la ciudad medieval*, El Avapiés, Madrid, 1988.

Nadal, Santiago, *Las cuatro mujeres de Felipe II*, Juventud, Barcelona, 1971.

Noel, Charles C., *La etiqueta borgoñona en la corte de España (1547-1800)*, Manuscrits, Servei de Publicacions de la Universitat Autònoma de Barcelona, n.º 22, 2004, pp. 139-158.

Pérez, Joseph, *La España de Felipe II*, Crítica, Barcelona, 2000.

Pérez Escohotado, Javier, *Sexo e Inquisición en España*, Temas de Hoy, Madrid, 1992.

Pérez Samper, María de los Ángeles, *Las reinas en la Monarquía española de la Edad Moderna*, Biblioteca Virtual Miguel de Cervantes, Alicante, 2006.

Porreno, Baltasar, *Dichos y hechos del señor rey don Felipe II (el Prudente). Potentísimo y glorioso Monarca de las Españas y de las Indias.* Edición digital basada en la de Valladolid, impresión de Juan de la Cuesta, 1863, Biblioteca Virtual Miguel de Cervantes, Alicante, 2005.

Racinet, Albert, *Historia del vestido*, Libsa, Madrid, 1990. Obra clásica del siglo xix reeditada y diseñada nuevamente con ilustraciones.

Répide, Pedro de, *Las calles de Madrid*, Ediciones La Librería, Madrid, 1995.

Répide, Pedro de, «La Casa de las Siete Chimeneas», revista *La Esfera*, año III, n.º 108, 22 enero 1916, p. 32.

Rey Bueno, María del Mar, y Alegre Pérez, M.ª Esther, *La ordenación normativa de la asistencia sanitaria en la corte de los Habsburgos españoles (1515-1700), DYNAMIS. Acta Hispanica ad Medicinae Scientiarumque Historiam Illustrandam* (Acta Hisp. Med. Sci. Hist. Illus.), Granada, 1998, pp. 341-375.

Ríos Mazcarelle, Manuel, *Reinas de España. Casa de Austria*, Aldebarán Ediciones, Madrid, 2002.

San José, Diego, «Estampas del Madrid viejo. La Casa de las Siete Chimeneas», *Mundo Gráfico*, año XXII, n.º 1074, 1 junio 1932, p. 9.

Sepúlveda, Ricardo, «La Casa de las Siete Chimeneas», *La Ilustración Española y Americana*, Madrid, 1882, año XXVI, nº 38, 15 octubre, pp. 223, 226 y 227; n.º 39, 22 octubre, pp. 242 y 242; nº 41, 8 noviembre, pp. 275, 277 y 278.

Solé, José María, *Los reyes infieles. Amantes y bastardos: de, los Reyes Católicos a Alfonso XIII*, La Esfera de los Libros, Madrid, 2005.

Tahoces, Clara, *Guía del Madrid mágico*, Ediciones Martínez Roca, Madrid, 2008.

Teresa de Jesús, Santa, *Las moradas*, Juventud, Barcelona, 2000.

—, *Libro de la vida*, Lumen, Barcelona, 2006.

Vilar, Pierre, *Historia de España*, Grijalbo, Barcelona, 1995.

VV.AA., *Diccionario de mujeres célebres*, prólogo de Victoria Camps, Espasa Calpe, Madrid, 1994.

VV.AA., *Nueva sede. Manual de uso*, Ministerio de Cultura, Madrid, 1984.